눈보라 친
김승환 에세이   뒤에
소나무
돌아보니

눈보라 친
뒤에
김승환 에세이
소나무
돌아보니

김승환 지음

1판 1쇄 발행 | 2016. 6. 15.

발행처 | **Human & Books**
발행인 | 하응백
출판등록 | 2002년 6월 5일 제2002-113호
서울특별시 종로구 경운동 88 수운회관 1009호
기획 홍보부 | 02-6327-3535, 편집부 | 02-6327-3537, 팩시밀리 | 02-6327-5353
이메일 | hbooks@empas.com

값은 뒤표지에 있습니다.
ISBN 978-89-6078-427-7 03810

눈보라 친 뒤에 소나무 돌아보니

김승환 에세이

김승환 지음

Human & Books

차례

Ⅱ. 정치의 도리

Ⅲ. 정의와 인권

Ⅳ. 민주와 자치

V. 교육과 미래

　저는 헌법을 전공했습니다.

　전북대학교 법과대학 전임강사가 되었던 1987년부터 2010년까지 23년 넘게 헌법학자의 길을 걸었습니다. 대학 연구실에 앉아 창문 밖을 보면 소나무 한 그루가 서 있었습니다. 소나무는 사시사철 짙푸름을 뽐내다가 추운 겨울이 오면 온몸에 눈을 잔뜩 이고도 휘어짐 없이 버티며 저를 바라보곤 했습니다. 추위 속에서 더 의연했던 소나무의 모습이 저에겐 오히려 한없이 다정하게 느껴졌습니다.

　한없이 짙푸를 것 같은 소나무가 어쩔 수 없이 머리에 눈을 이어야 하는 때가 오듯이 제가 연구해온 헌법 역시 그렇습니다. 인간의 권리는 국가권력으로 보호해주어야 함에도 불구하고, 국가권력은 인간의 권리를 끝없이 침해하려 합니다. 세월이 흐르고 시대가 변해도 국가권력이 인간의 권리를 침해 하려는 시도는 변함없이 계속되고 있습니다.

　헌법을 연구하는 이는 국민의 기본권(또는 인간의 인권)과 국가권력에 대해 끝없이 파고들 수밖에 없습니다. 그런 헌법학 연구의 핵(核)이라면 단연 인간과 인권입니다. 헌법 연구는 본질적으로 국가권력과 인권의 부딪힘에 대한 파고

듦에서 시작하고, 인간의 권리를 보호하기 위한 헌법의 목소리를 듣는데서 끝이 납니다. 그러나 법을 연구하는 이에게 들리는 헌법의 목소리가 일반 대중들에게는 들리지 않아 국가와 인권이 부딪히는 순간이 오면 주저 없이 글을 써내려갔습니다. 그것이 헌법학자로서의 사명이라고 생각했기 때문입니다.

미네르바 사건, 국가명예훼손사건, 노무현 대통령 탄핵소추 사건, 신행정수도건설특별법 사건, 현대상선의 대북송금 사건, 방송법 날치기 사건, 테러방지법 사건, 촛불집회 사건, 교사시국선언 사건, 경찰 및 검찰과 얽힌 사건 등. 우리 사회의 큰 쟁점에 대해 글을 썼습니다. 심각한 헌법 쟁점이 발생했으나 선례가 없었기에 참고할 만한 글이 없을 때도 많았습니다.

언론보도는 특성상 시간을 다툽니다. 덕분에 짧은 시간에 쟁점을 정리하여 언론사 데스크로 보내야 하는 경우도 있었습니다. 신행정수도건설특별법에 대해 헌법재판소가 '수도가 서울인 것은 관습헌법이고, 따라서 수도를 옮기려면 헌법 개정이 필요하다'는 해괴한 논리를 폈을 때, 제 손은 거칠게 움직여야 했습니다. 언론사의 데스크는 "일반 독자가 읽기에는 어렵다"라는 말을 했고, 저는 이렇게 답했습니다. "일반 독자들 읽으라고 쓴 글이 아닙니다. 헌법재판관 9명만 읽으면 됩니다. 그냥 내시지요."

그렇게 어느 것 하나 거침없이 사회현상과 헌법에 대한 글을 쓰는 삶을 살았습니다. 2010년 교육감 선거에 당선되기 전까지만 해도 말입니다. 그때부터는 아무리 심각한 헌법적 쟁점들이 쏟아져 나와도 선뜻 글을 쓰기 어려웠습니다. 저는 그 이후로 지금까지 헌법학자가 아니라 교육감 신분이기 때문입니다.

우연한 기회에 그동안 썼던 칼럼을 모아서 책으로 펴내자는 제안을 받았습니다. 전라북도교육청에서 대변인으로 일하고 있는 정옥희 장학사의 제안이었습니다. 출판을 앞두고 시의성을 고민했습니다. 칼럼을 써내려가던 시절과 지금의 차이는 무엇인가, 생각해보았습니다. 그리고 원고를 출판하기로 마음 먹었습니다. 그런 결정을 내린 단 하나의 이유는 안타깝게도 대한민국 사회가 이런 글을 치열하게 써대던 20여 년 전이나 지금이나 달라진 것이 하나도 없다는 점 때문입니다.

책은 김대중 정부 1년차인 1998년부터 시작합니다. 그리고 노무현 정부 5년과 이명박 정부 3년차인 2010년까지 이어집니다. 2016년인 지금은 당시로부터 약 20여 년 가까이 흐른 뒤입니다.

그러나 책을 읽게 되면 독자들은 두 가지 진실을 알게 될 것입니다. 그것은 바로 세월이 아무리 흘러도 권력은 결코 변하지 않는다는 것, 그리고 권력이 만들어내는 사건의 본질 역시 쉬이 변할 수 없다는 것 두 가지입니다. 이 원고들은 세상이 좋아졌다면 자취를 감췄을 글들입니다. 세상이 좋아지지 않아서, 더 정확하게는 더 악화되었기 때문에 글이 세상에 얼굴을 드러낸 것입니다.

지난 시절 칼럼으로 기고했던 많은 글들이 세상에 다시 한 번 생명을 품고 태어나게 되었습니다. 책이 세상의 빛을 보기까지 수고해주신 하응백 대표와 편집진 여러분께 진심으로 감사드립니다.

2016년 5월 15일

헌법 교수 시절을 회상하며

김 승 환 씀

I. 헌법의 정신 /

1. 굴절된 헌정사와 우리 헌법의 방향

– 2001년 7월 16일 매체 미상

헌법은 정치·경제·사회·문화의 모든 영역에서 각 개인의 기회를 균등하게 하고 능력을 최고도로 발휘하게 하며, 안으로는 국민생활의 균등한 향상을 기할 것을 약속하면서 민주시민의 좌표를 설정해주고 있다. 그러나 오늘날까지도 과연 헌법이 보장하고 있는 국민의 자유와 권리가 제대로 실현되고 있는지 의구심이 드는 상황이 많이 발생하고 있다. 제53회 제헌절을 맞아 전북대 김승환 헌법전공 교수에게 한국의 굴절된 헌정사를 알아보고 우리 헌법의 문제점과 지향해야 할 방향을 들어본다. —편집자 주

우리나라의 헌법은 제정 당시부터 지금까지 어떤 내용들을 담아오고 있습니까?

헌법을 가리켜 한 나라의 근본법이라고 합니다. 정치·경제·사회·문화의 기본방향을 설정하고, 국가권력 행사의 근거와 한계를 정하며, 국민의 기본권을 보장하는 데 가장 기본이 되는 법이라는 뜻입니다. 동시에 헌법은 그 시대 그 사회 구성원들의 수많은 이해관계와 갈등을 조정하는 기능을 하기도 합니다. 그 조정의 결과가 헌법전에 드러나게 되는데, 이를 통해서 그 나라의 헌법이 지향하는 이데올로기가 무엇인가를 알게 되는 것입니다.

현행 헌법을 이데올로기적으로 분석한다면 우파 헌법으로 분류할 수 있을 것입니다. 그러나 역사를 거슬러 올라가 1948년 최초의 헌법을 보면 오히려 중도우파 헌법으로 볼 수 있습니다. 당시에는 이데올로기의 대립이 지금보다 훨씬 첨예한 상태였기 때문에, 헌법이 그러한 현실을 외면할 수 없었던 것입니다. 헌법 제18조 제2항이 근로자의 이익균점권을 규정한 것은 당시의 상황이 그만큼 이데올로기적으로 치열했음을 말해주고 있는 것입니다.

그러나 5·16쿠데타 이후 헌법은 완전하게 우파의 방향으로 자리를 잡게 되었습니다. 이러한 헌법의 우편향을 국가보안법, 사회안전법(지금의 보안관찰법) 등 체제의 안보를 지향하는 법률들이 강화시켜왔습니다.

1973년 유신헌법이라는 시대의 흐름을 정면으로 거스르는 헌법이 등장하기도 했지만, 그러는 가운데서도 헌법전은 기본권 보장을 강화시켜왔습니다. 체포구속의 이유를 고지받을 권리(일명 미란다 권리), 연좌제 금지, 범죄피해자 형사절차 진술권, 범죄피해자 국가구조 청구권, 헌법소원심판청구권 등은 모두 현행 헌법에 처음으로 등장한 것들입니다.

그러나 우리 헌법의 기본권 목록은 아직도 부족함을 드러내고 있습니다. 기본권 중에서도 가장 근본적인 것에 속하는 생명권과 사상의 자유를 명문으로 규정하고 있지 않다는 것이 대표적인 예에 속합니다.

우리나라의 헌정사는 정권이 바뀔 때마다 당시 집권자의 자의적인 헌법운용으로 많은 상처를 입었다고 보는데

우리나라 헌정사를 한마디로 말한다면 정권담당자들의 정권안보와 연장을 위한 개헌으로 점철돼왔다고 보아도 지나친 말이 아닙니다. 이러한 굴절된 헌법사는 헌법을 제정하던 당시부터 시작됐습니다. 건국헌법(일명 제헌헌법)은 대통령제였습니다. 그러나 이것은 대통령제의 변종에 속하는 것이었습니다. 왜냐하면 대통령을 국회에서 선출하도록 했기 때문입니다. 이것은 이승만을 대통령으로 만드는 데 어떠한 방법이 가장 안전한가를 고려한 것일 뿐, 주권자인 국민의 대통령 선택권은 전혀 안중에 없었던 것입니다. 그 후 대통령 국민직선제를 위한 제1차 개헌, 이승만의 3선을 위한 제2차 개헌, 박정희의 3선을 위한 제6차 개헌과 박정희의 총통제 집권을 위한 제7차 개헌(유신헌법)은 모두 본질적으로 정권안보와 장기집권을 위한 개헌이었습니다. 전두환의 쿠데타로 등장한 제8차 개헌은 다시 국민의 대통령 선택권을 박탈하여, 대통령 선거를 체육관 선거로 전락시켰습니다. 1987년에 개정된 현행 헌법은 당시 대통령 선거전을 앞두고 각축을 벌이던 1노 3김의 정치적 계산에 따라 만들어진 헌법입니다. 현행 헌법 역시 출발 초기부터 심각한 문제점을 안고 있었다는 것을 뜻합니다.

때문에 우리 국민들은 헌법이 보장해야 할 충분한 권리를 누리지 못하고 있는데, 어떤 점들이 그렇다고 생각하십니까?

국가권력의 존재목적은 국민의 기본권을 최대한으로 보장하기 위한 것입니다. 정치적 시민적 자유와 함께, 사회적 경제적 문화적 자유가 헌법에 충분히 규정되어 있어야 하고, 이러한 기본권들을 구체적으로 실현시켜줄 적정한 내용의 법률들이 제정되어 있어야 합니다.

우리 헌법의 기본권 목록은 만족할 만한 수준은 아니지만, 외국 헌법과 비교하여 그 수준이 결코 떨어지지 않습니다. 문제는 헌법의 기본권적 가치들을 하위법률들이 충분히 받쳐주지 못하고 있다는 것입니다. 헌법은 학문과 예술의 자유, 표현의 자유 등 정신적 자유권을 규정하고 있지만, 국가보안법은 이러한 자유권의 가치들을 심각하게 훼손하고 있고, 우리 헌법의 기본질서에 해당하는 자유민주적 기본질서의 가치마저도 망가뜨리고 있습니다. 사회적 약자에게 특히 의미를 가지는 경제적 권리들 역시 이를 실질화시킬 수 있는 법률들이 존재하지 않거나 그 내용이 불충분하기 때문에, 사회적 강자와 약자

사이의 대립과 갈등은 여전히 해소되지 않은 채 증폭되어가고 있는 것입니다.

국민의정부 들어서도 이 같은 현상이 없지 않다고 보는데

50년 만의 정권교체에 대해서 대부분의 국민은 상당한 기대를 걸었던 것이 사실입니다. 더구나 군사독재정권 시절 온갖 악법들에 의해서 탄압을 받았던 김대중 대통령이야말로 일정 정도 개혁을 이루어낼 것이라고 기대했던 것입니다.

그러나 불행하게도 국민의정부 4년 동안 신장된 것은 사회적 강자의 권리이고, 약화된 것은 사회적 약자의 권리입니다. 국민의정부에서 공권력은 의사나 족벌언론의 권리주장 앞에서는 맥을 못추었지만, 노동자와 농민의 권리주장 앞에서는 추상 같은 존재로 자리잡았습니다. 국가보안법이나 집시법 위반자의 숫자가 같은 기간 김영삼 정부에서의 숫자를 웃돌고 있다는 것은 국민의정부의 가치관이 무엇인지를 짐작하게 해주는 것입니다.

그러다 보니 국민의정부는 좌우의 협공을 당하게 된 것입니다. 사회적 약자들의 전폭적인 지지로 집권한 정부가 자신의 지지기반으로부터 이반되는 사태를 자초하고 만 것입니다.

현재 우리나라의 헌법이 안고 있는 문제점은 무엇입니까?

앞에서도 말씀드린 것처럼, 현행 헌법은 1987년 당시 노태우, 김대중, 김영삼, 김종필 씨의 정치적 이해관계에 맞추어 만들어졌습니다. 4자필승론이 바로 이것입니다. 또한 양김의 후보단일화 요구가 예견되는 상황에서 5년 단임제는 양김 모두에게 상대방의 양보를 끌어낼 수 있는 유인책이 될 것이라고 판단한 것입니다.

그러다 보니 현행 헌법은 대통령제를 기본으로 한다지만, 기형적인 모습이 되고 만 것입니다. 원래 대통령제에서는 대통령의 임기를 1차 중임제로 합니다. 대통령의 통치경험을 국정에 더 잘 이용할 수 있다는 것, 대통령에 대한 심판의 기회를 국민에게 준다는 것을 그 이유로 합니다. 이 때문에 대통령 임기의 1차 중임제는 대통령제의 필수적 요소입니다.

또한 대통령제는 부통령을 두는 것을 기본으로 합니다. 대통령의 사망 또는 궐위로 인한 통치권의 공백을 막아야 한다는 취지에서입니다. 그러나 1987년 개헌 당시 1노 3김 모두 부통령제에 반대했습니다. 이것은 바로 우리나라 정치지도자들이 정치후계자의 양성에 얼마나 큰 거부감을 가지고 있고 인색한지를 단적으로 드러내는 것입니다.

만약 1979년 10·26사태 때 국민이 직접 선출한 부통령이 있었더라면, 전두환이 주도하는 군부 쿠데타가 과연 성공할 수 있었겠는가를 곰곰히 생각해보아야 할 것입니다.

현행 헌법 제128조 제2항은 대통령의 임기연장 또는 중임변경을 위한 헌법 개정은 그 헌법 개정 제안 당시의 대통령에 대하여는 효력이 없다고 규정하고 있습니다. 그러나 이 조항의 해석 여하에 불구하고, 대통령의 중임변경을 위한 헌법 개정이 이루어지는 경우, 김대중 대통령은 다시 출마하지 않는 것이 정치도의상 바람직하다고 보아야 할 것입니다.

지난해 6·15남북공동선언에 따라 남북의 화해물결이 예견돼 있고, 세계가 지구촌화돼가고 있는 시대적인 변화에 맞춰 앞으로 우리나라의 헌법이 나아가야 할 방향은 어떤 것입니까?

먼저 세계의 시대적 변화에 따라 변해야 될 것들이 무엇인지를 생각해보기로 하겠습니다. 어느 나라이든지 헌법상 권리의 역사는 인권 확대의 역사입니다. 권리의 주체를 확대해나가고, 권리의 다양성을 확대해나가는 과정입니다. 권리의 주체와 관련하여 그동안 전통적으로 내국인에게만 인정되는 권리라고 생각했던 것들에 대해서 외국인에게도 인정해야 한다는 이론들이 나타나고 있습니다. 집회결사의 자유라든지 공무담임권, 직업선택의 자유, 사회권 등은 원칙적으로 외국인에게는 인정되지 않는 것으로 이해하고 있었습니다. 그러나 이제는 외국인의 기본권 문제에 대해서 헌법이 전향적인 태도를 밝힐 때가 다가오고 있다고 봅니다. 또한 제3세대 인권으로 불리는 연대권(발전의 권리, 평화의 권리, 건강한 환경을 요구할 권리, 먹거리에 대한 권리)을 헌법이 수용해야 할 때가 다가오고 있습니다.

다음으로 남북통일에 대비하여 통일헌법을 준비하는 작업을 꾸준히 진행시켜야 합니다. 1948년의 건국헌법이 순수하게 우리의 의지에 의해서 만들어진 헌법이라고 볼 수는 없습니다. 특히 미국의 영향력이 강하게 미친 헌법이라고 보아야 합니다. 통일헌법은 그러한 구습을 밟아서는 안 됩니다. 한민족이 주체가 되어 그 방향과 내용을 결정해야 합니다. 헌법문제는 결국 자유와 평등의 문제이고, 이것은 정치와 경제에서 결정적인 작용을 합니다. 현행 헌법은 정치에서는 자유민주적 기본질서를, 경제에서는 시장경제질서를 그 기본으로 하고 있습니다. 이러한 가치들을 통일헌법에서도 여전히 추구해야 하는 것인지, 아니면 새로운 가치들을 모색해야 하는지를 주체적으로 고민하고 확정해야 한다는 것입니다.

　이와 함께 대외문제에 대한 입장정리도 통일헌법은 분명하게 해두어야 합니다. 어떠한 대외관계가 한민족의 영원한 평화를 확보하고, 인류의 평화유지에 기여할 수 있는 것인지를 밝혀두는 것은 통일헌법이 안게 될 과제가 될 것입니다.

2. 대북 자금지원에 대한 헌법적 판단

- 2003년 2월 4일, 오마이뉴스

서독연방헌법재판소의 '접근의 이론'에서 교훈 얻어야

현대상선이 산업은행으로부터 운영자금으로 대출받은 4,000억 원 중 2,235억 원을 대북사업에 이용한 사건이 정치적·법적 논란을 불러일으키고 있다.

이 사건이 제기하고 있는 법적 쟁점은 대출 자체가 대출규정에 위반하는 부실대출이었는가, 박상배 산은 부총재가 외부의 대출압력을 받았는가, 현대상선이 북한에 자금을 보내면서 외환관리법이 규정하는 절차를 지켰는가, 대출 사후관리와 관련하여 금융감독원과 산업은행 관계자들의 배임혐의는 없었는가 등이다.

이와 함께 제기되는 정치적 쟁점은 현대상선이 문제의 돈을 북한에 보내는 일에 청와대가 개입했는가, 이 돈은 남북정상회담을 성사시키기 위한 뒷거래용 돈이었는가 하는 점이다. 이 부분은 그동안 김대중 대통령이 청와대와는 아무런 관계도 없다고 주장했던 터라 대통령의 도덕성과도 맞물려 있다.

이 문제들을 전체적으로 보면, 현대상선이 북한에 송금한 문제의 돈이 청와대와 현대상선이 주장하는 바대로 순수한 경협자금이냐, 아니면 정상회담 대가성 자금이냐라는 것이다. 또한 이 돈이 정상회담 대가성 자금이라고 볼 경우 그것이 정상회담이라는 일회성 정치적 이벤트를 위하여 지출한 돈인가 아니면 넓은 의미에서 남북협력의 차원에서 지급된 '한반도 평화자금'인가라는 점도 쟁점의 하나이다.

법적 관점에서, 위에서 제기된 문제들에 대하여 부정적인 결론이 내려질 때 거기에는 형사법적 제재가 가해질 수 있다. 그러한 제재 속에는 국가보안법에 따른 제제도 포함되는 것은 물론이다.

　우선 실정법적인 잣대로 이 문제들을 재단해보면, 외환관리법, 형법, 국가보안법 위반 가능성이 발견된다. 이러한 범법사실에 따른 법의 제재를 피해나가기 위해서 간단히 '통치행위'라는 이론을 들이댈 것은 아니다.

　이미 헌법재판소는 통치행위라 하더라도 그것이 '기본권 침해와 관련될 때'에는 헌법소원심판의 대상이 된다는 점을 분명히 밝힌 바 있다. 그렇다고 하여 헌법재판소가 '통치행위'라는 개념 자체를 부정한 것은 아니다. 통치행위에 해당한다 할지라도 기본권 침해의 문제가 발생하면 헌법재판소가 심판할 수 있다는 것이다. 또한 헌법재판소의 이러한 판례가 국가행위는 어떠한 것이건 헌법재판소의 심판대상이 된다는 것을 뜻하는 것으로 읽어서도 안 된다.

　예를 들어 헌법 제64조 제4항은 국회가 행한 국회의원에 대한 자격심사나 징계에 대하여는 법원에 제소할 수 없다고 규정하고 있다. 또한 이론상으로도 대통령이 국무위원을 임명하는 행위, 청와대 수석비서관을 임명하는 행위, 외국과 국교를 맺는 행위 등의 위법성을 문제 삼아 법원에 제소할 수 없다는 점에 대해서도 다른 의견이 있을 수 없다.

　그렇다면 현대상선의 대북자금지원 및 이에 개입한 청와대 등 권력기관의 행위를 김대중 대통령의 표현대로 '통치권 차원'의 결단으로 볼 수 있는가?

　김대중 대통령이 '통치행위'라는 표현 대신에 '통치권 차원'이라는 표현을 쓴 것이 의도적인 것인지 여부는 알 수 없다. 분명한 것은 대통령이 이 문제를 법원의 심판대상으로 삼아서는 안 된다는 뜻을 밝혔다는 것이다.

여기에서 우리는 과거 우리와 같이 분단국가의 운명 속에서 살았던 독일의 경우를 살펴볼 필요가 있다. 왜냐하면 1950년대부터 분단 서독의 정권 담당 자들은 연합군에 의한 점령상태를 신속하게 종식시키고자 하는 정치적 목적을 달성하기 위하여 실정법에 위반하는 조치들을 취했기 때문이다.

이러한 조치들에 대해서 실정법 위반을 문제 삼아 법적 제재를 가해야 하는지, 정치적 도덕적 비판을 받아야 하는지, 아니면 헌법적 정당성을 부여해줘야 하는지에 관한 다툼이 일어나는 것은 당연한 일이었다. 급기야 이 문제는 서독연방헌법재판소의 심판대에 오르게 되었다.

독일의 '자르(Saar)' 지역은 베르사유조약을 통하여 1919년 이후 국제연맹의 신탁통치를 받게 되었다. 그 후 1935년에 베르사유조약에 규정되어 있는, 자르 지역의 최종적 정치적 운명에 관한 주민투표가 행해졌고, 압도적 다수의 지지로 자르 지역은 독일로 되돌아갔다.

제2차 세계대전 후 자르 지역은 프랑스 점령지역에 속하게 되었다. 1947년에 자르 지역에서는 프랑스 화폐가 통용되었고, 1948년에 프랑스와 관세동맹이 맺어졌다. 1947년 12월 자르 지역은 점령군의 명령에 근거하여 선출된 입법기관을 통해서 자신의 헌법을 제정하게 되었다. 자르 지역 헌법의 전문(前文)과 여러 원칙적인 조항들에는 자르 지역의 미래는 프랑스와 경제적인 관련을 맺으며, 독일로부터 정치적으로 독립한다는 토대 위에 서 있었다.

이 헌법의 시행 이후 자르 지역에서 점령정부는 공식적으로 그 끝을 맺었다. 그러나 독일은 1949년 이후 프랑스에 의해 자르 지역에서 창설된 정권을 인정할 수 없다는 점에 대해서 전혀 의심하지 않았다.

1951년 이후 영국과 미국의 중재로 독일과 프랑스 사이에 자르 문제를 해결하기 위한 협상이 이어졌다. 그 결과 1954년 10월 23일에 서독연방 수상과 프랑스 수상이 서명한 '자르의 지위에 관한 협정'이 맺어지게 되었다. 이 협정은 자르 지역에 유럽연맹 내에서의 "유럽적 지위"를 부여하고자 하는 것이었다.

이 협정으로 독일과 프랑스 두 나라는 자르 지역에서는 평화조약이 체결될 때까지 일정한 "지위"가 존재해야 한다는 데 합의하였다. 자르 지역의 이러한 지위는 유럽연맹 각료회의에 책임을 지는 감독관의 감독하에 유지되도록 하였다.

서독과 프랑스 사이에 맺어졌던 이 협정이 헌법위반이라고 생각했던 사람들은 연방헌법재판소에서 다음과 같은 주장을 하였다. 이 협정은 자르 지역에 유럽적 지위를 부여하고 있고, 적어도 그러한 지위가 유지되는 기간 동안 자르 지역이 독일에서 배제되는데, 이는 독일기본법(헌법)이 1937년 12월 31일의 국경선 내에 들어 있던 모든 독일 국민을 포괄하면서 현재에도 계속 존재하고 있는 국가를 전제로 한다는 정신에 위반한다는 것이었다.

1955년 5월 4일 서독연방헌법재판소는 서독연방의 자르 지역에 여전히 존재하고 있는 점령군의 점령상태에서 벗어나기 위하여 체결한 프랑스와의 조약이 그 이전에 존재하던 상태(즉 점령상태)보다 더 기본법(헌법)에 접근해 있는 경우에는 그것을 위헌이라고 보아서는 안 된다고 선언하였다. 이를 가리켜 소위 '접근의 이론(Annaehrungstheorie)'이라고 한다.

서독연방헌법재판소가 이 사건에서 정치적으로 취해지는 어떠한 조치이건 접근의 관념으로 정당화될 수 있다고 본 것은 아니었다. 포기할 수 없는 헌법원칙들이 침해되어서는 안 되고, 헌법에 더 접근하는 새로운 조치들은 잠정적인 것이어야 한다고 보았다.

또한 1955년 12월 1일부터 효력을 발생한 '점령손해의 보전에 관한 법률' 제6조는 1948년 6월 21일의 화폐개혁을 기준으로 화폐개혁 전에 행해진 작위 또는 부작위를 통한 손실 또는 손해의 전보('점령손해'란 점령군의 서독 점령으로 인하여 발생한 손해를 가리킴)에 관한 계산방법을 규정하고 있었다.

이에 따르면 ①사망 또는 지속적인 치료가 필요한 상해가 야기된 경우에는 1제국마르크당 1서독마르크의 비율로 계산하고, ②그 밖의 손실 또는 손해의 경우에는 10제국마르크당 1서독마르크의 비율로 환산하도록 규정하고 있었다(여기에서 '제국'이란 서독정부가 세워지기 이전의 독일을 가리킴). 이 규정과 관련하여 손실을 입게 된 사람들이 서독연방헌법재판소에 헌법소원을 청구하였다.

이와 관련하여 서독연방헌법재판소는 1969년 12월 3일에 내린 결정에서 관련 법률조항이 기본법(헌법)에 규정되어 있는 재산권이나 평등권을 침해하는 것은 아니라고 보았다. 점령군의 서독 점령으로 인하여 발생하게 된 청구권을 제한하는 것이 헌법에 더 접근하는 상태(즉, 점령상태의 종식)에 도달하기 위하여 필요한 것으로 보아 이를 합헌이라고 본 것이다.

이를 통하여 판례는 접근의 관념으로 정당화될 수 있는 조건들을 더 구체화시켜나갔다. 그것은 '정치적으로 도달된 것'과 '법적으로 희생된 것' 사이에는 균형관계가 유지되어야 한다는 것, 법적으로 희생된 것은 '사소한 것'이어야 한다는 것이었다.

한때 우리나라에서 유신헌법이 이 '접근의 이론'에 의할 때 정당화된다고 본 헌법학자가 있었다. 그러나 유신헌법은 접근의 이론에 의해서 결코 정당화될 수 없었다. 유신헌법은 우리 헌법의 기본원칙들을 침해하고 헌법을 파괴하는 막대한 손실을 초래하는 등 독일연방헌법재판소가 설정한 접근의 이론에 의한 정당화 조건을 전혀 충족시키지 못했기 때문이다.

위에서 소개한 서독연방헌법재판소(현재는 독일연방헌법재판소)가 내린 두 개의 판례가 현재 우리나라에서 문제되고 있는 현대상선의 대북자금지원과 사실관계를 같이하는 것은 아니다.

그러나 독일에서 발생한 사건들과 우리나라에서 문제되고 있는 사건들의 본질적 쟁점은 동일하다. 조약의 형식이건 법률의 형식이건 아니면 사실적 행위이건 정권담당자가 내린 정치적 성격을 띠는 결단들이 실정법에 위반하는 경우, 그것을 곧바로 위법이라고 보아야 하는가 아니면 그러한 결단들이 헌법의 기본가치들에 더 접근하는 경우 헌법적 정당성을 부여해야 하는가의 문제이기 때문이다.

그렇다면, 현대상선의 대북자금지원이 접근의 이론에 의해서 정당화될 수 있는가? 우리 헌법은 조국의 평화적 통일을 헌법이 실현해야 할 중요한 가치로 설정하고 있다(헌법 제4조 등).

조국의 평화적 통일이라는 헌법적 가치에 더 접근하는 길은 무엇인가? 외국환관리법, 국가보안법, 형법 등 실정법의 엄격한 테두리 내에서 통일을 모색하는 것인가, 아니면 헌법의 기본원칙들을 지키면서 잠정적인 기간 동안 다소간의 실정법적 희생을 감수하면서 정치적 목적 달성을 위한 조치들을 취하는 것인가?

　필자는 이 경우 후자가 우리 헌법이 지향하는 평화적 통일이라는 가치에 더 접근하는 것이라고 생각한다. 우리의 통일은 때로는 실정법의 굴레를 벗어나면서 헌법이 지향하는 가치들을 더 소중히 여기는 정치적 결단들이 감행될 때 비로소 가능한 일이기 때문이다. 결론적으로 말해 현대상선의 대북자금지원은 헌법적으로는 정당하다고 할 수 있다.

3. 헌법이론에 대한 그릇된 이해

- 2004년 10월 21일, 전북일보

신행정수도건설특별법이 헌법재판소에 의해서 위헌결정을 받았다. 헌법재판소의 위헌결정이 내려지면 해당 법률 또는 법률조항은 그날 즉시 효력을 상실한다. 헌법재판소의 결정에 대하여는 이를 다시 다툴 수 없기 때문에 그것은 종국적인 결정이므로, 법적인 의미에서 신행정수도건설특별법은 사라진 것이다.

헌법재판소의 위헌결정에 따라 신행정수도 건설과 관련한 정부의 모든 정책집행은 그 법적 기초를 잃어버린 것이고, 법치국가 원칙상 정부는 신행정수도 건설을 위한 행정을 더 이상 진행할 수 없게 되었다.

헌법재판소가 신행정수도건설특별법이 위헌이라고 본 이유는 다음과 같다. 수도의 설정과 이전의 의사결정은 국가의 정체성에 관한 기본적 헌법사항으로서 헌법이 정하는 바에 따라 국민이 스스로 결단하여야 할 사항이라는 것, 서울이 우리나라의 수도인 점은 불문의 관습헌법이므로 헌법 개정절차에 의하여 새로운 수도 설정의 헌법조항을 신설함으로써 실효되지 아니하는 한 헌법으로서의 효력을 가지는 것이라는 것, 따라서 수도를 이전하기 위해서는 대통령 또는 국회의원 재적 과반수가 발의하여 국회재적의원 3분의 2 이상의 찬성을 얻은 후, 국민투표에 붙여 국회의원 선거권자 과반수의 투표와 투표자 과반수의 찬성을 얻어야 한다는 것이다.

헌법재판소의 이러한 결정은 헌법이론에 대한 그릇된 이해에서 비롯된 것이다. 그 이유는 다음과 같다.

먼저 수도가 서울이라는 것이 헌법에 규정되어 있을 경우 이를 개정하려면 마땅히 헌법 개정 절차를 밟아야 한다. 그러나 수도가 어느 지역인지 헌법에 명문으로 규정해야 하는 필연성이 존재하는 것은 아니다. 수도를 헌법으로 규정할 것인가 아니면 법률로 규정할 것인가는 헌법정책의 문제이다. 따라서 "수도를 어디로 정하는가가 헌법적 중요성을 가지고 있고, 그것은 헌법에 규정되어 있지 않다 하더라도 헌법 개정의 절차를 밟아야 한다"는 것은 궤변이다.

헌법재판소는 헌법 개정에 대한 기본적 이해도 갖추지 못하고 있다. 헌법 개정은 성문의 헌법조항을 대상으로 한다. 헌법 개정안을 발의할 때, 개정하기 위한 헌법조항을 특정해야 하는 것은 헌법 개정을 위한 기본요건에 해당한다. 물론 성문헌법에 새로운 조항을 추가하고자 하는 경우도 헌법 개정에 해당한다.

그러나 기존의 성문헌법에 들어 있지 않은 어떤 내용이 헌법 개정의 절차를 통해서라도 반드시 성문헌법에 들어가야 한다는 논리는 성립하지 않는다. 도대체 어떤 내용이 성문헌법에 들어가야 하는가에 관한 판단을 누가 내릴 수 있다는 말인가?

헌법재판소는 수도를 이전하려면 헌법을 개정해야 한다고 말했다. 헌법재판소의 이러한 표현은 대통령과 국회의원에게 헌법 개정에 대한 명령을 내린 것이다. 헌법이론으로 볼 때 헌법재판소가 다른 국가기관에게, 더구나 헌법재판소보다 훨씬 더 강한 민주적 정당성을 부여받고 있는 대통령과 국회의원에게 이런 명령을 내릴 수 있는가? 헌법재판소는 이 점에서도 헌법 해석을 그르쳤다.

지금까지 우리나라에서 그 어느 누구도 수도가 서울이라는 것이 관습헌법에 속하고, 그렇기 때문에 수도를 이전하려면 헌법 개정절차를 거쳐야 한다는 주장을 한 경우는 없다. 이것은 외국의 이론과 판례에서도 마찬가지이다.

이상의 이유로 볼 때 헌법재판소의 결정은 헌법 해석의 한계를 훨씬 벗어나 버렸다. 그것은 헌법재판이라기보다는 정치재판의 성격을 강하게 띠고 있고, 때문에 헌법합치적 결정이 아니라 헌법파괴적 결정이라 보아야 한다.

4. 탄핵사유는 존재하지 않는다

- 2004년 3월 12일, 노컷뉴스

국회의 대통령 탄핵소추에 대한 헌법적 판단

국회가 대통령을 탄핵소추하는 헌정사상 초유의 사건이 벌어졌다. 그동안 많은 헌법학자들은 이번에 국회가 문제로 삼았던 노무현 대통령의 발언은 탄핵소추사유가 되지 않는다고 보았지만, 야당 국회의원들은 자신들의 정치적 또는 정략적 판단에 따라 탄핵소추안을 통과시켰다. 이제 노무현 대통령 탄핵에 대한 최종적인 법적 판단은 헌법재판소가 떠맡게 되었다. 그동안 탄핵정국을 지켜본 헌법학자의 한 사람으로서, 이번 사건에 대한 헌법이론적 판단을 내려보기로 한다.

헌법이 규정하는 탄핵제도는 검찰이나 법원에 의한 법적 제제를 기대하기가 곤란한 고위직 공무원에 대하여 효과적인 통제를 가하고, 헌법을 수호하는 기능을 하는 제도이다.

탄핵사유, 탄핵제도의 입법취지에 맞아야

헌법 제65조 제1항은 탄핵대상자로 대통령·국무총리·국무위원·헌법재판소재판관·법관·중앙선거관리위원회위원·감사원장·감사위원 등을 규정해놓고 있다. 탄핵의 사유는 직무집행에 있어서 헌법이나 법률을 위배하는 것이다. 구체적으로 어떠한 행위가 탄핵사유에 해당하는 것인지에 관하여는 헌법학자들의 해석과 판례에 맡겨져 있다. 그러나 그 해석은 헌법상의 탄핵제도의 입법취지에 맞는 해석이어야 한다는 한계가 있다.

국가공무원법(지방공무원법도 동일) 제2조는 공무원을 경력직공무원과 특수경력직공무원으로 구분하고, 특수경력직공무원을 정무직·별정직·계약직·고용직공무원으로 세분하고 있다. 국가공무원법상 정무직공무원이란 ①선거에 의하여 취임하거나 임명에 있어서 국회의 동의를 요하는 공무원과 ②고도의 정책결정업무를 담당하기 위하여 별도의 자격기준에 의하여 임용되는 공무원으로서 법령에서 정무직으로 지정하는 공무원을 가리킨다.

정무직공무원의 정치적 의사표현, 탄핵사유에 해당하는가?

여기에서 문제가 되는 것은 대통령, 국무위원을 포함한 정무직공무원의 정치적 의사표현이 탄핵소추사유에 해당하는가이다. 정무직공무원은 직무의 성질상 일정 정도 정치성이 예견되는 공무원이라는 점에 대해서는 반대하는 견해가 존재하지 않는다. 여기에서 정치성이 예견된다는 것은 그 직무와 무관하게 정치적 의사표현을 하는 것은 물론이고, 그 직무와 관련해서도 어느 정도의 정치적 의사표현을 할 수 있다는 것을 의미한다. 그렇게 되면 헌법(제6조 제2항)이 규정하는 공무원의 정치적 중립성 의무와 충돌을 일으키는 것이 아닌가라는 문제제기가 있을 수 있다.

그러나 헌법에서 말하는 공무원의 정치적 중립성 의무는 원칙적으로 직업공무원제도가 적용되는 경력직공무원에게 부과하고 있는 의무이다. 이 때문에 경력직공무원은 정당의 발기인이나 당원이 될 수 없도록 하고 있다(정당법 제6조는 국가공무원법 및 지방공무원법 제2조에 규정된 공무원에게는 정당의 발기인이나 당원이 되는 것을 금지하면서, 대통령·국무총리·국무위원 등 정무직공무원과 경력직공무원 중 특정직공무원에 속하는 대학의 교원에게는 이를 허용하고 있다). 이는 공무원의 정치적 중립성 의무에 관한 헌법의 문언(文言)을 법률이 구체화하는 의미를 갖는다.

공무원의 정치적 중립에 대하여

정무직공무원에 해당하는 대통령의 정치적 의사표현과 관련하여 특히 문제될 수 있는 것이 선거 또는 정당의 활동과 관련한 것이다. 공직선거및선거부정방지법 제9조 제1항은 "공무원 기타 정치적 중립을 지켜야 하는 자(기관·단체를 포함한다)는 선거에 대한 부당한 영향력의 행사 기타 선거결과에 영향을 미치는 행위를 하여서는 아니 된다"라고 하여 선거에서의 공무원의 중립의무를 규정하고 있다.

여기에서 제기할 수 있는 문제는 ①선거에서의 공무원의 중립의무 조항 때문에 공무원은 일체의 정치적 의사표현을 할 수 없는가, 그리고 ②선거에서 대통령·국무총리·국무위원 등 정무직공무원은 어떠한 정치적 의사표현도 할 수 없는가이다.

첫 번째 문제와 관련하여, 공무원의 선거중립의무는 공무원이 그 지위를 이용하여 공직선거에 영향을 미치는 것을 금지하기 위한 것이다. 만약 이러한 행위를 금지하지 않으면 공정선거는 기대할 수 없고, 결국 선거의 기본원칙들을 침해하면서 민주주의의 실현을 방해하기 때문이다. 그러나 공무원이라는 이유로 선거와 관련한 어떠한 정치적 의사표현도 할 수 없다고 보아서는 안 된다. 왜냐하면 공무원도 공무원의 신분과 함께 국민의 한 사람으로서의 신분을 갖고 있고, 후자의 위치에서 선거에 관한 단순한 정치적 의사표현을 할 수는 있기 때문이다. 이러한 행위마저도 금지한다면 그것은 헌법이 보장하는 언론의 자유(특히 의사표현의 자유)와 선거권을 침해하는 결과를 초래하기 때문이다.

두 번째 문제와 관련하여 일단 정무직공무원에게는 일정 정도의 정치적 의사표현의 필요성과 가능성이 예견되어 있다고 보아야 한다. 그렇다고 하여 모든 정무직공무원에게 허용되는 정치적 의사표현의 정도가 동일한 것으로 보아서는 안 된다. 예를 들어 행정에 관하여 대통령의 명을 받아 행정을 통할해야 하는 국무총리(헌법 제86조 제2항)에게 정치성이 가장 강한 대통령과 동일한 정도의 정치적 의사표현의 자유가 보장된다고 보는 것은 올바른 헌법 해석이 아니다.

여기에서 살펴보아야 하는 것은 공무원의 선거중립의무를 규정하는 공직선거및선거부정방지법 제9조 제1항의 입법취지이다. 그것은 대통령을 비롯한 공무원이 선거에 있어서 국가의 공적 조직을 이용하거나 공무원에게 직·간접적인 강제나 압력을 가하여 선거에 영향을 미치는 것을 금지하겠다는 것이다. 이는 민주적 선거를 위하여 당연히 요청된다. 이와 관련하여 대통령은 선거와 관련하여 특정 정당 또는 특정 후보에 유리하거나 불리한 어떠한 정치적 의사표현도 할 수 없고, 그럼에도 불구하고 그러한 정치적 의사표현을 하는 경우 이는 공무원의 선거중립의무 위반이고 동시에 탄핵사유가 된다는 견해가 있을 수 있다.

그러나 이러한 견해는 대통령의 직무의 성질과 선거중립의무 조항의 입법취지에 대한 오해에서 비롯된 것이다. 대통령은 선거와 관련하여 단순한 정치적 의사표현은 할 수 있다. 예를 들어 "국회의원총선거에서 여당에게 안정의석을 확보해주면 대통령의 임기 동안 소신 있고 일관성 있는 정책을 펴나갈 수 있다"라는 정치적 의사표현은 대통령의 직무의 성질상 당연히 예견되는 정치적

의사표현이다. 이러한 정도의 정치적 의사표현은 대통령이 그 직위를 통하여
공적 조직을 이용하거나 공무원에게 직·간접적인 영향을 미쳐 선거의 공정성
을 해치는 행위로 볼 수 없기 때문이다.

5. 헌법질서를 교란시킨 국회의원들

- 2004년 3월 12일, 전북일보

2004년 3월 12일은 우리나라 헌정사에 새로운 기록을 남긴 날이다. 국민들에게는 깊은 당혹감과 충격을 준 날이지만, 그 속을 자세히 들여다보면 이 나라의 국회의원들의 정체를 알 수 있게 해준 날이기도 하다.

대통령에 대한 탄핵은 헌법이 예정하고 있는 일이다. 헌법 제65조는 대통령이 "직무집행에 있어서 헌법이나 법률을 위배한 때" 국회는 탄핵소추를 할 수 있다고 규정하고 있기 때문이다. 물론 법관의 자격을 가지고 있는 사람들로 구성된 9인의 헌법재판소 재판관들의 엄밀한 법적 판단을 기다리고 있기는 하지만, 이 시점에서 국민들은 도대체 탄핵이라는 게 뭔가라는 의문을 가지고 있다. 헌법을 보면 대통령은 헌법을 수호할 책무를 지고 있고(제66조 제2항), 취임에 즈음하여 "헌법을 준수"한다는 선서를 한다(제69조). 헌법은 수많은 공직자의 직무행위를 규정하고 있지만, 오로지 대통령에 한해서는 이렇게 특별한 조항들을 두고 있다.

대통령은 국법질서를 준수하면서 국정을 수행해야 한다. 여당만의 이익을 고려하는 국정수행이 아니라 야당의 이익도 고려하고, 공동체에 존재하는 수많은 이해관계를 합리적으로 조정하면서 국정을 이끌어가야 할 책무가 대통령에게 있다. 대통령이 공직선거법을 준수해야 할 의무도 이러한 관점에서 당연히 도출되는 것이고, 공직선거법 제9조는 이를 구체화하여 공무원의 선거중립의무를 규정하고 있다.

우리는 이승만, 박정희, 전두환, 노태우 등 과거의 독재권력자들이 선거를 이용하여 자신들의 정권안보를 유지해가는 더러운 사태들을 경험했다. 그것은 곧바로 우리 헌법을 지탱해주는 가치인 민주주의를 후퇴시키고 파괴하는 결과를 가져오는 것을 목도하게 했다. 이러한 역사는 우리로 하여금 대통령이 공조직이나 공무원을 이용하여 불법적으로 선거에 개입하는 행위를 철저히 금지시켜야 한다는 입법적 합의에 도달하도록 한 것이다.

그러나 대통령은 국가공무원법 제2조가 말하는 경력직공무원이 아니다. 특수경력직공무원, 그중에서도 정치성이 예견되는 정무직공무원이다. 정치적 의사표현이나 정치적 활동을 어느 정도 자유롭게 할 수 있고, 정당의 발기인이나 당원이 될 수 있으며, 선거 때에는 여당을 지지해달라는 의미의 단순한 정치적 의사표현도 할 수 있다. 이번에 국회가 문제로 삼은 탄핵소추사유는 노무현 대통령의 선거 관련 발언이었고, 그 발언수위는 공직선거법상의 선거중립의무를 위반했는지조차 의심스러운 정도였다. 설사 대통령의 그러한 발언이 공직선거법을 위반하는 것이었다 하더라도, 그것이 탄핵사유의 정도에까지 이르렀는지는 의문이다. 이 나라 절대다수의 헌법학자들이 대통령의 그러한 발언은 탄핵사유에 해당하지 않는다고 보고 있다.

탄핵소추안 의결에 참여한 국회의원들은 탄핵조항의 입법취지를 아예 몰랐거나 철저하게 무시해버렸다. 그 결과 우리 앞에 나타난 것은 헌법질서의 심각한 동요다. 국회의원들은 헌법 제84조가 왜 대통령에게 내란죄 또는 외환죄를 제외한 일체의 형사범죄에 대하여 형사상의 특권을 주는지 그 의미조차 파악하지 못하고 있다. 정말 중대한 사유가 없는 한, 단순한 헌법위반 또는 법률위반을 이유로 대통령을 탄핵하거나 형사소추하지 말라는 것이 헌법 제65

조와 제84조가 내리고 있는 명령이다. 우리는 차떼기정당, 방탄국회, 범죄집단, 적법한 영장집행 거부라는 법질서 파괴 등으로 기록되는 16대 국회가 그 마지막을 헌법질서 교란으로 끝내고 있다는 것을 기억해야 한다.

탄핵소추사유의 범위와 대상적용 문제

헌법 제65조 제1항은 "그 직무집행에 있어서 헌법이나 법률을 위배한 때"를 탄핵소추사유로 규정하고 있다. 여기에서 어느 정도의 헌법위반이나 법률위반을 탄핵소추사유로 볼 수 있는가, 그리고 탄핵소추사유의 정도는 법문(法文)이 열거하고 있는 자 모두에게 동일하게 적용되는가이다.

첫 번째 문제와 관련하여 직무집행에 있어서 '단순한' 헌법위반이나 법률위반을 탄핵소추사유로 볼 수는 없다. 예를 들어 법관이 범죄현장에 대한 검증을 위하여 직접 승용차를 운전하고 가던 중 업무상과실치상사고를 일으켰을 때, 법문의 문리해석상 "그 직무집행에 있어서 법률에 위배한 때"에 해당하는 것은 명백하지만, 이를 탄핵소추사유의 발생으로 보는 것은 지나치게 법실증주의적 해석이라는 비판을 면할 수 없다. 따라서 탄핵소추사유는 더 이상 공직수행을 위임할 수 없을 정도로 중대한 헌법위반 또는 법률위반이라고 보는 것이 올바른 헌법 해석이다.

두 번째 문제와 관련하여, 적어도 그것이 대통령에게 적용되는 경우, 탄핵소추사유의 정도는 법문이 열거하고 있는 자 모두에게 동일하게 적용된다고 볼수는 없을 것이다. 그 근거로 원용될 수 있는 조항이 바로 헌법 제84조가 규정하고 있는 대통령의 형사상의 특권이다. 이 조항에 따르면 "대통령은 내란 또는 외환의 죄를 범한 경우를 제외하고는 재직 중 형사상의 소추를 받지 아니한다." 이 조문은 대통령이 내란 또는 외환의 죄를 범한 경우에는 비록 재직 중이라도 형사상의 소추를 할 수 있다는 소추가능성과 소추하라는 소추명령을 규정하고 있는 조항이다. 물론 소추하지 않았다고 하여 공소시효가 진행되거나 완성되는 것은 아니다.

이와는 달리 내란죄 또는 외환죄 외의 일반형사범죄에 대해서는 대통령의 재직 중에는 형사상의 소추를 하지 말라는 뜻이 그 속에 포함되어 있다. 대통령의 재직기간 중 일반형사범죄에 대한 형사소추금지를 규정하고 있는 것이다. 여기에서 헌법 제84조가 대통령이 범한 내란죄 또는 외환죄 외의 일반형사범죄의 경우 형사소추를 금지하고 있는 입법취지를 살펴보아야 한다. 그것은 일반형사범죄의 경우 그러한 범죄행위를 검찰이 기소하여 법원의 재판을 받게 함으로써 얻는 이익보다는 이러한 유죄판결을 통하여 초래하게 될 대통령의 궐위(공직선거및선거부정방지법상 금고 이상의 형의 선고를 받고 그 형이 실효되지 아니한 자는 피선거권이 없게 되기 때문에, 대통령이 임기 중 금고 이상의 형의 선고를 받으면 그 피선자격을 상실하므로 대통령은 궐위가 된다. 법 제9조제1항 제2호)로 인한 정치적·경제적 불안정 내지는 혼란, 대외신인도 하락 등의 국가적 불이익이 훨씬 클 경우가 많기 때문에, 대통령의 임기 동안에는 공소시효의 진행을 정지시키고자 하는 것이다.

그렇다고 하여 헌법 제65조가 탄핵사유로 규정하고 있는 "직무집행에 있어서 헌법이나 법률을 위배한 때"란 곧 내란죄 또는 외환죄에 해당하는 경우를 의미한다고 말할 수는 없다. 그것은 대통령의 직무집행에서 발생하는 헌법위반 또는 법률위반의 정도가 명확하고 중대하여 대통령으로서의 직무집행을 계속 하게 하는 것이 국가이익에 중대한 손실을 초래하거나 법질서를 직접 위태롭게 할 것이 명백한 경우를 가리킨다고 보아야 한다. 헌법 제65조 제1항이 규정하는 탄핵사유를 이렇게 해석할 때, 정무직공무원인 대통령에게 통상 허용될 수 있는 정치적 의사표현을 가리켜 탄핵사유라고 보는 것은 법문의 입법 취지와는 매우 동떨어진 것이라고 보아야 한다.

6. 신행정수도 건설의 법적 쟁점

- 2004년 7월 19일, 새전북신문

신행정수도 건설이 헌법에 위반하는지에 관한 논란이 끊이질 않고 있다. 신행정수도 건설에 이의를 제기하는 사람들은 이를 다시 두 부류로 나눌 수 있다. 하나의 부류는 이 문제를 국민투표를 거쳐 결정해야 한다고 주장하고 있고, 다른 하나의 부류는 그것이 국민의 기본권을 침해하기 때문에 위헌이라는 것이다.

우선 신행정수도 건설이 국민투표를 통해 결정되어야 하는 문제인가에 관하여 생각해보기로 한다. 헌법 제72조에 따르면 대통령은 외교·국방·통일 기타 국가안위에 관한 중요정책을 국민투표에 붙일 수 있다. 이 조항은 원래 박정희의 유신통치를 정당화하기 위한 수단으로 유신헌법에 규정되었고, 박정희는 실제로 이 조항을 그러한 목적으로 써먹었다. 여기에서 중요한 것은 국민투표에 붙일 사항은 '국가의 안위에 관련되는 것'이어야 한다는 것과 어떤 사항을 국민투표에 붙일 것인가는 '대통령의 재량'에 맡겨져 있다는 것이다. 이와 관련하여 "헌법 해석상 신행정수도 건설 문제는 어떻게 결정하는 것이 올바른가"라는 문제가 제기된다. 신행정수도 건설은 국가와 국민 전체의 삶의 미래와 관련되는 문제이기 때문에, 이를 대통령 한 사람의 의사로 결정할 수 없다는 것은 당연하다.

이 문제를 결정하는 방법에는 두 가지가 있다. 대의기관인 국회의 입법을 통해서 결정하는 것과 국민투표를 통해서 결정하는 방법이 그것이다. 대의민주주의를 원칙으로 하는 우리 헌법의 해석상 이 문제는 국회가 법률의 형식으로 결정하는 것이 바람직하다. 국회가 이 문제에 관한 결정을 게을리하고 있거나 정쟁으로 인하여 결정을 내리기가 극히 곤란할 경우에 비로소 보충적으로 생각해볼 수 있는 것이 국민투표의 방법이다.

그러나 설사 국회가 기능장애를 일으키고 있다 할지라도, 이 문제를 국민투표에 붙이도록 대통령을 강제하는 방법은 없다. 이 문제에 관한 국민투표의 실시는 대통령의 재량에 맡겨져 있기 때문이다. 그러나 국회는 이미 16대 때 신행정수도건설특별법을 제정함으로써 국민투표의 가능성을 봉쇄해버렸다. 그럼에도 불구하고 대통령이 이 문제를 국민투표에 붙인다면, 그 자체가 국회의 입법권을 침해하는 것으로서 위헌이다. 다음으로 신행정수도 건설이 국민의 기본권을 위헌적으로 침해하는 것인가라는 문제가 있다.

이 문제가 헌법소원의 대상이라고 주장하는 사람들에 따르면 신행정수도 건설은 국민의 행복추구권과 직업의 자유 등을 침해한다고 주장한다. 헌법재판소 판례에 따르면 행복추구권에는 성적 자기결정권, 혼인의 자유, 혼인 상대방 결정의 자유, 일반적 행동자유권, 개성의 자유로운 발현권, 계약의 자유, 소비자의 자기결정권 등이 포함되어 있다. 판례에 비추어 볼 때, 신행정수도 건설이 수도권 주민들의 행복추구권 중 어떤 것을 침해하는지 극히 의문이다.

직업의 자유는 자신이 종사할 직업을 자유롭게 선택하고, 그 선택한 직업을 자유롭게 영위해나갈 자유이다. 신행정수도로 이전해갈 국가기관의 공무원이나 장차 공무원이 되고자 하는 사람들의 공무담임권, 그리고 사업의 성격상 신행정수도와 지리적으로 근접해 있어야 할 사기업의 근로자나 이에 취업을 하고자 하는 사람들의 직업의 자유를 침해한다는 것이 그들의 주장일 터이다.

　그러나 이러한 주장은 지나친 억지이다. 신행정수도 건설이 공무원들에게 공무원 생활을 더 이상 할 수 없게 할 정도로 큰 불이익을 주며, 앞으로 공무원이 되고자 하는 사람들이 그 뜻을 접을 정도로 큰 장애가 된다고 보아야 하는가? 이 문제가 사기업 근로자들에게 더 이상 그 사기업에 근무할 수 없게 할 정도로 심각한 불이익을 주는가? 만약에 그러한 불이익이 발생하고, 그것이 그들의 공무담임권이나 직업의 자유를 침해한다면 그것은 '국토의 균형개발과 이용'이라는 압도적인 헌법적 법익을 위해 감수해야 하는 불이익이다.

　국토의 기형적인 불균형 개발과 이용 및 공룡 서울의 등장은 바로 박정희의 군사독재정권이 남긴 불행한 유산이다. 그러한 박정희마저 국토의 균형개발과 국가의 지속적 발전을 위해서 불가피하다고 생각했던 것이 행정수도 이전이었다. 신행정수도 건설은 지난 2002년 대선공약과 16대 국회에서의 특별법 제정을 통해서 절차적 실체적 정당성을 확보한 국가정책이다. 이 문제와 관련하여 헌법위반은 존재하지 않는다.

7. 헌재의 모순된 헌법 해석

- 2004년 10월 26일, 한겨레신문

신행정수도건설특별법이 헌법재판소의 위헌결정에 따라 그 효력을 상실하였다. 이에 따라 이 특별법과 관련한 노무현 정부의 정책집행은 중단될 운명을 맞았다. 16대 국회 말기 여소야대의 의회상황에서 거대 야당인 한나라당의 협조를 얻어 통과한 법률이 헌법재판소의 결정으로 자취를 감추게 되었을 뿐만 아니라, 이로 인한 국정혼란은 그 전개상황을 예측하기가 어렵게 되었다.

헌법재판소가 밝힌 위헌 이유는 헌법학자로서는 도저히 납득할 수 없는 이론이다. 수도의 위치가 기본적 헌법사항이라는 이론은 한마디로 궤변이다. 수도의 위치에 관한 명문의 규정을 헌법에 둘 것인가 여부는 헌법필연의 문제가 아니라 헌법정책의 문제에 불과하다.

심지어 주권, 국민과 함께 국가의 3대 구성요소에 해당하는 영토를 헌법에 규정해놓지 않고 있는 국가들이 많은데, 이 경우 영토는 불문헌법에 해당하기 때문에, 그 변경에 헌법 개정의 절차를 밟아야 한다는 헌법이론은 존재하지 않는다. 영토는 그 규범적 비중에 있어서 수도의 위치보다 압도적으로 더 중요하다는 점에 대해서는 재론의 여지가 없다.

그럼에도 불구하고 헌법재판소는 그 규범적 서열이 영토보다 훨씬 더 하위에 있는 수도의 위치가 불문헌법에 해당하고, 그렇기 때문에 수도의 위치를 변경하기 위해서는 헌법을 개정해야 한다는 논리를 편 것이다. 불문헌법의 헌법이론적 의미에 대한 교과서적 이해만 하고 있더라도, 그러한 해괴한 헌법 해석을 할 수는 없을 것이다.

수도의 위치 변경에 관한 국가정책을 집행하기에 앞서 정부는 법률안을 마련하여 국회의 심의에 회부하였고, 국회는 이를 통과시켰다. 수도의 위치를 헌법에 규정할 것인지의 여부는 헌법정책의 문제라는 것과 동일한 선상에서, 국회에서 수도 이전에 관한 법률을 통과시킬 것인가 여부를 결정하는 것은 입법정책의 문제이다.

헌법재판소 판례가 거듭 밝혀온 것처럼, 입법정책의 문제에 대한 판단은 입법자의 재량에 맡겨져 있다. 7인의 헌법재판관들은 결정문을 통해서 수도를 절대로 옮겨서는 안 되겠다는 강한 개인적 의지를 보여주었다. 그러한 의지는 바로 헌법위반의 근거조항 찾기에서 드러났다.

원래 헌법소원을 청구한 사람들은 특별법이 위헌이라는 근거를 헌법 제72조의 국가중요정책에 관한 국민투표 조항에서 찾았다. 수도 이전은 국가중요정책이고 이를 위해서는 대통령이 국민의 의사를 물었어야 한다는 것이 그 이유였다. 이 경우에는 헌법 개정에 해당하지 않기 때문에, 대통령이 국회를 거치지 않고 바로 국민투표에 붙이면 된다. 그러나 헌법재판관들은 제72조보다 훨씬 더 까다로운 헌법 개정을 위한 국민투표 절차(제130조 제2항)를 요구했다. 또 하나의 오류를 범한 것이다.

그 이유는 다음과 같다. 헌법 개정의 형식에는 헌법에 이미 존재하고 있는 조항을 대상으로 하는 삭제와 수정이 있고, 새로운 조항을 만들어 넣는 추가가 있다. 헌법재판소가 헌법의 어떤 조항이 위헌이라고 선언하는 경우, 그 헌법조항은 효력을 상실한다. 실질적으로 삭제의 형식을 통한 개헌이 이루어지는 것이다.

그러나 헌법재판소는 이미 판례를 통해서 다른 헌법조항에 위반한다는 이유로 헌법의 특정 조항을 위헌이라고 선언할 수는 없다고 밝힌 바 있다. 헌법재판소의 판단에 따라 수도를 이전하려면 헌법 개정을 해야 한다. 이것은 실질적으로 헌법재판소가 헌법 개정안 제안권자인 대통령이나 국회의원에게 헌법에 특정한 조항을 추가하라고 명령하고 있다는 것을 의미한다. 헌법조항을 삭제할 권한을 가지고 있지 못한 헌법재판소가 새로운 헌법조항을 만드는 개헌을 하라고 명령할 수 있다고 본다면, 이는 철저한 논리의 모순이다.

8. '기득권 파수꾼' 헌법재판관

2008년 11월 15일, 한겨레신문

헌법전문가뿐만 아니라 헌법에 관심 있는 기자들도 헌법재판소에 계류 중인 사건에 대한 결정을 대략 예측하는데, 신기하게도 그 예측은 상당 부분 맞아떨어진다. 예측의 수단은 두 가지이다. 하나는 헌법이론이고, 다른 하나는 헌법재판관들의 정치적·경제적 지향성 분석이다.

우리나라 헌법재판관들의 정치적·경제적 지향성의 추는 보수와 극우 사이에서 오다가다를 반복한다. 정치적으로는 극우에 가깝다고 보는 것이 정확한 판단일 것이다. 그 예가 국가보안법 7조 1항의 찬양고무등죄에 대한 헌법재판관 '전원일치' 합헌결정이다(2004. 8. 26). '서울공화국', '강남공화국'이라는 천박한 별칭을 지니고 있는 대한민국이 지속적으로 발전하고 국민적 일체감을 형성하는 길은 경제력을 포함하는 국가의 힘을 전국 모든 지역에 골고루 분산시키는 것일 테고, 신행정수도건설특별법도 그러한 인식을 바탕으로 하고 있었을 것이다. 그러나 헌법재판소가 위헌결정을 내림으로써(2004. 10. 21), 국가균형발전이라는 시대적 가치는 싹도 트기 전에 짓밟혀버렸다. 위 두 개의 결정 모두 극우보수 세력이 "잃어버린 10년"이라고 떠들어대는 노무현 정권 때 내려졌다는 사실에도 주목해야 한다.

헌법재판은 '무엇이 헌법인가'를 말하는 국가작용이다. 이 때문에 헌법재판관은 특정 이데올로기에 치우치지 않고 중립적으로, 불편부당하게 헌법조문의 의미내용을 읽어내야 한다. 헌법재판관의 중립성과 불편부당성은 헌법재의 생명선이다. 이 선을 일탈하면 헌법재판이라는 이름으로 '무엇이 정치인가' 를 지껄이게 된다. 헌법재판관이 자신의 이데올로기를 재판의 결과에 무리하게 반영하려다 보니 황당한 논리전개가 나오게 되는 것이다. 신행정수도건설 특별법을 무효화시키기 위해 동원한 것이 바로 대한민국의 수도가 서울이라는 것은 관습헌법이고, 수도의 위치를 바꾸는 것은 관습헌법을 변경하는 것이기 때문에, 헌법을 개정해야 한다는 논리를 들이댄 것이다. 수도는 서울이다, 라는 '사실'을 수도는 서울이어야 한다,라는 '규범'으로 치환시켜버린 것이다.

위와 같은 관점에서 보면 지난 13일 내려진 종합부동산세법에 대한 헌법재판소 결정의 생성배경을 선명하게 들여다볼 수 있다. 헌법재판소는 종부세의 입법목적의 정당성은 인정된다고 말하면서도, 가구(세대)별 합산과세 조항은 위헌이며, 1주택 보유자에 대한 예외 없는 종부세 부과조항은 헌법불합치라고 선언했다. 그런데 헌법재판소가 문제 삼은 위 두 조항, 특히 가구(세대)별 합산과세 조항은 종부세의 심장에 해당한다. 헌법재판소 결정의 논리는, 한 인간의 심장을 도려내놓고도 이 사람이 계속 살아 있기를 기대한다,라고 말하는 것과 같다. 헌법재판소의 위헌결정으로 이미 존재의미를 상실한 종부세를 두고 그 입법목적의 정당성은 인정된다는 것은 논리모순을 넘어 논리파괴이다.

결정문에는 다음과 같은 말이 나온다. "세대별 합산규정으로 인한 조세부담의 증가라는 불이익은 이를 통하여 달성하고자 하는 조세회피의 방지 등 공익에 비하여 훨씬 크고"라는 것이다. 이익형량의 원칙에 비추어 볼 때, 인구 중 1퍼센트도 안 되는 종부세 부과대상자의 사익이 나머지 국민의 공익(조세정의, 부동산 과다보유 및 투기수요 억제, 부동산 가격안정, 지방재정 균형발전 등)보다 훨씬 더 크다는 것이다. 헌법재판관들은 헌법을 말하고 있는가, 아니면 소수 기득권 세력의 의사를 대변하고 있는가?

9. 법관 독립성 강화하는 사법개혁 필요

- 2009년 1월 26일, 경향신문

　헌법재판소의 황당한 미디어법 결정, 검찰의 정권 호흡 맞추기와 비교해보면 최근 법원에서 여러 건의 올곧은 판결들이 나오고 있는 것은 법치주의의 확립을 위해 그나마 다행한 일이 아닐 수 없다. 그 와중에 발생하는 법원과 판사들에 대한 정치테러와 언론테러는 이미 예상했던 일이다. 그럼에도 이 시점에서 사법개혁이 필요하다는 것을 부정할 수는 없다. 그동안 법원이 근본적인 사법개혁을 했더라면 최근에 발생하는 것과 같은 법원에 대한 저질스러운 공격은 아예 생각할 수도 없었을 것이다. 필자가 생각하는 사법개혁의 핵심 골자는 법관의 '심판의 독립' 강화, 법관 인사제도 개혁, 국민의 재판청구권의 실질적 보장이다.

　지난해 서울중앙지방법원에서 발생한 신영철 당시 법원장의 촛불재판 개입 사건은 법원 내부에서 법관의 심판의 독립을 침해한 전형적 사건이고, 그러한 사건은 법관의 심판의 독립을 보장하는 법적 장치의 불완전함에서 비롯되었다고 볼 수 있다. '법관 등의 사무분담 및 사건 배당에 관한 예규'는 사건 배당을 법원장이 주관하도록 하고 있다. 법원장은 사건 배당 주관권을 가지고 몰아주기 배당을 하거나 자의적 배당을 할 수 있고, 실제로 그러한 사례들이 발생했다. 재판은 첫 공판기일부터 시작하는 것이 아니라 사건 배당부터 시작한다. 사건당사자나 소송대리인이 재판부 배정에 민감한 반응을 보이는 것도 이 때문이다.

법원장이 사건 배당에 개입하는 것을 허용해서는 안 된다. 이를 위해서는 현재 자문기구로 되어 있는 판사회의를 의결기구로 격상시키고, 판사회의가 미리 법률로 정해진 원칙과 절차를 통해서 공정하고 투명하게 사건 배당을 하도록 해야 한다. 법관 인사제도가 법관의 심판의 독립에 영향을 미쳐서는 안 된다. 그러나 현재의 법관 인사는 법관의 계급제를 기반으로 하고 있고, 법관의 계급제는 고등부장 제도를 통해서 유지되고 있다. 이뿐만 아니라 대법원장과 법원장 등은 법관의 계급제를 통해서 판사 길들이기를 해왔다.

김영삼 정권 때인 1994년 7월 27일 정부와 국회는 이 문제점을 직시하여 법원조직법 개정으로 고등부장 제도를 폐지했다. 그러나 대법원은 '고등법원 부장판사급 이상 법관의 보직 범위에 관한 규칙' 등을 통하여 고등부장 제도를 위법하게 유지해왔고, 이 때문에 고등부장에 승진하지 못하는 유능하고 경력 있는 법관들이 해마다 줄줄이 옷을 벗는 악폐가 이어져왔다. 더욱 가관인 것은, 대법원은 고등부장 진출이 승진이 아님에도 판사들이 그것을 승진으로 여기는 법원문화가 있다고 항변하고 있다는 사실이다.

5·16군사쿠데타가 일어난 해인 1961년 8월 12일 법원조직법이 개정되어 지방법원에도 항소심이 설치되었고, 그때부터 항소심은 지법 항소심과 고법 항소심으로 이원화되어 오늘에 이르고 있다. 이로 인하여 수많은 사건들이 같은 지방법원에서 두 차례의 재판을 받는 심급제도의 왜곡현상이 발생했다. 또한 서울 등 전국 다섯 곳에만 고등법원을 둠으로써 고등법원이 없는 지역주민들이 고등법원의 재판을 받을 권리에 심각한 차별을 겪고 있다(강원도 주민들이 고등법원 재판을 받으러 서울까지 오가는 사정을 상정해보라). 이 문제를 해결하기 위해서는

지법 항소심과 고등법원을 폐지하고, 전국 지방법원 단위로 항소법원을 설치하는 것이 바람직하다.

10. 방송법 재투표는 일사부재의원칙 침해

- 2009년 2월 24일, 한겨레신문

국회의 의사원칙 중에 일사부재의원칙이 있다. 만약 하나의 법률안 기타 의안에 대해 국회가 토론과 표결을 통해 일단 의사를 확정했음에도 불구하고 같은 회기에 다시 표결에 붙이도록 한다면 이는 같은 회기에 국회의 의사가 복수로 존재할 수 있다는 것으로 이 경우 국회의 의사는 자기모순에 빠진다. 또한 하나의 법률안 기타 의안이 한 번 부결되었으면 의원들이 그 안건에 대해 시간적 여유를 갖고 신중하게 검토해본 후 회기를 바꾸어 의사를 표시해야 한다. 다수결은 생각하는 다수결이어야지, 속전속결식 다수결이어서는 안 된다. 다수결은 단순한 숫자놀음이 아니라 헌법과 국회법이 규정하는 절차를 거치고 소수파의 의사를 숙고하면서 의사를 결정하는 방식이다.

일사부재의원칙은 보통 소수파에 의한 의사진행방해를 막기 위한 것이다. 하물며 다수파가 일사부재의원칙을 깨는 것은 국회의 권한에 대한 더 큰 위협 요소가 된다. 일사부재의원칙은 헌법이 규정하는 국회의 입법권이 실질적이고 헌법합치적으로 행사되도록 하기 위한 것이다. 이러한 일사부재의원칙은 헌법상 불문의 원칙이고 국회법 제92조가 이것을 확인하고 있다.

김형오 국회의장이 이윤성 부의장에게 사회권을 넘겼고, 방송법 개정안에 대한 표결을 실시한 결과 145명의 의원만이 투표에 참여함으로써 재적의원 과반수가 표결에 참여해야 한다는 요건을 충족하지 못했다. 재적의원 과반수가 표결에 참여하지 않았다는 것은 해당 법률안이 부결되었다는 것을 뜻한다. 이 경우 국회는 같은 회기에 다시 해당 법률안에 대한 의결절차를 밟지 못하게 되어 있다. 이윤성 부의장이 "재석의원이 부족해 표결불성립되었으므로 다시 투표해달라"고 요청하고 이에 따라 재투표가 실시되었지만, 이런 경우 의사진행권자가 재투표에 회부할 권한 자체가 헌법이나 국회법에 존재하지 않고 존재할 수도 없다. 비록 이윤성 부의장이 "표결불성립"이라는 용어를 썼지만, 국회 의사의 법적 성질이 의장이나 부의장의 용어표현에 따라 달라지는 것은 아니다. 원래 재투표란 처음의 투표가 법적으로 무효가 되었을 경우에 치르는 투표를 말한다. 국회의원선거에서의 재선거를 생각해보라.

방송법의 불법처리에 이의를 갖는 국회의원들은 즉각 헌법재판소에 권한쟁의심판을 청구해야 한다. 헌법재판소는 국회의원이 법률안의 의결과 관련하여 국회의장을 상대로 권한쟁의심판을 청구할 수 있다는 것을 판례로 확립해놓고 있다. 또한 권한쟁의심판의 청구와 함께 가처분도 신청해야 한다. 헌법재판소법 제65조는 "헌법재판소가 권한쟁의심판의 청구를 받은 때에는 직권 또는 청구인의 신청에 의하여 종국결정의 선고 시까지 심판대상이 된 피청구인의 처분의 효력을 정지하는 결정을 할 수 있다"라고 규정하고 있다.

이명박 정권이 왜 이토록 헌법질서를 짓밟고 국회의원의 헌법적 권한을 파괴하면서까지 방송법 개악에 병적으로 집착하는지 그 이유는 이미 김형오 국회의장의 입을 통해서 명백하게 드러났다. 그것은 족벌신문 조중동에게 지상파방송을 넘겨주기 위한 것이다. 이명박 정권의 뇌리 속에는 민주적 헌법질서에서 방송이 차지하는 가치는 중요하지 않다. 왜 방송이 권력과 자본으로부터, 특히 한국에서는 시장지배적 신문사업자로부터 독립해야 하는지, 공영방송은 무엇인지, 방송 내에서도 경영권과 편성권 사이에는 어떤 경계선이 그어져야 하는지, 따위의 생각이 들어설 여지조차 없다. 2009년 7월 22일은 이명박 정권에 의해서 헌법 제21조가 규정하는 방송의 자유와 독립성이 학살당한 날이다. 방송의 자유와 독립성은 민주주의 존립의 기초라는 점에서 이날은 대한민국의 민주주의가 정권의 토목공사에 의해서 처참하게 찢어진 날이다. 이제 방송의 자유와 독립성에 대한 침탈로 헌법이 보장하는 국민의 알권리는 뇌사상태에 들어가 있다.

헌법 제49조 국회는 헌법 또는 법률에 특별한 규정이 있는 경우를 제외하고는 재적의원과반수의 출석과 출석의원과반수의 찬성으로 의결한다.

국회법 제112조 (표결방법) ①표결할 때에는 전자투표에 의한 기록표결로 가부를 결정한다. 다만, 투표기기의 고장 등 특별한 사정이 있을 때에는 기립표결로 가부를 결정할 수 있다.〈개정 2000. 2. 16〉

제114조 (기명·무기명투표절차〈개정 2000. 2. 16〉) ③투표의 수가 명패의 수보다 많을 때에는 재투표를 한다. 다만, 투표의 결과에 영향을 미치지 아니할 때에는 그러하지 아니하다.

제93조의2 (법률안의 본회의 상정시기) ①본회의는 위원회가 법률안에 대한 심사를 마치고 의장에게 그 보고서를 제출한 후 1일을 경과하지 아니한 때에는 이를 의사일정으로 상정할 수 없다. 다만, 의장이 특별한 사유로 각 교섭단체대표의원과의 협의를 거쳐 이를 정한 경우에는 그러하지 아니하다.

방송법 재투표가 무효라는 논란이 확산되자 국회사무처가 어제 저녁 긴급히 보도자료를 냈다. 사실상 한나라당 휘하에 있는 국회사무처가 낸 보도자료의 주장은 방송법에 대한 재투표가 적법하다는 것이었다. 즉, 방송법 1차

투표에서 투표에 참가한 의원이 재적 과반수에 이르지 못한 145명에 그쳐 가결 또는 부결 등의 의결이 완료되지 못한 상태로, 이는 표결이 성립되지 않아 원칙상 표결불성립이라 할 수 있다는 것이다. 이런 경우는 일사부재의원칙과는 전혀 무관한 것이고 언제든지 다시 표결할 수 있는 것으로 과거에도 다수 사례가 있었다는 것이 국회사무처의 주장이었다.

그러면서 과거의 사례들을 제시했다. 표결 선언 이후 재적의원 과반수 의원이 투표하지 못한 경우, 투표를 재실시하는 것이 관례임을 보이기 위한 사례들이었다. 어디 한번 보자.

16대

- 약사법 중 개정법률안 – 투표불성립: 제222회 제9차(2001. 6. 28) 투표재실시: 제223회 제3차(2001. 7. 18)
- 전원위원회 운영에 관한 규칙안 – 투표불성립: 제238회 제9차(2003. 4. 20) 투표재실시: 제239회 제1차(2003. 5. 16)
- 북한 인권개선 촉구결의안 – 투표불성립: 제240회 제7차(2003년 6월30일) 투표재실시: 제240회 제8차(2003. 7. 1)

17대

- 한·미자유무역협정(FTA) 체결 대책 특별위원회 활동기한 연장의 건 – 투표불성립: 제268회 제8차(2007. 6. 20) 투표재실시: 제268회 제9차(2007. 7. 2)

더 자세한 것은 「국회선례집」을 통해 확인해야겠지만, 일단 국회사무처가 제시한 자료만 놓고 보더라도 어제 있었던 방송법 재투표는 적법하지 못했다는 판단이 내려진다. 국회사무처가 관례라고 제시한 사례들의 공통점이 발견된다. 표결 중 투표불성립이 발생한 바로 그 회의에서 재투표가 이루어진 경우는 없다는 점이다.

앞의 두 안건은 다음 회기에서야 재투표가 이루어졌고, 뒤의 두 안건은 다음 회의에서 재투표가 이루어졌다. 국회사무처가 '관례'를 들먹이니까 말하는 것인데, 최소한 산회를 하고 다음 회의에서 다시 상정하여 재투표를 하는 것이 '관례'였던 셈이다. 그것도 법률안의 경우는 다음 회기에서야 재투표가 이루어졌다. 아마도 일사부재의원칙에 따른 것으로 보인다.

더구나 이들 경우는 투표종료 선언과 개표결과 발표까지 가지 않은 상태에서 투표 도중에 의결정족수 미달이 확인되어 투표가 중단된 것으로 알려지고 있다.

어제의 상황처럼 투표종료를 선언하고 투표결과까지 나왔는데, 이를 없었던 것으로 하고 다시 상정절차조차 거치지 않고 곧바로 재투표를 실시한 관례는 없었음이 국회사무처 보도자료를 통해 드러났다. 어제의 1차 투표상황이 표결불성립이었다는 한나라당과 국회사무처의 주장을 설혹 받아들인다 해도, 바로 그 회의에서 재투표를 실시하는 것은 적법하지 못한 것임을 국회사무처 스스로가 확인시켜준 셈이다.

11. 사법부의 권력 굴신

- 2009년 3월 9일, 한겨레신문

사법부가 정치권력 앞에 어떻게 굴신하는지를 보여주는 사건이 잇따라 터지고 있다. 촛불집회와 관련하여 검찰이 법원에 청구한 구속영장이 특정 판사에게 집중 배정되었다. 또 작년 10월 9일 서울중앙지법 박재영 판사가 집회및시위에관한법률(이하 '집시법')상의 야간집회 금지조항에 대하여 헌법재판소에 위헌법률 심판 제청을 한 닷새 뒤 신영철 당시 법원장은 촛불집회 사건의 재판을 담당하는 형사단독 판사 12명에게 전자우편을 보내 재판에 간섭한 사실이 드러났다. 형법상의 직권남용죄, 헌법상의 사법권 독립 침해와 탄핵사유 등 다양한 (헌)법문제들이 제기되었다.

이용훈 대법원장의 한마디가 가관이다. "사법행정과 재판간섭의 경계는 미묘한 문제다. 판결문에 오자가 있을 때 법원장이 고치라고 얘기할 수 있는 것인데 이를 간섭으로 느끼는 것은 곤란하다"는 것이다. 이번 신영철 파동을 판결문의 오자 고치기 정도로 취급하는 대법원장의 경박스러움 또는 다른 의도가 그대로 묻어난다.

헌법 제103조는 "법관은 헌법과 법률에 의하여 그 양심에 따라 독립하여 심판한다"고 규정하고 있다. 대법원장이 들먹인 사법행정은 법원의 작용 중 재판 외의 작용을 가리킨다. 사법행정은 법관이 아닌 법원공무원을 대상으로 하는 것이다. 재판과 사법행정의 경계는 분명하다. 대법원장이 이걸 모르고 말했다면 무능한 것이고, 알고도 그렇게 말했다면 부도덕한 것이다.

헌법재판소법 제42조 제1항을 따르면 법관이 재판사건에 적용되는 법률조항에 위헌문제가 있다고 판단하여 헌법재판소에 위헌법률 심판을 제청했을 경우 당해 소송사건의 재판은 원칙적으로 헌법재판소의 위헌 여부 결정이 있을 때까지 정지된다. 그러나 실무상으로는 형사사건의 경우 당해 사건의 재판진행만 정지되는 것이 아니라 위헌제청된 법률조항이 적용되는 모든 사건의 재판진행이 정지되는 것이 대체적인 경향이다. 일단 유죄판결을 해놓고 나중에 헌법재판소가 위헌결정을 내리면 상급심 또는 재심단계에서 무죄판결을 내림으로써 발생하는 인권침해를 예방하기 위한 것이다.

그나마 다행인 것은 법원 내부에서 사법권 독립을 수호하고자 하는 의식 있는 판사들이 법원 내부통신망 등을 통해서 이 문제를 제기하였고, 결국 외부에까지 알려지게 됨으로써 사법부와 정권 사이 이심전심의 유착이 드러나게 했다는 것이다.

필자는 영장사건 몰아주기의 문제점을 판단하기 위해 독일 법원조직법을 들여다봤다. 사건 배당과 관련해 조문을 무려 10가지나 규정해놓고 있다. 모든 법원에 판사회의를 설치하도록 하고, 그 판사회의에서 사건 배당을 결정하며, 판사회의의 구성원이 아닌 판사는 사건 배당이 확정되기 전에 사건 배당에 관한 의견을 표명할 수 있는 권한을 부여하고 있다. 법원장이나 대법원장이 재판에 개입할 여지를 철저히 봉쇄해버린 것이다.

이에 비하면 대한민국 법원의 사건 배당은 원시상태 그것이다. 사법권의 독립은 법원장·대법관·대법원장 등 고위법관들이 앞장서서 쟁취해나가야 한다. 정치권력으로부터 불어오는 바람을 온몸으로 막아내면서 법관들이 독립적으로 재판할 수 있는 환경을 만들어주어야 한다. 신영철 대법관과 이용훈 대법원장은 과연 그런 책무를 수행했는가를 자문해보라.

국회는 이번 신영철 사건 조사를 위한 국정조사권을 발동해야 하고, 대법원이 진심으로 이번 사건을 철저하게 규명할 의지를 가지고 있다면, 법원 외부 인사들로 진상조사단을 꾸려야 할 것이다. 그에 앞서 신영철 대법관은 즉시 대법관직을 사퇴하는 게 맞다. 이용훈 대법원장도 어떠한 조사에도 성실하게 응할 준비를 하고 있어야 한다.

12. 법관이 두려워해야 할 것

- 2009년 5월 15일, 한겨레신문

신영철 대법관 사태에서 대법원 공직자윤리위원회(이하 윤리위)가 할 수 있는 일은 아무것도 없다. 공직자윤리법은 고위공직자의 재산상태, 그 형성 및 증식과정 등을 투명하게 공개함으로써 공무집행의 공정성과 공직자의 윤리를 확보하기 위한 법이다(법 제1조). 따라서 '재산 외의 사항'으로서 공무집행의 공정성과 공직자의 윤리 확보에 관한 것은 공무원법에 따르도록 되어 있다.

비록 대법원이 공직자윤리법의 시행에 관한 대법원 규칙을 만들어 '법관이 관련된 비위사건으로서 사안이 중대하여 대법원장이 부의한 사건' 등을 윤리위가 심의 및 의견제시를 할 수 있도록 하고 있지만, 이 대법원 규칙은 상위법에 근거도 없는 제멋대로 규칙에 불과하다. 윤리위가 이렇듯 법률적 근거도 없는 짓을 하다 보니까, 대법원장에게 법관 징계법에도 없는 경고 또는 주의촉구를 하라고 비법(非法)적 건의를 한 것이다.

신 대법관은 이미 대법원 진상조사단이 밝힌 것처럼 '재판내용과 진행에 간여한 것으로 볼 소지'가 있는 행위를 했다. 이는 법관징계법의 징계사유에 해당할 뿐만 아니라, 형법 제123조의 직권남용죄에 해당한다. 서울중앙지방법원장이라는 사람이 법관의 재판독립을 앞장서서 짓밟아버린 것이다. 그 후 논공행상의 결과물인지 아니면 우연의 일치인지, 그는 자신이 오매불망 고대하던 대법관의 자리를 꿰찼다.

헌법은 법관에게 검사보다 더 강한 정도의 신분보장을 해주고 있다. 탄핵

또는 금고 이상의 형의 선고에 의하지 아니하고는 신분을 박탈당하지 않으며, 징계처분에 의하지 아니하고는 정직·감봉 기타 불리한 처분(견책)을 당하지 않도록 하고 있다. 헌법의 의도는 법관의 신분보장을 강하게 해줌으로써 법관이 어느 누구의 눈치도 보지 않고 오로지 헌법과 법률에 따라서만 재판할 수 있도록 하고, 이로써 궁극적으로 국민의 기본권을 확고하게 보호하도록 하자는 것이다. 즉, 법관의 신분보장은 법관을 위한 것이 아니라 국민을 위한 것이다.

법관들, 특히 신영철 대법관이 새겨야 할 것은 법관의 강한 신분보장에는 강한 책임이 뒤따른다는 사실이다. 그 책임은 국회의 탄핵소추와 헌법재판소의 탄핵심판에 따른 책임, 검찰의 수사·소추와 법원의 재판에 따른 책임, 법관징계위원회의 징계에 따른 책임만이 전부가 아니다. 오히려 훨씬 더 엄중한 불문의 책임이 있다. 그것은 법관의 자기책임과 법원의 자정력에 따르는 책임이다.

법관은 항상 스스로에게 물어야 한다. 오로지 헌법과 법률의 잣대로 사건을 바라보며, 사건 하나가 소송당사자의 삶 자체를 파괴시켜버릴 수도 있다는 긴장감을 가지고 재판에 임하고 있는가? 자괴감을 느끼면 물러나야 한다. 법원은 신분보장이라는 헌법의 보호막을 파렴치한 행위에 대한 면책조항으로 악용하는 법관을 도태시켜야 한다.

국민은 대법관에 대한 경외감과 환상 속에서 혼란을 일으킨다. 대법관은 법에 관한 전문지식, 법관으로서의 품위와 양심, 인간의 삶에 대한 철학, 국가권력에 대한 감시의 눈초리 등 뭔가 다른 품성들을 갖추고 있을 것이라는 기대가 주는 경외감이 있다. 그러나 그런 경외감은 전관예우의 혜택을 가장 짜릿하게, 그것도 제도적으로 맛보고 있는 사람들이 전직 대법관 출신 변호사들이라는 것, 일신의 영달을 위해서는 법관의 품격이나 사법권의 독립 또는 국민의 시선 따위는 안중에도 없는 대법관도 있을 수 있다는 사실에 직면하면서 부질없는 환상으로 뒤바뀐다. 법관이 진정으로 두려워해야 할 것은 국민의 시선이다.

13. 국회의장께 드리는 공개질의서

- 2009년 7월 28일, 전북일보

　존경하는 김형오 국회의장님! 지난 7월 22일 국회에서는 방송법안 처리를 둘러싸고 여야 사이에 극한 대립과 갈등이 표출되었습니다. 헌법은 권력분립의 원칙에 따라 국회에 입법권을 부여하였고, 국회의 입법권을 통하여 만들어진 법률은 국민의 모든 생활영역에 영향을 미칩니다.

　방송법은 헌법이 보장하고 확보하는 민주주의와 국민의 알권리를 실현하는 데 필수적인 방송의 자유, 방송의 독립성, 방송의 공적 책임을 구체화하는 법률입니다. 이 때문에 방송법의 올바른 형성은 국가공동체의 미래를 위해서 매우 중요한 것입니다.

　그런데 국회는 이번에 방송법안을 처리하면서 매우 많은 문제점을 드러냈습니다. 그것도 정족수와 국회의원의 투표행위라는 매우 기초적인 문제들이어서, 국회의 모습을 바라보는 국민들의 마음은 매우 착잡하기만 합니다. 정족수와 투표는 공·사영역을 막론하고 거의 모든 회의체에서 적용되고 행해집니다. 그래서 국회가 정족수를 계산하고 국회의원들이 투표를 하는 행위는 국회 외의 다른 모든 회의체에 전범으로 작용하여야 합니다.

　제가 아래의 질의를 공개적으로 드리는 이유가 있습니다. 방송법안 처리를 둘러싸고 제기된 문제는 국회의원, 대통령, 언론인, 대자본만의 문제가 아니라 모든 국민이 알아야 할 문제입니다. 이 때문에 의장님과 저 사이에 교환되는 질의와 답변은 저희 두 사람만의 문제가 아니라고 생각합니다. 물론 의장께서 제 질의에 대한 답변을 하셔야 할 법적 의무는 없습니다. 그럼에도 불구하고 저는 정치인으로서 오랜 경륜을 갖고 계시는 의장께서 제 질의에 대한 답변을 해 주시리라고 믿고 있습니다.

이제 몇 가지 질의를 드립니다.

하나. 7월 22일 이윤성 국회부의장이 방송법안에 대한 투표개시를 선언한 데 이어 투표가 진행되었고, 투표종료 선언 즉시 전광판에는 재석의원이 145명으로 기록되었습니다. 의결정족수를 규정하고 있는 헌법 제49조와 국회법 제109조에 따르면 재적의원 과반수가 재석해야 하고, 투표에 참여한 의원 과반수가 찬성을 해야 방송법안이 가결됩니다. 현재 국회재적의원이 294명이니까 재석해야 하는 의원은 148명입니다. 재석의원 145명은 의결정족수의 첫 번째 요건인 재적의원 과반수에 3명이 모자랍니다. 따라서 그 결과는 부결된 것입니다. 그런데 이윤성 부의장이 "재석의원이 부족해 표결불성립되었으므로 다시 투표해달라"고 요청하였고, 이에 따라 재투표가 실시되었고, 그 결과 가결되었음을 선포하였습니다. 이와 관련한 질의는 이것입니다. 법률안에 대한 의원들의 투표는 투표개시 선언, 투표, 투표종료 선언이 있으면 유효하게 성립하는 것입니까? 아니면 투표결과 재석의원이 과반수에 미치지 못하면 불성립하는 것입니까?

둘. 이윤성 부의장은 표결불성립을 선언한 후 재투표를 선언하고 진행했습니다. 국회에서의 의사절차는 헌법과 법률에 근거해야 합니다. 이번 재투표의 근거조항은 무엇입니까? 참고로 재투표에 관한 근거조항은 딱 하나 국회법 제114조 제3항입니다. 그것은 "투표의 수가 명패의 수보다 많을 때에는 재투표를 한다. 다만 투표의 결과에 영향을 미치지 않을 때에는 그러하지 아니하다"
라고 규정하고 있습니다. 이 조항은 이번에 실시한 전자투표와는 전혀 관련이
없다는 것은 재론의 여지가 없이 명백합니다. 국회사무처가 방송법안 재투표
를 정당화할 수 있는 선례라고 내놓은 자료는, 역으로 그러한 선례가 없다는
것을 증명하는 자료가 되어버렸다는 것은 의장께서도 잘 알고 계실 것입니다.
그럼에도 불구하고 이 조항이 이번 방송법안 투표에 적용될 수 있는지, 있다
면 그 근거는 무엇입니까?

  셋. 국회의 회의와 의사진행 및 의안의 의결에 필요한 정족수로는 의사정족
수와 의결정족수 두 가지가 있습니다. 전자는 국회가 회의를 열고 의원들이
발언을 하기 위한 정족수이고, 후자는 법률안 기타 의안을 가결시키는 정족
수입니다. 이윤성 부의장의 말대로 방송법안 1차 표결이 불성립되었다면, 어
떤 정족수가 문제가 되어 불성립된 것입니까? 혹시 헌법학자인 제가 모르는
또 다른 정족수, 예를 들어 표결개시정족수라는 것도 있는 것입니까?

  넷. 헌법 제130조 제2항은 헌법 개정안에 대한 국민투표를 규정하고 있습니
다. 이에 따르면 헌법 개정안은 국회가 의결한 후 30일 이내에 국민투표에 붙
여 국회의원선거권자 과반수의 투표와 투표자 과반수의 찬성을 얻어야 가결·
확정됩니다. 그런데 말입니다. 헌법 개정안에 투표한 유권자의 수가 유권자 총
수의 과반수에 미달하는 경우가 발생했다고 가정합시다. 이 경우 헌법 개정안
은 부결된 것입니까, 아니면 재투표에 회부해야 하는 것입니까?

  다섯. 주민소환에 관한 법률 제22조 제1항에 따르면 단체장이나 지방의원

에 대한 주민소환은 주민소환투표권자 총수의 3분의 1 이상의 투표와 유효 투표 총수 과반수의 찬성으로 확정됩니다. 이 법률 제23조에 따르면 주민소환이 확정된 때에는 주민소환투표대상자는 그 결과가 공표된 시점부터 그 직을 상실합니다. 여기에서 주민소환이 확정되었다는 것은 주민소환이 가결되었다는 것을 뜻합니다. 이 법률이 시행된 후 최초로 2008년 12월 12일에 하남시장 주민소환투표가 있었습니다. 당시 하남시선관위가 발표한 집계결과에 따르면 전체 투표인수 10만6,435명 중 31.1%인 3만3,057명만이 투표에 참여해, 소환요건 충족인원 3분의 1인 3만5,479명에 미달하여 주민소환이 무산되었습니다. 이 경우 주민소환투표는 부결된 것입니까, 아니면 투표권자 총수의 3분의 1 이상이 투표에 참여하지 않았으니까 재투표해야 하는 것입니까?

여섯. 헌법은 입법권, 집행권, 사법권 3권을 분리하고 있습니다. 권력 상호 간에는 헌법과 법률의 규정에 따라 일정한 견제와 균형 그리고 협력이 이루어지도록 하고 있습니다. 어떠한 권력도 다른 권력을 지배할 수 없습니다(물론 우리나라에서는 권력분립에 관하여 헌법규범과 헌법현실 사이에 상당한 괴리가 있다는 것은 다 아는 사실입니다). 권력은 또한 상호 통제를 받습니다. 국회가 압도적 다수로 가결시켜서 효력을 발생하고 있는 법률조항이라 하더라도 헌법재판소가 위헌결정을 내리면, 결정이 선고되는 순간 그 법률조항은 효력을 상실합니다. 그러나 국회 내에서 발생하는 다툼은 국회의 권위와 자존심을 위해서라도 국회 스스로 해결하는 것이 바람직합니다. 더구나 이번 방송법 표결불성립과 재투표에 관한 다툼은 헌법학자의 입장에서 볼 때 결론이 너무나 단순명료합니다. 이런 사안 정도는 결자해지 차원에서 국회가 스스로 해결하는 것이 바람직하다고 보는데 어떻게 생각하십니까?

일곱. 7월 26일 최시중 방송통신위원장은 기자회견을 통해 8월 중 종합편성 채널과 보도전문채널 사업자 승인 신청 접수 및 심사절차를 진행하겠다고 밝혔고, 세제혜택 등 신규사업자 지원 검토까지도 약속했습니다. 국회에서 어떻게 싸우든, 헌법재판소가 어떤 결정을 내리든 상관하거나 기다릴 것 없이 자신은 방송법이 통과된 것으로 간주하고 일을 추진하겠다는 생각인 듯합니다. 아마도 그는 헌법재판소의 심리적·정치적 부담을 재빨리 읽었을 수도 있습니다. 어느 쪽으로 결론을 내려도 후폭풍은 만만치 않을 것이라는 헌법재판소의 부담 말입니다. 이럴 때 재판기관은 대개 시간을 끌게 됩니다. 헌법재판소는 무엇이 헌법인가, 그리고 이번 사건과 관련하여 국회법의 관련조항들은 어떤 의미를 갖는가만을 선언하면 될 텐데, 우리나라에서 대통령 권력이라는 것이 어디 그리 만만한 것입니까? 주변에 막강한 다른 권력들이 호위하고 있기도 하고요. 이런 상황에서는 입법부의 수장인 의장께서 정부에 방송법안 시행을 위한 작업을 중단할 것을 요청해야 한다고 보는데, 어떻게 생각하십니까?

여덟. 이번 방송법안 투표에서는 국회의원들의 대리투표, 절도투표가 공공연하게 자행되었다는 것이 여러 자료들을 통해서 계속 입증되고 있습니다. 그것은 형법상 공무집행방해죄에 해당합니다. 수능시험에서 대리시험행위 또는 공직선거에서 대리투표행위가 적발되었을 때, 형법과 공직선거법 등에 의해 학생이나 유권자가 받는 엄정한 형사처벌을 잘 아실 것입니다. 의장으로서 국회의원들의 이러한 행위는 어떠한 처벌을 받아야 한다고 생각하십니까? 또한 그러한 불법투표로 얼룩진 방송법안 투표의 효력에 대해서는 어떻게 해석하는 것이 마땅하다고 생각하십니까?

14. 방송법안 재투표는 입법테러

- 2009년 7월 28일, 경인일보

2009년 7월 22일, 4사5입 개헌파동보다 더 추악한 작태가 국회에서 벌어졌다. 민주주의의 생명선이고 국민의 알권리의 원천인 보도매체, 그 매스미디어에 헌법은 매스미디어의 자유라는 기본권을 보장하고 있고 매스미디어의 자유는 국민의 알권리와 함께 민주주의를 떠받치는 두 개의 기본권적 축으로 기능하고 있다. 매스미디어는 사실보도와 뉴스전달 및 논평을 통해서 국민의 여론을 형성하며 국가권력을 비판하고 감시하는 헌법적 책무도 아울러 갖고 있기 때문에, 매스미디어의 자유에 부당하게 영향을 미치는 모든 요소들은 근절시켜야 한다. 보도매체는 정권과 자본으로부터 철저하게 독립해야 한다.

우리나라는 다른 나라에서는 보기 어려운 또 하나의 언론환경이 있다. 그것은 바로 '조중동'으로 대표되는 극우족벌신문의 존재다. 이들은 국내 신문시장에서 독과점적 지위를 차지하면서 극우보수 지향적 여론형성을 주도하고 있다. 이들이 지상파방송에 진입하여 방송을 장악하는 경우 이 나라의 여론은 극우족벌매체가 독과점하는 상황을 맞이하게 될 것이다. 이렇게 볼 때 우리나라에서 방송의 자유와 독립성에 대한 위협요소는 정권, 자본(재벌) 그리고 극우족벌신문이다. 한나라당이 신방겸영의 구실로 주장했던 경제 살리기, 일자리 창출, 여론의 다양성 존중 등의 기만성은 김형오 국회의장의 말 한마디로 극명하게 밝혀졌다. 방송법 개정은 조중동에게 방송을 넘겨주기 위한 것이다.

이뿐만이 아니다. 이명박 정권과 조중동이 원하는 대로 방송법이 효력을 발생하는 경우, 신문과 자본은 지방방송을 유예기간 없이 곧바로 소유·경영할 수 있게 된다. 그렇게 되는 경우 지방의 목소리가 없는 지방방송의 시대, 지방 암흑의 시대가 도래하는 것이다.

헌법 제49조와 국회법 제109조는 투표절차를 거친 법률안이 가결되기 위해서 갖추어야 하는 요건을 2단계로 규정하고 있다. 1단계는 재적의원 과반수의 투표, 2단계는 투표의원 과반수의 찬성이다. 이 중 어느 하나의 요건이라도 채우지 못하면 그 법률안은 부결되는 것이고, 부결된 법률안은 폐기된다. 여기에는 불문의 헌법원칙인 일사부재의원칙이 적용되기 때문에, 같은 회기에서 다시 투표할 수 없으며, 다른 회기에 다시 법률안을 제출하는 절차부터 밟아야 한다.

국회법은 딱 한 군데 제114조 제3항에서 재투표에 관해 규정하고 있는데, 투표의 수가 명패의 수보다 많을 때에는 재투표를 한다는 것이다. 방송법안 투표는 전자투표로 행해졌기 때문에, 이 조항이 적용될 여지가 전혀 없다.

따라서 재투표는 헌법원칙인 일사부재의원칙과 국회법을 위반한 불법이었다. 방송법 개정안은 투표한 그날로 폐기처분된 것이다. 따라서 날치기 '통과'라는 말도 성립할 수 없다. 방송법안 재투표, 그것은 이명박 정권에 의한 '입법 테러'다.

15. 헌법불합치, 기소와 재판 중지해야

- 2009년 9월 29일, 경향신문

지난 24일 헌법재판소는 야간옥외집회시위를 금지하는 집시법 제10조 본문에 대해 헌법불합치결정을 내렸다. 또한 이 조항은 2010년 6월 30일까지는 잠정적으로 적용되고, 그때까지 입법자(국회)가 개정하지 않으면 2010년 7월 1일부터 그 효력을 상실한다고 선언했다.

헌법재판소가 단순위헌결정이 아니라 헌법불합치결정을, 적용중지가 아니라 계속적용을 선택함으로써 몇 가지 쟁점이 발생하고 있다. 법원은 집시법 제10조 위반으로 재판에 계류 중인 사건들을 어떻게 처리해야 하는가? 현 시점에서 일반 국민은 야간옥외집회시위를 할 수 있는가?

헌법논리적으로 볼 때, 현재 법원에 계류 중인 사건에 법원이 집시법 제10조를 기계적으로 적용하면 헌법재판소의 계속적용 명령에도 불구하고 그 자체가 헌법위반이라는 비판을 면하기 어렵다. 대법원의 판례 하나를 보자. "형벌에 관한 법률조항에 대하여 위헌결정이 선고되는 경우 그 법률조항의 효력이 소급하여 상실되고, 당해 사건뿐만 아니라 위헌으로 선언된 형벌조항에 근거한 기존의 모든 유죄확정판결에 대해서까지 전면적으로 재심이 허용된다는 헌법재판소법 제47조 제2항 단서, 제3항의 규정에 비추어 볼 때 헌법불합치결정의 전면적인 소급효가 미치는 형사사건에서 법원은 헌법에 합치되지 않는다고 선언된 법률조항을 더 이상 피고인에 대한 처벌법규로 적용할 수 없다."(대법원 2009년 1월 15일 판결)

이 판결의 전제가 된 헌법재판소 결정은 이번 집시법 제10조에 대한 헌법불합치결정과 동일한 내용의 것은 아니다. 그러나 이 판결은 헌법불합치결정의 본질과 효력을 잘 밝히고 있는 것으로서, 그동안의 헌법재판소 입장보다 더 전향적인 사례에 해당된다.

야간옥외집회시위를 금지하는 법조항은 헌법에 합치되지 않으므로, 국민이 야간에 옥외집회시위를 하는 것은 헌법에 위반되지 않는다. 그럼에도 헌법재판소가 이 조항이 계속 적용된다고 말한 것은 이를 어떻게 읽어야 하는가? 국민은 야간옥외집회시위를 할 수 있고, 경찰과 검찰은 야간옥외집회시위를 막을 수는 없지만 조사와 기소는 할 수 있다는 것이다. 기소 후에는 어떻게 되는가? 법원은 국회가 입법개선을 할 때까지 재판의 진행을 정지해야 한다. 국민의 입장에서는 무척 혼란스러운 일이다.

그러한 이해의 혼란을 초래한 단초는 헌법재판소가 제공했다. 형벌조항에 관하여 헌법불합치결정을 내리면 동시에 적용중지를 명하는 것이 원칙이다. 그 이유는 형벌법규에는 법적 안정성의 원칙보다는 정의의 원칙이 우선적으로 적용되기 때문이다. 경찰과 검찰은 '계속적용'이라는 용어에만 얽매여 위헌이지만 계속 합헌인 것으로 간주하고 법을 집행하겠다고 나올 것이다. 그러나 국민의 입장에서는 집시법 제10조는 위헌인 법률조항이므로, 야간옥외집회시위를 하겠다고 나오는 것은 당연하다. 그럼에도 불구하고 검찰의 기소와 법원의 재판이 강행된다면 피고인들은 입법개선시한인 내년 6월 30일까지 시간 끌기로 나가야 한다.

16. 일사부재의원칙의 사망선고

- 2009년 11월 3일, 한겨레신문

헌법재판소는 방송법안 날치기 처리에 대한 결정을 내렸다. 방송법안 가결선포행위가 국회의원의 법률안 심의표결권을 침해했지만, 그러한 가결선포행위가 무효인 것은 아니라는 것이다(본문 54쪽 방송법 '재투표는 일사부재의원칙 침해' 편 참고 - 편집자 주).

위법한 행위가 무효는 아닌 이유를 이렇게 설명하고 있다. "우리 헌법은 국회의 의사절차에 관한 기본원칙으로 제49조에서 '다수결의 원칙'을, 제50조에서 '회의공개의 원칙'을 각 선언하고 있으므로, 결국 법률안의 가결선포행위의 효력은 입법절차상 위 헌법규정을 명백히 위반한 하자가 있었는지에 따라 결정되어야 할 것이다"라는 것이다. 결정문의 뜻풀이를 해본다. 법률안 표결과정에서의 하자가 다수결원칙과 회의공개의 원칙을 침해하지 않는 한 법률안 가결선포행위는 무효로 되지 않는다, 일사부재의원칙은 국회법이 규정하고 있으므로 헌법상의 원칙이 아니다.

일사부재의원칙은 모든 회의체의 의사절차에 적용되는 일반적 법원칙이다. 주식회사의 주주총회에도 일사부재의원칙은 적용된다. 주주총회의 의결이 이 원칙을 위반하면 법원은 그 의결에 대해 가차 없이 무효판결을 선고한다. 국회의 의사절차와 관련하여 일사부재의원칙은 불문의 원칙이다. 명시적인 조항이 있느냐 없느냐는 중요하지 않다. 따라서 그것은 회의공개의 원칙, 다수결원칙과 함께 (불문의) 헌법원칙이다. 헌법에 규정되어 있으면 헌법원칙이고, 국회법에 규정되어 있으면 법률원칙인 것이 아니다.

1987년 1월 치안본부 남영동 대공분실에서 경찰관들에 의해 살해당한 박종철 사건 이후 본격적으로 관심을 받게 된 법원칙이 있었다. 미란다원칙(Miranda principle)이 그것이다. 당시 미란다원칙은 형사소송법에 이미 규정되어 있었지만, 검찰이나 법원이나 그것을 별로 중요하게 여기지 않았다. 그러나 이 사건 이후 1987년 헌법 개정을 통해서 미란다원칙은 헌법에도 규정되었다. 그렇다면 미란다원칙은 인신의 체포, 구속과 관련한 법률원칙에서 헌법원칙으로 그 위치가 격상되었나? 박종철이 국가폭력으로 숨을 거두는 순간에도 미란다원칙은 헌법원칙이었다.

헌재는 일사부재의원칙 위배는 국회의원의 법률안 심의표결권을 침해하는 것이라고 말하면서, 법률안 심의표결권에 대하여 "국회입법권의 근본적 구성요소"라고 말한다. 그들의 논리를 그대로 적용하면 법률안 심의표결권을 침해했다는 것은 곧 국회의 입법권을 침해했다는 것을 가리킨다. 국회의 입법권은 국회법상의 권력이 아니라 3권분립의 한 축을 이루는 헌법상의 권력이다. 그렇다면 일사부재의원칙 위배는 헌법위반이라고 말해야 맞는 것이 아닌가.

헌재는 이런 말도 덧붙였다. "법안의 효력은 유효하지만 심의·표결권을 침해했다는 헌재의 결정도 유효하다. 앞으로 국회의장이 헌재의결 취지에 따라 처리해야 할 문제"다. 그게 법적으로 무슨 의미가 있는가? 국회의장도 실소를 금치 못할 일이다. 헌재는 헌법재판을 하는 기관이고, 헌재가 내리는 위헌 또는 위법이라는 결정은 판단의 대상이 된 공권력 작용에 '정치적으로'가 아니라 '법적으로' 영향을 미쳐야 한다.

이제 국회의 법률안 표결에서 일사부재의원칙의 위배나 대리투표는 법적으

로 유효한 행위이다. 헌재는 방송법안 결정을 통해서 일사부재의원칙이라는
헌법원칙에 대해 사망선고를 내린 것이다.

17. 신영철 파동과 항소법원 설치 당위성

- 2009년 3월 10일, 전북일보

신영철 대법관이 서울중앙지방법원장 시절 박재영 판사가 집시법상의 야간 집회금지조항에 대하여 헌법재판소에 위헌법률심판 제청을 한 것과 관련하여 같은 법률조항 위반사건의 재판을 맡고 있는 단독판사들에게 재판을 미루지 말고 진행하라는 메일을 보내고 전화를 건 것이 세상을 경악시키고 있다. 더 이상의 조사가 필요 없을 정도로 사건의 진상은 명확하고, 그에 대한 법적 평가도 시비를 가릴 것 없이 간명하다. 형법상의 직권남용죄, 헌법상의 사법권 침해와 탄핵사유 발생으로 요약할 수 있다. 그는 고도의 법적 전문성과 관록 및 도덕성이 요구되는 대법관의 자리에는 전혀 어울리지 않는 사람이다.

신영철 사건의 근저에는 법관의 계급제와 항소심 구조의 왜곡이 자리잡고 있다. 법관의 계급제는 법관으로 하여금 승진의 유혹에 빠지게 하고, 독립성을 유지해야 할 법관의 지위를 위계화시키는 반(反)헌법적 장치로 작동해왔다. 우리는 법관의 계급제와 함께 뒤틀린 항소심 구조의 문제점을 직시할 필요가 있다. 원래 우리나라 법원의 심급구조는 1심 지방법원, 2심 고등법원, 3심 대법원의 구조를 유지해왔다. 그러던 것이 1961년 5·16군사쿠데타가 일어나고 같은 해 8월 12일에 국회가 해산된 상태에서 국가재건최고회의가 법원조직법을 개정하여 법률이 규정하는 일정한 사건에 대하여 지방법원도 항소심 재판을 할 수 있도록 만들어버렸다. 이때부터 항소심은 지방법원 항소심과 고등법원 항소심으로 이원화되었다.

동일한 법원장이 소속해 있는 지방법원에서 같은 사건에 대하여 두 번의 재판을 할 수 있도록 하는 제도는 법관의 계급제와 맞물려 지방법원장이 사건에 개입할 수 있는 여지를 더욱 크게 만들어버렸다. 소송당사자는 전혀 새로운 심급의 법원에서 자신의 사건을 다시 한 번 심리받을 기회를 얻을 수 있어야 하고, 그것이 자기사건재판금지의 원칙을 바탕으로 하는 심급제의 기본취지에 맞는 것이다. 이번 신영철 스캔들은 그동안 사건의 재판에 법원장들이 어떻게 개입해왔는가를 짐작할 수 있는 매우 중요한 단초를 제공하고 있다.

헌법상 법관은 각각 독립적인 헌법기관이다. 헌법은 그들에게 심판의 독립이라는 권한과 책임을 부여하고 있다. 그러나 현실은 헌법의 기대와는 동떨어진 방향으로 나간 것이다. 지방법원 단독판사가 지방법원장의 교묘한 암시를 외면하기가 매우 부담스러울 뿐만 아니라, 과감하게 외면하는 경우 거기에는 인사상의 불이익이라는 무시하기 어려운 위험부담이 따르게 되는 것이다. 지방법원장에게는 설사 단독판사가 자신의 지시를 거부하더라도 지방법원 항소심재판에 다시 한번 자신의 뜻을 스며들게 할 수 있는 기회가 남아 있게 된다. 헌법 제103조가 규정하는 법관의 심판의 독립조항에서 우리는 어떤 경우이건, 어떤 형태로건 지방법원장이 사건의 재판에 개입하지 말라는 명령을 읽어낼 수 있다. 그러나 법관의 심판의 독립을 건드리지 말라는 헌법적 명령을 지방법원장은 지방법원 항소심 재판이라는 왜곡된 심급구조를 통해서 더 조직적으로, 더 강력하게 무시할 수 있다.

여기에서 우리는 하나의 결론을 도출해낼 수 있다. 현행 항소심 이원화는 항소심 일원화로 바뀌어야 한다는 것, 이를 위해서는 지방법원 항소심과 고등법원을 폐지하고, 모든 지방법원 소재지에 항소심을 전담하는 '항소법원'을 설치해야 한다는 것이다. 사법권 독립의 수호는 법관의 의지와 용기가 중요하지만, 법관의 그러한 각오를 보호해주는 제도적 장치는 사법권 독립의 선결과제이다.

II. 정치의 도리 /

1. 여성전용선거구제는 위헌이다

- 2004년 2월 16일, 참소리

흔히 국회를 가리켜 '민의의 전당'이라고 한다. 국회는 입법과정에서 국민의 의사를 반영하고, 국정통제권을 통해서 정부나 법원에 대한 감시·비판·견제를 하는 데에도 국민의 의사를 고려한다.

국회의 기능과 국회의원선거구제

문제는 국민의 진정한 의사를 어떻게 확인하며, 어떠한 절차를 거쳐서 국민의 의사를 국회의 권한행사에 반영하는가이다. 만약 국민의 의사가 단일한 것이라면, 즉 국민 각자가 추구하는 이데올로기, 이해관계, 가치관 등이 하나로 집약될 수 있다면, 국민의 의사를 국회의 활동에 연결시키는 일이 비교적 단순해진다.

그러나 현실적으로 존재하는 국민의 의사는 결코 단일하지가 않다. 매우 다양한 의사들이 존재하고, 그러한 의사들이 상호 충돌을 일으키는 것이 일상적이기도 하다. 중요한 것은 이렇게 상호 충돌하고 경합하는 의사들을 합리적으로 조정하고, 소수를 포함한 국민 대다수에게 설득력을 가질 수 있는 정치적 방향을, 국회가 어떻게 만들어내느냐 하는 점이다. 이를 위해서 무엇보다 중요한 것은 국회의 구성방법이고, 그 한가운데 국회의원선거구제가 있다.

우리나라에서의 비례대표제의 역사

우리나라 국회의원선거에서 비례대표제가 처음 등장한 것은 5·16쿠데타 이후인 1963년이다. 1962년에 개정된 헌법은 "국회의원의 선거에 관한 사항은 법률로 정한다"(제36조 제4항)라고 규정하였기 때문에, 이 조항을 가리켜 비례대표 제 도입에 관한 명문의 규정이라고 할 수는 없었다. 그러나 1963년 국회의원선 거법이 비례대표제를 명문화하였다. "의원의 선거구는 지역선거구(이하 '지역구'라) 와 전국선거구(이하 '전국구')의 2종으로 한다"(제13조)라는 규정과, "전국구의 의원 정수는 지역구에 의하여 선출되는 의원정수의 3분의 1로 하되 1 미만의 단수 가 있을 때에는 1로 한다"(제15조)라는 규정이 그것이다.

헌법이 비례대표제에 관하여 명문의 근거규정을 둔 것은 1980년 헌법부터 이다. 당시 헌법은 "국회의원의 선거구와 비례대표제 기타 선거에 관한 사항은 법률로 정한다"(제77조 제3항)라고 규정하고 있었다.

비례대표제의 폐해와 장점

비례대표제에도 문제점은 있다. 그런데 그 문제는 제도 자체의 문제라기보 다 제도의 구체적 적용의 문제라고 할 수 있다.

비례대표제를 잘못 이용하면 정치적으로 많은 해악을 가져오기 쉽다. 비례 대표 국회의원 자리를 매관매직의 수단으로 이용하거나 정당지도부의 사유물 화하는 것 등을 그 대표적인 폐해로 들 수 있는데, 그것은 실제로 우리의 정 치현실에서 이미 드러난 것들이었다. 그러나 비례대표제를 잘 이용하면 지역 선거구제에서는 기대하기 어려운 많은 긍정적 효과들을 거둘 수 있다. 한마디 로 말하면, 비례대표제를 통해서 국민의 다양한 이해관계, 정치적 지향 등을 민의의 전당인 국회의 의사결정에 효과적으로 반영할 수 있다는 것이다.

비례대표제는 여성, 장애인 등 정치적 소수가 제도권 내에 그 대표를 진출 시킬 수 있는 통로 역할을 할 수 있다.

국민의 의식 속에 여전히 뿌리박혀 있는 레드 콤플렉스 때문에 국회 진출이 거의 불가능한 진보정당이 국회에서 사회적 정치적 소외계층의 이익을 대변하는 계기를 마련해줄 수도 있다. 거의 집단광기에 가까운 국민들의 지역감정으로 인하여 특정 지역에서 특정 정당이 아예 당선자를 낼 수 없는 상황에서, 그 특정 지역 출신을 국회에 진출시키는 통로로도 활용해볼 수 있다.

비례대표제가 이렇게 긍정적인 방향으로 활용되면, 국회는 지금보다 훨씬 더 역동적으로 기능하면서 국민의 다양한 이해관계의 대립과 갈등을 조정해 내는 참다운 대의기관으로서의 역할을 할 수 있을 것이다.

여성전용선거구제 논의의 배경과 내용

이제 국회 정치개혁특위가 합의를 보았다는 여성전용선거구제에 눈을 돌려보자. 우리나라에서는 물론 처음 있는 일이고, 외국에서도 그 사례를 찾아볼 수 없는 여성전용선거구제의 도입취지는 뭘까? 아마도 그것은 그동안 인구의 절반 이상을 차지하면서도 국회라는 가장 대표적인 정치적 활동공간에 진출하는 비율이 5%를 넘기기 어려웠던 여성에게 국회에 진출하는 쉬운 길을 열어줌으로써, 정치적 생활영역에서 남녀평등을 구현해보자는 것으로 읽을 수 있다.

우리 헌법이 정치적 생활영역에서 남녀차별을 금지하고 있음(헌법전문, 제10조 제1항)에도 불구하고 그동안 국민과 정치인의 의식 속에 깊이 뿌리박혀 있는 남녀차별 의식 때문에, 여성이 국회의원이 되는 일은 예외적인 경우에 속했던 것이 사실이다.

국회 내에서의 여성의원과 남성의원 사이의 견제와 감시 및 비판이 제대로 이루어지기만 했더라도, 우리 눈앞에 드러나고 있는 국회의원들의 추악한 모습들이 훨씬 더 적게 나타났을지도 모를 일이다. 국회의석의 남성 독과점은 여성의 정치적 지위만을 약화시켜온 것이 아니라, 남성 국회의원의 지위가 이상적이고 균형적으로 자리를 잡아가는 데에도 많은 장애물로 작용했다는 뜻이다. 그런 점에서 여성이 국회에 많이 진출할 수 있는 제도를 마련해보고자 하는 것 자체는 결코 나무랄 일이 아니고, 오히려 적극 권장해야 할 일이다.

그러나 여기에서 중요한 것은, 그 방법이 헌법의 기본가치들을 침해하지 않고, 여성의 자존심을 손상시키지 않음으로써, 대부분의 국민들이 납득할 수 있는 것이어야 한다는 것이다.

국회 정치개혁특위가 이미 공표한 것처럼, 여성전용선거구제란 인구 180만 명을 기준으로 전국에 26개의 여성전용선거구를 만들어, 여성에게만 입후보할 수 있는 권리, 즉 피선거권을 부여하는 선거구를 말한다. 현행 국회의원 지역선거구의 인구편차에 관하여, 헌법재판소는 최대선거구와 최소선거구의 인구편차를 3:1까지 합헌이라고 보았는데, 여성전용선거구에서는 선거구인구편차가 그야말로 거의 완전하게 사라지게 되는 것도 이 제도의 하나의 특징으로 들 수 있다.

여성전용선거구제의 헌법적 문제점

이러한 여성전용선거구제는 헌법상 아무런 문제도 없는 것일까? 몇 가지 문제들을 제기해보기로 한다.

첫째, 여성전용선거구에서의 남성들의 피선거권 제한의 문제가 발생한다. 여성전용선거구에서 남성들이 입후보할 수 있는 권리는 (제한되는 정도가 아니라)

완전히 금지된다.

　문제는 남성들에게 전국의 26개 광역선거구에서의 입후보를 전적으로 배제하는 것이, 헌법이 허용하는 합리적 차별의 범위 내에 있는가, 하는 점이다. 이것은 남성들의 입장에서 볼 때, 일종의 역차별(reverse-discriminetion)의 문제가 된다. 역차별의 헌법적 논쟁은 원래 미국에서 시작되었다. 그것은, 사회적으로 열악한 상태에서 살아가고 있는 흑인, 히스패닉계 등이 로스쿨이나 메디컬스쿨에 입학하는 것이 거의 불가능에 가까웠던 현실을 감안하여, 각 대학에서 그들에게 입학정원의 일정부분을 할당했던 제도를 놓고, 백인 지원자들이 자신들에 대한 역차별론을 들고 나오면서 시작된 논쟁이다. 이에 관하여 연방대법원은 그러한 역차별이 합리적인 범위 내의 것이라면 합헌이라고 보았다.

　여기에서 우리가 주목해야 할 것은, 당시 이들 유색인종에게 로스쿨이나 메디컬스쿨에 입학하는 길을 열어주기 위한 방법으로 입학할당제 외에 달리 적당한 대안을 찾기 어려웠다는 것이다. 그러니까 연방대법원은, 입학할당제와 관련하여 헌법상 백인이 가지고 있는 기본권을 덜 제한하는 다른 방법을 찾기가 어려웠다는 데에서, 유색인종 입학할당제의 합헌성의 근거를 찾았다는 것이다. 이를 가리켜 기본권이론상 '덜 제한적인 다른 대안(less restrictive alternative)'의 선택의 문제라고 말한다.

　이 이론을 우리가 문제 삼고 있는 여성전용선거구제에 적용시켜보기로 하자. 여성전용선거구제가 헌법적으로 허용되는 '합리적인 범위' 내에 있는가 그렇지 않은가라는 식으로 논의를 전개하게 되면, 그것은 매우 추상적인 논쟁으로 흐를 수 있다. 그러나 국회 진출이라는 부분에서 여성이 받아온 차별을 해소하는 방법으로서, 남성의 피선거권에 덜 제한을 가하는 다른 대안이 없는 것인가에 논의의 초점을 맞춰보는 것이 더 현실적이고 구체적이다. 그에 대한 필자의 대답은, 여성전용선거구제 외에도, 헌법에 합치하는 다른 대안이 있다는 것이다. 이에 관해서는 뒤에서 말하기로 한다.

둘째, 여성전용선거구제가 실시되면 남성유권자들에게는 해당 선거구에서 남성 후보자를 선택할 수 있는 길이 원천적으로 차단된다. 이를 산술적으로 풀이하면, 적어도 절반의 후보자 선택권이 사라지는 것이다. 이를 헌법이 허용하는 합리적 차별이라고 쉽게 말해버릴 수도 있다. 그러나 여성전용선거구제가 남성유권자들의 선거권에 초래하는 문제점은 위 '역차별 이론'에서 말한 것이 그대로 적용된다.

셋째, 여성전용선거구제는 여성들에게만 피선거권을 줌으로써, 어느 경우에도 여성만이 당선자가 되게 하는 제도이다. 이 경우 국회에는 세 종류의 여성 국회의원이 존재하게 된다. 지역구선거에서 성별을 불문하고 출마하는 어느 누구와도 겨루어서 당선된 여성 국회의원, 정당의 비례대표 공천에 따라 유권자가 던진 '정당투표'를 거쳐 당선된 여성 국회의원, 그리고 여성들만이 경쟁하여 당선된 여성 국회의원이 그것이다.

앞의 두 경우에 관해서는 헌법이론상 아무런 문제가 없다고 보는 것이 지배적인 견해이다. 그러나 여성전용선거구 출신 국회의원으로 말미암아, 적어도 국회 내에는 상호 이질적인 두 종류의 여성 국회의원이 존재하게 된다. 이것은 곧 '국회의 동질성'이라는 측면에서 문제를 낳는다. 쉽게 말해서 국회 내에는 일류 여성 국회의원 또는 메이저리그 여성 국회의원과 이류 여성 국회의원 또는 마이너리그 여성 국회의원이 존재하게 된다는 것이다. 실제로 각 정당에서 경쟁력 있는 여성 국회의원들이 자신들을 여성전용선거구로 밀어내려는 당지도부의 시도에 반발하는 이유도 바로 이 때문이다. 당당하게 메이저리그 국회의원이 되겠다는 것이다.

넷째, 여성전용선거구제에 주요 정당들이 쉽게 합의를 끌어낸 본뜻이 법의 테두리 내에서 정당화될 수 있겠는가라는 것이다. 그동안 각 정당은 국회의원 의석수 늘리기에 골머리를 앓아왔다. 그러잖아도 '차떼기정당' 등 온갖 부패의 꼬리표로 수세에 내몰린 상태에서, 드러내놓고 의석수를 늘릴 엄두가 나지 않았을 것이다. 그러다가 특정정당이 여성전용선거구제를 들고 나오자, 나머지 정당들은 이 안에 반대했다가는 여성유권자들의 표에 신경이 쓰이고, 더 나아가서 여성을 우대한다는 구실을 내세워 의석수를 교묘하게 늘리는 계책이 되겠다는 계산을 했을 법도 하다.

여성전용선거구제를 논의하는 과정에서 각 정당이 머리에 넣은 노림수들은 그 어느 것도 법적인 것이 아니었고, 정략적인 것이었다. 그들의 정치적 노림수는 여기에 그치는 것이 아니다. 각 정당은 어떻게 해서든 지역구의석수를 늘리면서 비례대표의석수를 줄이는 데 골몰해왔다. 현행 지역구의석수 대 비례대표의석수의 비율은 227:46이다. 정치개혁특위가 잠정적으로 합의한 선거구인구편차는 최소선거구 10만5천 명, 최대선거구 31만5천 명이다. 이를 기준으로 계산하면 지역구의석수는 7~8개가 늘어나면서 비례대표의석수는 그만큼 줄어들게 된다.

이는 무엇을 뜻하는가? 국회의원들이 자신들의 기득권을 놓치지 않기 위해서, 또는 그것을 더욱 확대하기 위해서 혈안이 되어 있다는 것이다. 정치개혁특위의 안대로 선거가 치러질 경우, 비례대표제를 통해 국회가 정치적 소수자의 이익을 고려하는 길은 더욱 멀어지게 된다. 또한 보수정당 일색인 정치개혁특위의 합의 속에는 어떻게 해서든 진보정당이 국회에 진출할 여지를 최대한 좁혀보겠다는 야합이 들어 있다는 것도 쉽게 눈치챌 수 있다.

여성의 국회진출을 확대시키는 방안

이상에서 볼 때 여성전용선거구제는 정치영역에서의 남녀차별을 해소하는 방법으로서 결코 바람직한 것도 아니고, 합헌성도 유지하기 어려운 것이다.

그렇다면 여성의 국회진출 확대는 어떻게 도모하는 것이 바람직하고 합헌적인가? 그 방법으로는 다음과 두 가지를 생각해볼 수 있다.

우선, 비례대표 의석수를 현재의 46석보다 더 늘리거나 최소한 현재의 의석수를 유지하면서 각 정당이 여성후보자를 당선 가능한 상위 순번에 올려놓는 것이다. 이 경우 유권자의 입장에서도 자신들이 정당투표에서 어느 정당에 투표할 것인가를 판단하는 데 도움이 될 것이다. 이 경우 남성 유권자의 후보자 선택권이 위헌적으로 제한을 당하고 있다는 시비도 사라질 것이다.

다음으로, 유권자들이 입으로는 인물을 보고 투표하겠다고 하지만, 막상 투표현장에서는 지역감정에 기대어 투표하는 경향이 아직도 상당히 남아 있다고 보는 것이 정확할 것이다. 바로 유권자의 이런 고질병 때문에, 국회의원들은 자신들이 무슨 짓을 해도 차기에도 당선되는 데에는 별 문제가 없다는 안일감에 빠져 있었던 것이다. 이러한 유권자들의 지역감정을 각 정당은 도리어 여성의 국회진출을 돕는 방향으로 역이용해볼 수도 있을 것이다.

즉, 현재의 선거풍토에서는 특정정당이 누구를 후보자로 내어놓아도 당선될 지역선거구들이 존재한다. 각 정당은 그러한 지역선거구들을 여성의 국회진출을 확대하는 선거구로 활용해보는 것이다. 여성의 국회진출은 지금보다 대폭 확대되어야 한다. 국회를 균형 잡힌 민의의 전당으로 만들기 위해서, 정치영역에서의 남녀차별을 해소하기 위해서, 남성 국회의원들의 끝간 데 없는 부패·비리를 견제하기 위해서 여성 국회의원들은 지금보다 훨씬 더 많아져야 한다. 그리고 이러한 목적을 달성하기 위한 방법은 또 다른 위헌논쟁을 불러일으키지 않고, 여성의 자존심을 지켜주는 것이어야 한다.

그러나 정치개혁특위가 합의한 여성전용선거구제는 합헌성을 유지하기도 어렵고, 유권자들을 설득시키기도 어렵다. 그 속에는 기득권 정치인들과 정당들 그리고 남성 국회의원들의 추악한 정치적 이해득실이 깔려 있다.

2. 정치개혁의 수단, 정당투표

- 2004년 2월 22일, 전북일보

"공직선거및선거부정방지법은 이른바 1인 1표제를 채택하여(제146조 제2항) 유권자에게 별도의 정당투표를 인정하지 않고 있으며, 지역구선거에서 표출된 유권자의 의사를 그대로 정당에 대한 지지의사로 의제하여 비례대표의석을 배분토록 하고 있는 바(제189조 제1항), 이러한 비례대표제 방식에 의하면, 유권자가 지역구 후보자나 그가 속한 정당 중 어느 일방만을 지지할 경우 지역구 후보자 개인을 기준으로 투표하든, 정당을 기준으로 투표하든 어느 경우에나 자신의 진정한 의사는 반영시킬 수 없으며, 후보자든 정당이든 절반의 선택권을 박탈당할 수밖에 없을 뿐만 아니라, 신생정당에 대한 국민의 지지도를 제대로 반영할 수 없어 기존의 세력정당에 대한 국민의 실제 지지도를 초과하여 그 세력정당에 의석을 배분하여 주게 되는 바, 이는 선거에 있어 국민의 의사를 제대로 반영하고, 국민의 자유로운 선택권을 보장할 것 등을 요구하는 민주주의 원리에 부합하지 않는다."

지난 2001년 7월 19일 헌법재판소가 내린 결정이다. 헌법재판소는 이와 함께, 비례대표 의원의 선거는 지역구의원의 선거와는 별도의 선거인데도 정당명부에 대한 별개의 투표가 없으므로 직접선거의 원칙에 위배되고, 지역구 선거에서 무소속 후보자에게 투표하는 유권자의 표는 비례대표의원의 선거에는 전혀 기여할 수 없으므로 평등선거의 원칙에도 위반한다고 보았다. 헌법재판소의 이 결정에 따라 이번 총선부터 유권자는 지역구 선거후보자에 대한 투표권과 함께 각 정당의 비례대표 의원 명부에 대한 투표권을 행사하도록 되어 있다.

헌법재판소의 이 결정은 우리나라의 정치사에 큰 획을 긋는 사건이라고 해도 지나친 말이 아니다. 왜냐하면 그동안 비례대표제를 유지하면서도 정당투표제를 인정하지 않음으로써, 비례대표의석은 기성정당들 간의 나눠먹기판으로 전락했을 뿐만 아니라, 신생정당이나 진보정당의 원내진입의 어려움을 더욱 가중시키는 장치로 악용되었기 때문이다. 예를 들어 독일에서 지금은 유력한 정당으로 성장한 녹색당이 원내에 진입하는 관문의 역할을 한 것이 바로 비례대표명부에 대한 정당투표제였다. 일단 비례대표제를 통해 의회에 진출한 녹색당 출신 의원들이 원내에서 활약상을 보이면서 지역구선거에서도 녹색당 후보들이 당선되는 연쇄반응을 일으켰던 것이다.

이런 독일과는 달리 우리나라에서는 정당투표제를 인정하지 않은 결과, 헌법재판소 판례가 지적하는 많은 법적 문제점을 안고 있었다. 그 문제점은 이렇다. 가령 어느 유권자가 자신의 주소지가 속한 지역구선거에 출마한 후보자들 중에서는 A당의 후보자를 지지하지만, 정당을 보고 찍는다면 B당을 찍겠다는 의사를 가지고 있다고 하자. 기존의 선거제도에 따르면, 그 유권자가 지역구선거에서 자신이 A당의 후보자에게 던진 표는 자신의 의사와는 달리 비례대표선거에서도 A당을 지지한 것으로 간주되는 문제점이 있다는 것이다. 또한 정당투표제를 인정하지 않는 상태에서는 신생정당이나 진보정당에 대한 유권자들의 지지도를 비례대표 의석배분에 정확히 반영하는 것도 불가능하다.

국회 정치개혁특위에서 한나라당, 민주당, 열린우리당 등이 비례대표 의석 수를 가능한 한 줄이려는 데 의견의 일치를 보이는 밑바닥에는, 바로 신생정당이나 진보정당의 원내진출을 최대한으로 억제하면서 자신들의 기득권을 지키고자 하는 의도가 깔려 있다는 것을 유권자들은 알 필요가 있다. 결국 4·15총선에서 유권자들이 정당투표제를 어떻게 활용하느냐가 정치개혁의 속도와 폭에 큰 영향을 미친다고 볼 수도 있다.

3. 총선 연기 또는 보이콧?

- 2004년 3월 15일, 새전북신문

대통령 탄핵 사태를 보며 국민들이 크게 동요하고 있고, 그 격렬한 반응에 직면하여 탄핵을 주도한 야3당이 당황하고 있다. 이러한 사태는 노무현 대통령이 가장 원하는 결과였는지도 모를 일이고, 야3당의 정치적 환경은 시간이 흐를수록 악화되어가고 있다. 그렇다고 해서 야3당이 기대할 것이 전혀 없는 것은 아니다. 가장 바람직한 것은 국민의 냄비근성이다. 금방 끓었다가 금방 식어버리는 근성 말이다. 시간이 모든 것을 해결해준다는 타성은 과거 독재정권의 하수인들이 일상 써먹었던 방법이다.

또 하나 국회의 탄핵소추에 대한 헌법재판소의 결정이다. 어느 시기에 어떤 결정이 내려지는 게 야3당에게 가장 유리할까? 시기상으로는 총선 후를 기대한다는 사실이 드러나고 있다. 헌법재판소의 결정시기마저 자신들 마음대로 주무르고 싶어 하는 게 법적 상식을 뛰어넘는 그들의 정신상태이다. 야3당이 탄핵소추안을 의결할 때 그들은 국회법이 규정하는 거의 모든 절차를 무시해버렸다. 제안설명, 찬반토론을 거쳐서 국회의원 개개인의 법적·이성적 판단에 도움을 주는 의회토론의 기본원칙도 그들의 눈에는 사치스러운 요식행위에 불과했다.

탄핵소추 직후부터 각 정당에 대한 국민의 지지도가 큰 변화를 보이기 시작했다. 그중 2개의 정당은 과연 총선 후에 존립이나 하겠나 의심스러울 정도의 여론조사 결과가 나왔다. 이때부터 솔솔 연기를 피우기 시작한 것이 총선 연기 또는 보이콧이다. 사실이 아니길 바라지만 과연 이것이 가능할까?

먼저 총선연기다. 현행 공직선거법상 국회의원총선은 임기만료일 전 50일 이후 첫 번째 목요일이다(법 제34조 제1항 제2호). 그래서 4월 15일이 총선일로 정해진 것이다. 현 한나라당과 정치적 맥을 같이해온 박정희의 공화당, 전두환의 민정당, 노태우의 민자당 시절만 해도 총선일은 집권자인 대통령이 알아서 정했다. 대통령과 집권여당이 자신들에게 유리하다고 판단되는 날을 총선일로 정했고, 국민들 역시 그것이 당연한 것처럼 여겼던 것이다.

그러다가 국민들의 정치의식 수준이 높아지면서 그런 관행이 깨졌다. 1994년부터 공직선거법에 아예 총선일을 계산하는 방법을 못박아버린 것이다. 마음만 먹으면 무슨 일이라도 할 수 있는 야3당이 총선일에 관한 공직선거법의 규정을 자신들의 입맛에 맞게 뜯어고칠 수는 있다. 그러나 거기에도 한계는 있다. 쉽게 말해서 16대 국회의원들은 2004년 6월 1일부터는 국회의원이 아니다. 새로운 사람들이 국회를 구성하여 입법권을 행사해야 한다. 새로운 국회의 구성을 위한 법적·실무적 준비절차들을 완료하는 데 필요한 최소한의 시간이 있다. 적어도 5월 한 달간은 그 일을 해야 할 것이다. 그렇다면 야3당이 총선을 연기할 수 있는 날 수가 뻔하다. 기껏해야 2주일 남짓이다.

다음으로 총선 보이콧이다. 총선에 참여하느냐 마느냐는 각 정당이 알아서 할 일이다. 야3당이 총선을 보이콧하게 되면 중앙선관위는 총선을 진행할 수 없는가? 만약 그렇게 된다면 그 자체가 헌법위반이다. 중앙선관위가 입법권의 구성을 위한 총선진행을 거부하는 심각한 헌법위반이 될 것이기 때문이다. 또 하나 현행 정당법상 정당이 총선을 보이콧하면 중앙선관위는 총선 후 그 정당의 등록을 취소하도록 되어 있다(법 제38조 제1항 제2호). 물론 이 조항조차도 야3당이 연합하여 폐지시켜버릴 수는 있다. 그러나 이 경우 그들에게 남는 것이 전혀 없다. 국회에 전혀 진출하지 못하는 그들의 운명은 사실상 소멸해 버리기 때문이다.

이 시점에서 야3당에게 정말 중요한 것이 있다. 그들이 겸허하게 헌법재판소의 결정과 총선에서 표현될 국민의 의사를 기다리는 일이다. 특히 헌법재판소의 결정은 총선 이후에 나와야 한다는 막가파식 협박도 그만 집어치워야 한다. 순수하게 법이론적으로 판단하면 노무현 대통령에 대한 탄핵소추 사유의 존부에 대한 판단은 매우 간단하다. 단 하루면 모든 판단을 끝내버릴 수 있을 정도로 단순하다는 말이다.

4. 의회지배권력의 교체

- 2004년 4월 26일, 새전북신문

17대 총선이 남긴 여러 가지 의의들과 문제점들이 있다. 그 비중을 어디에 두느냐는 논자에 따라, 관점에 따라 달라질 수밖에 없다. 3김시대의 완전한 종식, 의회지배권력과 정부권력의 일치, 전국정당화의 가능성 발견, 죽은 박정희의 재등장, 정책대결의 실종 등이 이번 총선과 관련하여 등장한 단어들이다.

필자는 17대 총선이 남긴 최대의 의의는 의회지배권력의 교체라고 단언한다. 한나라당이 장악했던 의회권력의 직접적 뿌리를 추적해보기로 하자. 1961년 5월 16일 일본제국주의 장교출신 육군소장 박정희가 주도한 5·16쿠데타는 1960년 4·19혁명 후 등장한 장면 내각이 이끄는 민주당 정권을 뒤엎고 군부독재시대의 막을 열게 되었다.

1963년 10월 5일 실시되었던 제5대 대통령선거에서 박정희는 대통령에 당선되었다. 당시 공화당의 박정희 후보와 민정당의 윤보선 후보는 박빙의 승부를 펼쳤다. 개표결과 박정희 후보는 4,702,640표를 얻어, 4,546,614표를 얻은 민정당의 윤보선 후보를 불과 156,026표차로 눌렀다.

당시 선거에서 호남지역 유권자들의 표가 어떻게 움직였는가. 전북과 전남에서 박정희 후보는 각각 408,556표와 765,712표를 얻었고, 윤보선 후보는 각각 343,171표와 480,800표를 얻었다. 박정희 후보는 호남지역에서만 경쟁상대 윤보선 후보에게 350,397표를 앞선 것이다. 당시 박정희 후보가 호남표에 힘입어 당선되었다고 한다면 지나친 말일까? 이어서 1963년 10월 26일 실시된 제6대 국회의원총선거에서 공화당은 국회재적의원 62.8%에 해당하는 110석으로 원내 제1당의 지위를 차지하였다. 공화당의 의회지배는 박정희가 사망한 다음 해인 1980년까지 지속되었다.

그 후 공화당의 의회권력은 전두환의 민정당, 노태우의 민자당, 김영삼의 신한국당 그리고 현재의 한나라당으로 이어져왔다. 6대 국회부터 16대 국회까지 11대 41년간 의회지배권력이 교체되지 않고 지속되어온 것이다. 1997년 12월 18일 실시된 제15대 대통령선거에서 김대중 씨가 대통령에 당선됨으로써 정부수립 이후 처음으로 평화적 정권교체가 이루어졌고, 작년 제16대 대통령선거에서 노무현 씨가 대통령에 당선되었지만, 의회지배권력은 여전히 바뀌지 않았다. 이 때문에 두 번의 정권교체는 반쪽짜리 정권교체에 불과했다.

정부권력과 의회권력이 일치하지 않을 때 정부권력은 그 힘의 상당부분을 쓸 수 없게 된다. 의회권력이 마음만 먹으면 언제든지 정부권력에 제동을 걸 수 있고, 그 발길질은 때로는 주권자인 국민의 정치적 의사도 짓밟을 수 있기 때문이다. 지난 3월 12일에 있었던 야3당의 노무현 대통령 탄핵소추안의결은 그에 딱 들어맞는 사례에 속한다.

의회지배권력을 상실한 정치세력, 이를 뒷받침해온 언론 등 사회세력이 겪을 정신적 공황은 상상하기 어려울 것이다. 이를 대변하는 논객이 〈월간 조선〉 대표 겸 편집장 조갑제이다. 그는 총선 다음 날인 지난 4월 16일 자신의 홈페이지에 '애국세력의 기사회생'이라는 글을 올렸다. 거기에는 "정치권력의 분야에선 좌파 세상이 되었다. 정부와 국회까지 장악한 좌파의 내부 변화가 예상된다. 이 좌파 속에서 반김정일 좌파가 주류가 되면 한국은 위기를 벗어날 것이다. 극좌, 즉 친김정일 세력이 주도권을 잡으면 내전적 상황으로 몰려갈 것이다. 이제 좌파는 국정운영의 명실상부한 주인공이 되었으므로 경제와 안보분야의 실패에 대한 변명이 불가능해졌다. 권력과 책임을 함께 지게 되었다"라는 정국진단이 등장한다.

조갑제는 의회지배권력의 교체를 좌파에 의한 의회권력의 장악으로 평가한 것이다. 그러한 조갑제의 기준에 따른다면 열린우리당이나 민주노동당에 표를 던진 과반수의 유권자는 좌파인 셈이고, 결국 국민과 의회의 과반수가 좌파로 포진한 것이다. 과연 그럴까? 그건 이번 선거가 저들에게 가져다준 충격을 단적으로 드러낸 표현일 뿐이다.

5. 대통령 탄핵사태를 통해서 얻은 경험

- 2004년 5월 14일, 참소리

지난 3월 12일 우리는 국회에 의한 대통령 탄핵소추라는 헌정사상 초유의 일을 겪었다. 야3당에 의한 탄핵소추는 즉각 국민적 반발을 불러일으켰고, 그러한 반발은 총선을 코앞에 둔 각 정당의 지지율 격랑으로 이어졌다.

헌법학자의 한 사람으로서 볼 때 헌법재판소의 탄핵심판으로 넘어간 이 사건에 심각한 법리논쟁의 여지가 있었던 것은 아니다. 때문에 이 사건 초기에 윤영철 헌법재판소장도 법리문제는 비교적 단순하기 때문에 국가에 미치는 영향을 생각해서 가급적 빨리 결론을 내리겠다고 말했었다. 그러나 4·15총선이 다가오면서 여론은 탄핵심판 선고일을 놓고 여러 가지 추측을 내고 있었다. 급기야는 만 63일을 경과한 끝에 헌법재판소는 탄핵소추기각결정을 내리게 되었다.

대통령 탄핵사태를 통해서 우리는 참으로 많은 것을 경험하게 되었다. 그것을 하나하나 짚어보기로 한다.

헌법 제65조는 국회에 의한 대통령 기타 국가고위공무원에 대한 탄핵소추를, 그리고 제111조 제1항 제2호는 헌법재판소에 의한 탄핵심판을 규정하고 있다. 그러나 대통령에 대한 탄핵사유가 다른 국가고위공무원에 대한 탄핵사유와 동일한 것인지, 구체적으로 대통령이 어느 정도의 직무상의 헌법위반 또는 법률위반을 저질러야 탄핵사유가 되는지에 관하여 명확히 규정해놓은 법조항은 없다. 헌법학자들 역시 헌법상의 탄핵조항이 실제로 작동할 것이라고 예상한 사람은 거의 없으며, 이 때문에 다른 분야와는 달리 탄핵제도를 구체적으로 정리해서 이번 사건에 바로 참고할 수 있는 헌법논문은 거의 전무한 상태였다. 헌법재판관들의 어려움은 여기에서부터 시작되었다. 더구나 9명의 헌법재판관 중 헌법전문가는 단 한 사람도 없는 우리의 기이한 헌법재판소 제도하에서 헌법재판관들이 겪었을 어려움은 짐작하고도 남는다.

이번 대통령 탄핵사태를 맞으면서 필자는 대통령에 대한 탄핵사유를 규정하고 있는 헌법 제65조 제1항의 "직무집행에 있어서 헌법이나 법률을 위배한 때"를 '단순한 헌법위반 또는 법률위반'이 아니라 '중대한 헌법위반 또는 법률위반'이라고 해석하는 것이 타당하다는 견해를 내놓은 바 있다. 예를 들어 대통령이 직접 승용차를 운전하고 민정시찰을 나가다가 교통사고를 냈을 때, 그것은 분명히 "직무집행에 있어서 헌법이나 법률을 위배한 때"에 해당하기 때문에 탄핵사유가 된다고 본다면, 그것은 대통령 탄핵조항의 취지를 잘못 읽은 것이다.

이렇게 해석하는 논거는 헌법 제84조가 규정하고 있는 대통령의 형사상의 특권조항("대통령은 내란 또는 외환의 죄를 범한 경우를 제외하고는 재직 중 형사상의 소추를 받지 아니한다")에서도 찾을 수 있다. 헌법이 대통령에게 형사상의 특권을 주는 취지는 극히 예외적인 사유가 존재하지 않는 한, 대통령의 임기를 보장해주는 것이 국가의 존립과 헌법질서의 유지를 위해서 필요하다는 데 있다. 따라서 대통령에 대한 탄핵사유는 대통령의 직무를 더 이상 수행해서는 안 될 정도의 중대한 헌법위반 또는 법률위반이 발생해야 한다.

헌법재판소의 탄핵소추기각결정의 요지는 이렇다. ①국회에서 탄핵소추안을 처리하는 절차에 하자는 없었다. ②노무현 대통령은 공직선거법 제9조가 규정하는 공무원의 선거중립의무를 위반했다. ③헌법 제72조가 규정하는 국민투표부의사항에는 대통령의 신임을 묻는 것은 포함될 수 없음에도 불구하고 노무현 대통령은 국민투표로 대통령의 신임을 묻겠다고 함으로써 헌법을 위반했다. ④대통령 측근의 권력형 부정부패, 정국의 혼란, 경제파탄은 탄핵사유가 되지 않는다. ⑤대통령에 대한 탄핵은 국민이 선거를 통하여 대통령에게 부여한 민주적 정당성을 다시 단절시키는 것이다. 파면효과가 이와 같이 중대하다면 파면사유도 이에 상응하는 중대성을 가져야 한다. ⑥노무현 대통령은 일부 헌법위반 또는 법률위반 행위를 했지만, 그 사유가 대통령을 파면시킬 정도로 중대하지는 않다.

위 탄핵심판결정문 요지에 대하여 필자는 결론 및 중요부분에 동의하지만, 일부 동의할 수 없는 부분들이 있다. 국회에서 탄핵소추안 처리절차에 하자가 없었다고 보는 것은 아무래도 무리이다. 본회의 개의시각 위반, 피소추인의 의견진술 기회 부존재, 공개투표 등은 객관적으로 명백하고 내용상으로 중대한 절차상의 하자이다. 노무현 대통령이 행한 일련의 발언에 공직선거법의 공무원 선거중립의무를 적용할 수 있는 것인지도 의문이다. 대통령은 선거에 직접 영향을 미치지 않는 한계 내에서 어느 정도의 정치적 발언을 할 수 있다고 보아야 하기 때문이다. 대통령의 신임을 묻는 국민투표를 현행 헌법 제72조를 근거로 실시할 수 있는지에 관하여는 헌법학자들 사이에 치열한 논쟁이 벌어지고 있다. 그러나 헌법재판소는 이 부분에 관하여 너무 단순하게 결론을 내려버렸다.

어쨌든 헌법재판소가 노무현 대통령에 대한 국회의 탄핵소추를 기각함으로써 이 문제에 관한 사법적 판단이 마무리되었다. 헌법재판소의 결정은 더 이상 다툴 수단이 없는 결정이기 때문에, 최후의 결정이다.

이번 탄핵사태를 통해서 우리 국민은 참으로 소중한 경험을 하게 되었다. 미국연방헌법이나 다른 국가들의 헌법에도 탄핵조항이 존재하기는 하지만, 국가원수에 대한 의회의 탄핵소추는 거의 찾아보기 어려운 일이다. 그런데 우리 국민은 불과 50년 남짓 되는 짧은 헌정사에서 다른 나라 국민들이 경험하지 못한 대통령 탄핵사태를 겪게 되었다. 이러한 돌발사태 앞에서 우리 국민은 자신의 정치적 의사를 표출시켰다. 그것은 촛불시위와 네티즌 항의 그리고 국회의원총선에서의 투표행위로 나타났다. 야3당 국회의원들의 국회에서의 찰나적이고 감정적인 정치적 행위는 주권자인 국민에게 전혀 새로운 민주주의 훈련의 장(場)을 제공한 것이다. 대통령 권한행사 정지가 국가를 커다란 혼란의 수렁으로 몰아갈 것이라는 일반의 기우와는 전혀 다르게 국민은 차분하면서도 열정적으로 탄핵사태를 정리해나갔다.

야3당에 의한 대통령 탄핵소추에 대한 국민적 분노는 4·15총선을 통해서 법적 분노로 나타났다. 사실 한나라당이 제아무리 '차떼기정당'이라는 비난을 받았어도 특정지역과 수구세력을 중심으로 하는 전통적 지지기반을 바탕으로 다시금 원내 제1당이 될 것이라는 데 의심을 갖는 사람들은 별로 없었다. 더욱이 한나라당의 의회권력지배는 어제 오늘의 일이 아니라 5·16군사쿠데타 이후 40년 넘게 지속돼온 것이라서, 그것이 쉽게 깨질 수는 없는 것이었다.

그런데 그렇게도 강고하던 의회지배권력이 탄핵폭풍에 날아가버리면서 출

범한 지 불과 몇 개월밖에 되지 않는 열린우리당이 새로운 의회지배권력을 장악해버린 것이다. 노무현 대통령이나 열린우리당을 꼭 좋아해서가 아니라 변화를 거부하고 구태정치에 골몰하는 정치권의 행태에 염증을 느낀 나머지 열린우리당 후보들에게 표를 던진 유권자들이 적지 않았다. 거기에서 끝난 것은 아니다. 1988년 13대 총선 이후 호남을 장악해왔던 민주당이 와해돼버렸고, 자민련은 5석에도 미치지 못하는 참변을 당하게 되었다.

이 시점에서 우리가 주목해야 할 것은 헌법재판소의 결정에 대한 노무현 대통령, 열린우리당, 한나라당 등 정치권과 언론매체의 반응이다.

노무현 대통령은 헌법재판소의 탄핵소추기각결정으로 일단 탄핵싸움에서 법적 승리를 얻은 셈이다. 4·15총선을 통해서 이미 정치적 승리를 얻었지만, 그 승리를 확고하게 해준 것이 헌법재판소의 탄핵소추기각결정이다. 문제는 이러한 결과를 받아들이는 노무현 대통령의 태도이다. 노무현 대통령은 4·15총선을 통해서 국민들이 자신을 전폭적으로 지지해줬다고 생각하거나, 헌법재판소의 결정을 통해서 정치적 적대세력을 완전히 물리쳤다고 생각한다면 큰 오산이다. 국민들은 여전히 노무현 대통령을 불안한 눈길로 바라보고 있고, 정치적 적대세력은 헌법재판소의 소수의견을 통해서 엄존하고 있다. 노무현 대통령은 그들에게 흠이 잡히지 않도록 언행에 신중을 기하고, 자신이 약속한 대로 국민 앞에 분명한 개혁정책노선을 밝히고 이를 일관되게 실천해나가야 한다.

한나라당은 이미 여러 차례에 걸쳐서 헌법재판소의 결정에 승복하겠다고 말했다. 그러나 이것으로 한나라당의 국민에 대한 책무가 끝나는 것이 아니다. 한나라당은 이번 탄핵사태에 대하여 국민 앞에 정중하게 사죄하고, 책임을 지는 가시적인 조치들을 강구해야 한다. 한나라당은 2002년 대통령선거와 2004년 17대 총선 그리고 이번의 탄핵심판을 통해서 세 번의 국민적·사법적 심판을 받았다. 이제는 노무현을 대통령으로 인정하고 정치개혁과 국가발전에 협력하는 패자의 금도를 보여야 한다.

열린우리당은 탄핵사태를 통해서 자신도 예측할 수 없었던 엄청난 정치적 이익을 챙겼다. 순수하게 자기노력을 통해서 얻어낸 것이 아니라, 정치적 적대세력의 정치적 야욕이 빚어낸 방심을 통해서 거머쥔 반사적 이익의 성격이 크다는 것이 필자의 확고한 생각이다. 열린우리당은 바로 정치적 반대세력의 실패를 반면교사로 삼는 진지한 자세를 가져야 한다. 국민이 총선을 통해서 정부권력과 의회권력을 일치시켜준 뜻을 깊이 헤아려야 한다. 이제 더 이상 정치개혁과 국가발전의 실패의 책임을 야당의 탓으로 돌릴 수 없게 되었다. 국민이 여당에게 묻는 책임의 강도가 그만큼 높아졌다는 것을 뜻한다.

우리는 탄핵심판을 둘러싼 수구보수언론의 준동을 경계해야 한다. 오늘 미국 국무부 대변인은 한국의 헌법재판소의 탄핵심판은 노무현 대통령에 대한 국민의 높은 지지에서 비롯되었다고 하면서도, 헌법재판소가 노무현 대통령에 대한 일부 헌법위반 법률위반 사실을 인정함으로써 노무현 대통령이 완전한 면죄부를 받았다고 볼 수는 없다는 논평을 냈다. 이는 탄핵심판과 관련한 미국의 불편한 심기를 그대로 드러내는 말이고, 국내의 수구보수언론이 두고두고 이용해먹을 수 있는 재료이기도 하다. 그러나 수구보수언론이 주목해야 할 것이 있다. 이제 국민은 더 이상 언론의 조작대상이 아니라는 것이다. 의회지배권력을 교체해버린 국민의 눈길은 언론지배권력을 향하고 있다는 사실을 직시해야 한다.

우리 국민은 위대했다. 대통령에 대한 탄핵소추와 대통령 권한행사 정지라는, 어느 나라 국민들도 경험해보지 못했던 민주주의와 법치주의의 학습 현장에서 국민들은 너무도 침착했고, 해야 할 일을 잘 챙겼다. 이쯤 되면 정치인들의 입에서나 헌법재판관들의 입에서나 '국민이 무섭다'는 말이 나오지 않을 수 없게 되어 있다. 그러나 정치개혁, 민생개혁은 지금부터 시작하는 것이다. 정치와 공동체에 대한 무관심은 곧 우리 자신의 삶의 파괴로 이어진다. 정치개혁은 반드시 국민의 손으로 이루어내야 한다.

6. 탄핵심판 이후에 해야 할 일

- 2004년 5월 15일, 서울신문

2004년 3월 12일 국회에서 야3당이 의결한 노무현 대통령에 대한 탄핵소추, 그로부터 63일 만에 헌법재판소가 최종결론을 내렸다. 기각결정, 즉 탄핵사유가 존재하지 않는다는 것이다. 대통령을 파면시키는 일은 국민이 선거를 통하여 대통령에게 부여한 민주적 정당성을 다시 단절시키는 것이며, 파면효과가 이처럼 중대하다면 파면사유도 그만큼 중대성을 가져야 한다는 것이 기각결정의 핵심이유다.

야3당의 탄핵소추안 의결에 대해 많은 국민이 분노했다. 끝간 데 없는 불법 정치자금 사건과 정쟁으로, 고달프지만 성실하게 하루하루를 살아가는 국민에게 허탈감을 심어준 국회의원들이, 느닷없이 노 대통령에 대한 탄핵으로 돌파구를 삼으려는 파렴치한 작태를 보였기 때문이었다.

이제 대통령 탄핵을 둘러싼 논쟁 가운데 어느 것이 옳은지 헌재의 최종 판단이 내려졌다. 우리는 차분하게 평상심으로 돌아와 탄핵심판 이후에 해야 할 일이 무엇인지를 정리해야 할 시점에 서 있다.

노 대통령은 '탄핵싸움'에서 승리를 거뒀다. 국회의 탄핵소추안 처리를 눈앞에 둔 지난 3월 11일 그는 대국민성명서를 발표했다. 당시 성명서 내용이라든가 그의 표정 등을 보면서 필자는 '저건 싸움을 피하는 게 아니라, 도리어 어디 한번 해봐라'라는 전투적인 태도라고 생각했다. 정치적으로 큰 승부수를 던진다는 느낌을 지울 수 없었다. 이러한 추측이 맞건 틀리건 관계없이, 노 대

통령은 탄핵사태로 엄청나게 많은 정치적 이익을 챙겼다. 그리고 그건 천만뜻
밖에도 40년 이상 지속돼온 의회지배권력을 교체하는 혁명적 상황을 가져왔
다.

그러나 여기에서 노 대통령이 유념해야 할 것이 있다. 이 땅에는 (비록 밝히지
는 않았지만) 헌법재판관들의 소수의견을 지지하는 세력이 엄연히 존재한다. 또
대통령은 특정 세력만의 대통령이 아니라 모든 세력의 대통령인 것이다. 여기
에서 대통령의 국민통합 책무가 나온다. 이유야 어찌됐든 탄핵사태를 둘러싼
국론분열과 갈등, 2개월 이상의 대통령 유고, 이 모든 것의 출발점에 노 대통
령 자신이 서 있었다는 사실을 잊어서는 안 된다.

탄핵소추를 강행한 야3당은 국민에게 진 빚을 갚는 작업을 해야 한다. 대통
령을 파면할 만한 중대한 위법사유가 존재하지 않았다는 사법적 판단이 내려
진 이상, 탄핵사태를 야기한 데 대한 정중한 사죄와 그것을 행동으로 보여주
는 노력을 해야 한다. 만약 한나라당이 탄핵심판 결정문에 나타난 노 대통령
의 위법행위들을 행위의 정당성에 대한 논거로 삼는다면, 한나라당의 장래에
는 더 혹독한 정치적 시련이 몰아치게 될 것이다.

여당인 열린우리당은 탄핵사태를 통해서 가장 큰 정치적 반사이익을 챙겼
다. 3월 11일까지만 해도 17대 총선 결과는 어느 누구도 예측할 수 없는 혼전
상태였는데, 뜻밖에도 야3당이 열린우리당의 난국을 일거에 해결해준 것이다.

그러나 국민은 열린우리당의 향후 행보를 주시하고 있다. 국민이 17대 총선
에서 정부권력과 의회권력을 일치시켜준 것은 이제 국정운영의 실패를 더 이
상 야당의 책임으로 떠넘기지 말라는 강력한 메시지이다. 정치개혁·재벌개

혁·언론개혁·민생안정·국가균형발전 등 각종의 국정현안을 일관되고 설득력 있는 원칙과 프로그램을 세워 추진하라는 명령을 담은 것이다.

이 땅에는 아직도 노 대통령을 대통령으로 인정하지 않는 세력이 존재한다. 그들이 정말 존중해야 할 것은 게임의 규칙이다. 게임의 규칙은 과정에만 적용되는 것이 아니라 결과에도 적용된다. 1년 남짓한 짧은 기간 동안 인간 노무현을 둘러싼 두 번의 게임이 있었고, 그 결과 확인된 것은 '노무현은 대통령'이라는 사실이다. 이 사실을 겸허하게 인정하면서 정치개혁과 국가발전에 동참하라는 것이, 시대가 그들에게 주는 엄중한 외침이다.

국민은 대통령 탄핵소추와 기각이라는 중요한 민주주의 학습을 했다. 그 비용이 우리 미래에 어떤 영향을 끼칠 것인지 현 시점에서 예측하기는 어렵다. 그러나 한 가지 분명한 점은 정치인과 기득권층을 감시하고 비판하는 국민의 능력은 예전보다 훨씬 더 높아졌다는 것이다.

7. 열린우리당이 참패한 이유

- 2004년 6월 7일, 새전북신문

6월 5일 실시된 지방선거에서 열린우리당이 참패했다. 열린우리당의 패배를 예상했던 사람들조차도 그 정도가 의외라는 생각이 들 정도로 무참하게 지고 말았다. 광역단체장 4곳 중 한 곳도 건지지 못했고, 기초단체장 19곳마저도 신행정수도 건설에 대한 기대에 부풀어 있는 충청권 3곳을 빼고는 모두 무너지고 말았다. 전남에서 도지사 자리와 기초단체장 3곳 모두 민주당과 무소속에 패배했다. 한나라당으로서는 아무리 구애해도 쳐다보지 않고, 열린우리당은 가만히 있어도 싹쓸이를 한다는 지역, 그래서 아무도 신경 쓰지 않는 지역이라는 자조 섞인 소리가 나오는 전북에서마저도 열린우리당은 임실군수 자리를 놓쳐버렸다.

필자는 지난 4·15총선 이후 기회 있을 때마다 열린우리당이 자세를 가다듬을 것을 주문해왔다. 총선에서의 승리가 열린우리당의 자력에 의한 것이 아니라 탄핵정국을 통해 분출된 야3당에 대한 반감에서 비롯된 승리라는 것, 원내과반수를 획득했다지만 그것은 선거사범에 대한 재판 등으로 언제 무너질지 모르는 매우 불안정한 과반수라는 것, 열린우리당이 한나라당 등 야당과 이념상 본질적인 차별성을 갖고 있는 것은 아니라는 것, 이 때문에 열린우리당은 당의 정체성을 바로 확립해서 국민의 진정한 지지를 끌어내는 일에 당력을 모아야 한다는 것 등이 필자가 그동안 열린우리당에 보낸 애정 어린 충고였다.

그러나 그때마다 열린우리당 당선자들의 반응을 보고 느낀 것은 한마디로 '무슨 소리냐'라는 것이었다. 그들의 생각에 따르면 총선 승리는 '열린우리당의 개혁성에 대한 국민의 지지'에서 비롯된 것이었다. 그들의 안일한 상황인식은 총선 직후부터 나타나기 시작했다. 그 절정은 소위 '대통령 수업'이라는 명목의 장관 자리 나누어 갖기였다.

열린우리당의 차기 대권주자들로 거론되고 있는 정동영과 김근태 두 사람 중 누구를 통일부 장관에 앉히고, 누구를 정보통신부 장관에 임명하느냐는 문제로 두 진영이 갈등을 빚고, 급기야는 통일부 장관 후보에 오른 사람의 가계의 사상적 색깔을 두고 치졸한 행태가 벌어지기도 하였다. 국무총리 서리에 전 경남지사 김혁규 씨를 지명하는 문제를 놓고 당내갈등과 당청갈등이 이어졌고, 아파트 분양원가를 공개하겠다는 총선공약이 17대 국회가 개원하기도 전에 실종되는 반개혁 징후가 나타나기 시작했다.

그러더니 느닷없는 '영남발전특위'가 당내에서 회자되기 시작하였고, 당 지도부는 그에 대해 시인도 부인도 하지 않더니 지방선거일이 다가오면서, 그 문제가 여당에게 불리한 방향으로 불붙게 되자 부랴부랴 진화하는 듯한 모습을 보였다. 필자는 특히 '영남발전특위' 문제와 관련하여 열린우리당이 영남지역 민심에 대한 정확한 상황인식을 못하고 있는 것이 안타깝기만 하다.

어느 정당이건 영남에서 많은 표를 얻는 데 가장 중요한 전제조건이 있다. 그건 그 정당이 호남에서 철저하게 외면을 당해야 한다는 것이다. 17대 총선에서 열린우리당이 영남지역에서 평균 30%대의 득표율을 올린 것을 가지고 당지도부가 상당히 고무되어 있었는데, 이 역시 득표분석을 지나치게 피상적으로 한 데서 나온 것이다. 왜냐하면 현재 영남지역에 주소지를 두고 있는 사람들 중 적어도 20% 이상이 호남사람들이라는 것을 감안하면, 열린우리당이 지난 총선 영남에서 순수하게 영남유권자들로부터 받은 지지도는 10%에도 미치지 못하기 때문이다.

　노무현 대통령이 토종 영남 출신이면서도 자기 고향에서 외면당하는 이유는, 영남사람들의 눈에 비친 노무현 대통령은 'DJ정권에 부역한 정치인'이기 때문이라면 지나친 단정일까? 40여 년에 걸친 한나라당의 의회지배권력이 무너졌던 가장 큰 이유는 안일과 방심이었다. 이러한 정치세계의 역작용(力作用)이 열린우리당에 대해서는 예외일 이유가 없다. 열린우리당이 더 이상 무너지지 않는 길은 경제개혁과 회복, 반민주악법폐지, 재벌개혁, 언론개혁, 사법개혁, 민족자존감 회복에 노무현 대통령과 모든 당원이 힘을 모으는 것이다.

8. 대통령은 KBS 사장을 해임할 권한이 없다

- 2008년 8월 7일, 프레시안

2008년 7월, 이명박 정부는 KBS 정연주 사장 해임을 노골적으로 추진했다. 당시 정부여당에서는 "대통령이 KBS 사장에 대한 임명권을 가지고 있기 때문에 당연히 해임권도 행사할 수 있다"는 논리를 내세웠는데, 이에 필자는 아래 기고문을 통해 반박했다. —편집자 주

임기제의 의미

공·사조직을 막론하고 조직의 수장에 대해서는 대부분 임기제가 적용된다. 임기제는 말 그대로 해당 직위가 끝나는 시기를 미리 규범적으로 정해놓는 것을 가리킨다. 임기제가 갖는 의미는 이를 일반적인 것과 특별한 것으로 나누어 말할 수 있다. 임기제의 일반적 의미는 조직의 수장에게 일정한 기간 동안 책임 있게 직무를 수행할 수 있도록 하고, 수장의 잦은 교체 또는 예측 가능성 없는 교체로 인하여 조직의 안정성이 동요하는 것을 막아주는 것이다.

임기제의 특별한 의미에 대하여 이를 일률적으로 말할 수는 없다. 헌법상의 임기제에 대하여 살펴보기로 하자. 헌법은 국회의원(4년), 대통령(5년), 감사원장과 감사위원(4년, 1차 중임 가능), 대법원장(6년, 단임), 대법관(6년, 연임 가능), 일반법관(10년, 연임 가능), 헌법재판소재판관(6년, 연임 가능), 중앙선거관리위원회 위원(6년, 연임 가능 여부 명문의 규정 없음) 등에 대하여 임기제를 규정하고 있다.

이 중 대통령이 임명하는 직위는 감사원장과 감사위원, 대법원장과 대법관, 헌법재판소재판관 그리고 중앙선거관리위원회 위원 9인 중 3인이다. 대통령이 임명권을 가지지만, 헌법기관으로서의 지위를 가지는 이들과 대통령의 관계는

어떠한가? 상하 종속관계인가 아니면 상호 독립관계인가?

대법원장과 대법관(일반 법관도 마찬가지임) 그리고 헌법재판관은 권력분립의 원칙상 입법권과 집행권으로부터의 독립이 필수적이다. 선거와 국민투표의 공정한 관리 및 정당에 관한 사무를 처리하는 중앙선거관리위원회 위원 역시 대법원장, 대법관, 헌법재판관과 동일한 수준의 독립성이 요구된다. 따라서 이들과 대통령의 법적 관계는 대통령이 이들을 임명하는 순간 끝난다. 대통령은 이들에 대하여 어떠한 직무상의 지시나 감독도 해서는 안 된다.

감사원장과 감사위원은 어떤가? 감사원법 제2조 제1항은 "감사원은 대통령에 소속하되 직무에 관하여는 독립의 지위를 가진다"고 규정하고 있다. 감사원의 기능과 관련하여 감사원이 유지해야 할 지위에 관한 헌법정신을 감사원법이 구체화하고 있는 것이다. 이에 따라 감사원은 그 조직이 대통령에 속할 뿐 대통령으로부터 독립하여 그 직무를 수행한다.

국무회의의 심의사항을 규정하고 있는 헌법 제89조가 감사원의 직무를 그 심의대상에서 제외하고 있는 이유도 만약 감사원의 직무를 국무회의의 심의대상으로 하는 경우 그것은 감사원의 지위의 독립성에 관한 헌법의 요청을 정면으로 거스르는 것이기 때문이다.

헌법은 검찰총장의 임기에 관하여 침묵을 지키고 있다. 그러나 검찰청법 제12조 제3항은 "검찰총장의 임기는 2년으로 하며, 중임할 수 없다"고 규정하고 있다. 검찰은 그 조직계열상 집행권에 속하지만, 그 직무가 국가형벌권의 행사와 직결되는 것이어서 준사법기관이라고 말한다. 검사는 법관과는 달리 법무부 장관의 일반적 지휘·감독권에 복종해야 한다(검찰청법 제8조). 그러나 법무부 장관의 그러한 지휘·감독권이 검찰권의 불편부당한 행사를 방해해서는 안 된다.

이 때문에 검찰청법 제4조 제2항은 "검사는 그 직무를 수행함에 있어서 국민전체에 대한 봉사자로서 정치적 중립을 지켜야 하며 부여된 권한을 남용하여서는 아니 된다"고 규정하고 있는 것이다. 검찰청장의 임기제는 노태우 정권 때인 1988년 12월 31일 검찰청법 개정을 통하여 도입되었다. 검찰청장의 임기를 보장함으로써 정치적 압력이나 간섭을 받지 않고 불편부당하게 검찰권을 행사하도록 하겠다는 것이 검찰총장 임기제 도입의 입법취지였다.

그러나 임기제의 법적 의미에 대한 이해가 짧았던 역대 대통령들은 정당한 사유 없이 임기 중인 검찰총장을 갈아치우기도 하고 다른 직위로 보내기도 하였다. 그러한 대통령들의 행태에 대해서 의식이 없었던 검찰총장들도 문제가 있기는 마찬가지였다. 검찰총장 임기제의 형식화는 검찰권 중립의 중요성에 대한 천박한 철학에서 비롯된 것이다.

최근에 대법관을 감사원장 후보자로 임명한 사례도 헌법적으로는 심각한 문제점을 야기하고 있다. 상호 권력분립의 관계에 있는 집행권의 수장인 대통령이 임기 중에 있는 대법관의 임기를 임의로 단축시키고, 그 소속을 사법권에서 집행권으로 바꿔버리는 것이 헌법이론적으로 가능한가라는 문제점을 만들어낸 것이다. 이것은 사법권 독립의 관점에서 결코 용인되어서는 안 되고, 당사자로서도 사법권 독립의 관점과 대법관의 헌법적 임무의 관점에서 결코 수용해서는 안 되는 사례였다.

임명권과 해임권

임명권자가 해임권을 행사할 수 있는가라는 질문에 대해 일반적인 답을 할 수는 없다. 상대방이 누구냐에 따라서 그 답이 달라질 수밖에 없기 때문이다. 국무총리·국무위원 및 행정각부의 장은 대통령이 임명한다. 대통령은 그 정치적 판단에 따라 자유롭게 이들을 해임할 수 있다. 이들은 임기도 없기 때문에 대통령의 해임권 행사의 여지는 매우 넓다.

그러나 대통령의 해임권에는 아무런 한계도 없는가? 반드시 그렇지는 않다. 현행 국회법상 장관의 임명에는 국회의 인사청문회를 거치게 되어 있다. 대의기관의 검증을 받은 후 임명권자가 임명하도록 하자는 것이 그 입법취지이다. 그럼에도 불구하고 대통령이 명백한 사유가 없는데도 불구하고 임명 후 얼마 되지도 않아 장관을 해임하는 경우 그것은 해임권의 남용에 해당한다. 물론 이 경우 사법적 판단의 대상이 되는가는 별론이다. 장관은 전형적인 정무직공무원으로서 그 임명과 해임은 비정치적 국가기관인 사법부의 판단의 대상에서 제외시키는 것이 타당하기 때문이다.

임명권자와 그 임명권에 의해서 임명되는 공직자의 법적 관계가 상호 종속관계일 때에는 임명권자의 해임권 행사의 폭이 넓어진다. 그러나 양자의 관계가 상호 독립관계일 때에는 해임권 행사의 폭은 거의 없거나 아예 없다. 양자의 관계가 어떤 관계에 있는가는 해당 공직자와 그 소속기관이 헌법이나 법률에 의하여 독립성 또는 중립성이 보장되고 있는가, 어느 정도 보장되고 있는가에 따라 달리진다.

대통령은 KBS 사장을 해임할 수 있는가

우선 방송은 무엇인가부터 살펴보기로 하자. 방송법 제1조는 "이 법은 방송의 자유와 독립을 보장하고 방송의 공적 책임을 높임으로써 시청자의 권익보호와 민주적 여론형성 및 국민문화의 향상을 도모하고 방송의 발전과 공공복리의 증진에 이바지함을 목적으로 한다"라고 규정하고 있다.

이 조항에 따를 때 방송이 수호해야 할 가치는 자유와 독립 그리고 공적 책임이다. 방송의 자유란 '방송편성의 자유'를 의미하고 이는 기본권에 해당한다. 방송의 독립은 특히 정치권력으로부터의 독립과 자본으로부터의 독립, 그리고 방송 내에서의 부당한 지시나 간섭으로부터의 독립을 중시한다. 방송법 제4조 제3항은 이를 더 구체화하고 있는데 이에 따르면 "방송사업자는 방송편성책임자를 선임하고, 그 성명을 방송시간 내에 매일 1회 이상 공표하여야 하며, 방송편성책임자의 자율적인 방송편성을 보장하여야 한다."

이러한 방송의 자유와 독립은 민주적 여론형성과 직결된다. 방송의 자유와 독립 없는 민주주의는 생각할 수 없기 때문이다. 그래서 학자들은 방송의 자유로 대표되는 언론의 자유를 가리켜 "민주주의의 생명선"이라고 부른다. 사법권의 독립이 권력분립과 법치주의의 관점에서 중요성을 갖는다면, 방송의 자유와 독립은 민주주의와 국민의 알권리의 관점에서 중요성을 갖는다. 민주주의는 국민이 그 주권을 실질적으로 행사할 것을 요청하고 있고, 국민의 주권적 의사는 방송을 비롯한 대중매체를 통해서 형성된다. 이 때문에 방송이 인간의 존엄과 가치 및 민주적 기본질서를 존중하는 것은 방송의 공적 책임에 속하는 것이다(방송법 제5조).

방송에 대해 방송의 자유라는 기본권을 인정하고, 그 지위의 독립성을 보장하는 헌법적 근거는 국민주권의 원리(헌법 제1조 제2항)와 언론의 자유(제21조 제4항)이고, 언론의 자유 속에는 방송의 자유와 국민의 알권리가 존재한다. 방송의 자유와 독립은 방송기관을 위한 것이 아니라 민주주의를 실현하고 기본권을 보장하기 위한 것이다.

KBS는 이사회와 집행기관으로 구성되어 있고, 집행기관인 사장은 이사회의 제청으로 대통령이 임명한다(방송법 제50조 제2항). 그리고 이사회가 집행기관의 구성과 관련하여 행사할 수 있는 권한은 사장·감사의 임명제청 및 부사장 임명동의에 관한 것뿐이다(방송법 제49조 제7호).

KBS 사장은 이사회의 제청으로 대통령의 임명을 받는 순간 직무상 이사회와 대통령으로부터 독립한다. 그것은 자연인으로서의 KBS 사장을 위한 것이 아니라 방송매체로서의 KBS가 행사하는 방송의 자유와 독립을 위한 것이고, 민주주의의 실현과 국민의 알권리의 보장을 위한 것이다.

물론 KBS 사장이라는 자리가 '법이 침투할 수 없는 공간'인 것은 아니다. 그 직을 유지할 수 없는 정도의 범죄행위를 저질렀을 때, 또는 방송의 자유와 독립을 수호할 의지도 능력도 없이 권력의 주구 노릇을 하면서 방송편성에 부당하게 개입했을 때, 그는 KBS 사장의 지위를 더 이상 유지할 수 없을 것이다.

그러나 이러한 자유가 존재하는지 여부에 대한 판단권은 임명권자인 대통령이 가지지 않는다. 전자의 경우는 법원이 그 판단권을 갖고, 후자는 방송 내부 민주주의의 장치와 여론이 그 판단권을 갖는다. 이 경우 왜 대통령은 개입해서는 안 되는가? 대통령의 개입은 방송의 자유와 독립에 대한 침해를 의미하고, 방송은 국가권력은 아니지만 대통령·국회·법원·헌법재판소에 의한 공권력 행사를 감시하고 비판해야 할 사회적 권력이기 때문에 그렇다.

그럼에도 불구하고 대통령이 KBS 사장에 대한 해임권을 가지고 있다고 생각한다면 그것은 '관영방송'과 '공영방송'의 차이에 대한 몰이해에서 비롯된 것이다. 관영방송은 '정권'의 방송이지만, 공영방송은 '국가'의 방송이자 '국민'의 방송이다. 관영방송에는 방송의 자유와 독립이라는 말 자체를 갖다 붙일 수 없다.

대통령은 누가 해임하나

대통령의 임기는 5년이고 단임이다. 대통령은 누가 임명하나? 헌법이나 법률 그 어디에도 이에 관한 언급은 없다. 그렇다면 대통령은 혼자 알아서 그 자리에 들어가는가? 그렇지 않다는 데 쉽게 동의할 것이다. 대통령의 선출권은 국민(정확하게는 선거일 현재 19세 이상의 국민)에게 있고, 대통령을 선출하는 순간 국민은 정지조건부(임명권 행사의 의사표시는 하지만 그 효력은 대통령의 임기개시와 동시에 발생하는 것)로 그 임명권을 행사하고 있다고 볼 수 있다.

국민은 대통령의 선출권자이자 임명권자이다. 그렇다면 국민이 대통령을 해임할 수 있나? 대통령이 국민의 평등하고 직접적이며 비밀이 유지되고 자유로운 선거를 통해서 선출되었다는 것은, 주권자인 국민이 그에게 민주적 정당성을 부여했다는 것을 뜻한다. 즉, 대통령이 대통령직에 취임할 수 있는 근거는 국민이 부여한 민주적 정당성이다.

그런데 그러한 민주적 정당성은 선거 시에 한 번 받는 것으로 충분한가? 그렇지 않다. 그러한 민주적 정당성은 임기 내내 이어가야 한다. 학자에 따라서는 이를 가리켜 "민주적 정당성의 사슬(demokratische Legitimationskette)"이라고도 말한다. 가령 대통령이 그 권력행사와 관련하여 국민으로부터 한 자릿수 또는

10%대의 지지율을 유지하고 있다면 이러한 현상을 어떻게 판단해야 하는가? 헌법이론적으로 표현하면 그는 한 자릿수의 민주적 정당성 또는 10%대의 민주적 정당성을 보유하고 있으니까 말이다.

국민이 그를 해임할 수 있는가? 헌법이나 법률이 대통령 임명권을 국민이 행사한다는 명문의 규정을 두고 있으면 국민이 해임권도 행사할 수 있지만, 임명권에 관한 명문조항이 없기 때문에 해임권도 행사할 수 없는가? 만약 민주적 정당성이 거의 사라져버린 사람이 계속 대통령직의 유지를 고집하고 있을 때 국민은 헌법재판소에 헌법소원심판이라도 청구할 수 있는가? 아니면 폭력이라도 행사해서 끌어내릴 수 있는가?

대통령이 KBS 사장에 대한 임명권을 가지고 있기 때문에 당연히 해임권도 행사할 수 있다는 논리가 얼마나 어리석고 어처구니없으며 비법(非法)적인가를 쉽게 알 수 있을 것이다.

결론

방송의 기능을 단순한 뉴스 전달로만 국한해서 보는 견해는 없다. 방송은 대중매체이자 여론형성의 인자(Faktor der offentlichen Meinungsbildung)이다. 헌법은 방송의 자유를 하나의 기본권으로 보장하고 있는 것처럼, 그 속에 들어 있는 보도의 자유와 평론의 자유도 기본권으로 보장하고 있다. 방송의 자유에 대한 국가권력의 침해는 민주주의에 대한 침해이면서 동시에 기본권에 대한 침해이다.

KBS 사장을 임명권자인 대통령이 해임할 수 있는가라는 문제는 방송의 자유와 관련하여 중요한 헌법적 쟁점을 제기한다. 대통령이 KBS 사장을 해임하는 것이 합법적이고 정당한 것이 되려면 헌법의 민주주의와 방송의 자유 및 국민의 알권리라는 기본권이 이를 용인해야 한다.

그러나 헌법은 대통령과 KBS라는 공영방송 또는 KBS 사장 사이의 관계 형성을 KBS 사장 임명이라는 통로 외에는 전혀 허용하지 않고 있다. KBS와 KBS 사장의 임무영역은 대통령 권력이 전혀 침투할 수 없는 공간이다.

9. "야당에 검찰총장 추천권 주자"

- 2010년 1월 27일, 민중의소리

국가권력의 존립의 기초는 주권자인 국민이 보내는 신뢰이다. 국가권력이 국민의 신뢰를 얻는 길은 국민을 위해 그 권력을 행사하는 것이다. 국가권력의 행사로 인하여 국민이 삶의 안정과 평화를 누릴 때 국민의 신뢰는 자연스럽게 형성된다. 검찰권에 대한 국민의 신뢰도 마찬가지이다. 검찰과 그 구성원인 검사들이, 무엇이 국민을 위한 것인가에 초점을 맞추면서 검찰권을 행사할 때 검찰에 대한 신뢰가 생기게 된다.

지방검사장 주민직선제… "검찰 개혁해야"

그러나 불행하게도 우리나라의 검찰이 국민으로부터 의미 있는 신뢰를 받은 역사는 거의 없다. 그와 반대로 검찰이 정권의 신뢰를 받은 적은 많다. 이승만, 박정희, 전두환, 노태우 대통령이 집권할 때의 검찰이 그랬다. 이명박 정권에 들어와서도 검찰은 국민의 불신을 받을지언정 정권의 애정만큼은 매우 깊이 받고 있다. 정권의 눈에 거슬리는 일이 발생하면 검찰은 여지없이 수사권을 발동했고, 범죄성립 여부에 대한 치열한 논쟁에도 불구하고 과감하게 기소권을 행사했다. 미네르바 사건, MBC 〈피디수첩〉 사건, 민노당 강기갑 대표 사건 등이 모두 이에 해당한다. 여기에서 우리는 정권을 위한 검찰을 국민을 위한 검찰로 위치변경을 시킬 방안은 없는지에 대해 고민하게 된다.

먼저 검찰총장 임명에 관해 생각해보아야 한다. 현행법상 검찰총장은 임기 2년의 단임으로 법무부 장관의 제청을 받아 대통령이 임명한다. 중간에 걸러내는 장치가 있다면 그것은 국회 법사위원회의 인사청문회이다. 그러나 인사청문회는 하나의 요식행위에 불과하다. 이명박 정권에 들어와서는 그 정도가 더욱 심해졌다. 현 김준규 검찰총장의 인사청문회에서 본 것처럼, 총장 후보자의 전력에 실정법 위법사실이 발견되면 후보자가 "죄송합니다" 한마디를 하면 그것으로 끝이다.

결국 검찰권의 총수인 검찰총장의 임명에 국민의 의사가 반영될 길은 전혀 없고, 오로지 대통령의 신뢰 하나만 있으면 그것으로 족하다. 이러한 상황에서는 검찰총장은 대통령과의 끈끈한 유대관계는 가지고 있을지 몰라도 국민과의 공존관계를 유지하기는 어렵다. 이렇게 임명된 검찰총장이 검찰사무에 관하여 검사를 지휘·감독하게 된다(검찰청법 제7조 제1항). 검찰총장은 태생적 한계를 가질 수밖에 없고, 그러한 한계가 검찰총장의 자리를 정치적인 자리로 만들어버리고 있다.

검찰총장의 정치화를 막기 위해서는 검찰총장 임명에 여당권력과 야당권력이 견제와 균형을 이루도록 할 필요가 있다. 검찰총장 임명권은 현행대로 대통령이 갖되, 추천권을 야당 몫으로 하는 것이다. 이렇게 되면 국회 법사위원회에서의 검찰총장 인사청문회도 실질화될 수 있을 것이다. 이와 함께 검찰총장 국민직선제도 고려해볼 수 있다. 그것은 검찰총장의 민주적 정당성을 가장 강하게 확보하는 방안이 될 것이고, 검찰권의 중립적 행사에 상당한 기여를 하게 될 것이다.

다음으로 생각해야 할 것은 지방검사장 문제이다. 이와 관련해서는 검찰권 행사의 출발점이자 핵심에 해당하는 지방검찰청의 권한행사를 검찰총장의 직접적 영향권으로부터 벗어나도록 하고, 동시에 검찰과 정권 사이의 유착을 차단하는 방안을 찾아보아야 한다. 이를 위해서 효과적인 것이 지방검사장을 주민직선제로 하는 것이다. 이렇게 되면 상의하달식 검찰권 행사는 어렵게 될 것이고, 지방검찰청은 외부의 영향을 받지 않고 오로지 사건에만 집중하면서 검찰권을 행사할 수 있을 것이다.

검찰총장과 지방검사장의 임기는 4년 단임이 적정하다. 4년은 전국검찰 또는 지방검찰의 총수로서 검찰정책을 수립하고 집행하는 데 필요한 최소한의 기간이기 때문이다. 단임으로 하는 이유는 중임 또는 연임으로 하는 경우 재선 또는 다선을 위해서 검찰총장 또는 지방검사장이 사욕을 앞세워 검찰권을 행사할 위험이 있기 때문이다.

검찰개혁을 더 이상 미뤄서는 안 된다. 검찰개혁을 늦추거나 그것이 일시적인 미봉책에 머무를 경우, 그것은 국민에게 뿐만 아니라 검찰 자신에게도 불행한 일이다. 과거 소수의 정치군인들이 국군 전체의 명예를 더럽혔던 것처럼, 개인의 출세욕에 매몰되어 있는 소수의 정치검사들이 검찰 전체에 대한 강한 불신을 회복 불가능한 상태로 만들어놓았다.

10. MB정권의 3권 장악 시나리오

– 2010년 2월 13일, 경향신문

KBS 정연주 사장 해임처분 취소판결, '미네르바' 박대성 씨 무죄판결, MBC 〈피디수첩〉 무죄판결, 민노당 강기갑 대표 무죄판결, 한국문화예술위원회 김 정헌 위원장 해임처분 취소판결, 시국선언 교사 무죄판결 등 '삽질정권'의 배알 을 뒤틀리게 만드는 판결이 연이어 나왔다. 그나마 위안이 되는 것은 MBC 엄 기영 사장이 정권의 칼에 목을 내놓지 않고 고분고분 자리를 떠나준 정도일 것이다.

국회는 이미 대통령 권력에 복속

'무엇이 법인가?'라는 물음에 '이것이 법이다'라고 말한 판사들은 우리법연구 회와는 무관하고, 경력도 비교적 긴 판사들이다. 그런데도 한나라당, 극우보수 신문과 단체들은 이러한 판결들이 우리법연구회의 작품이며, 경력이 짧은 판 사들의 단견에서 비롯된 것이라고 억지를 부렸다.

이명박 정권에서 국회는 대등한 3권의 하나인 입법권으로서의 지위를 상실 하고 대통령 권력에 복속되었다. 나와 다른 의견과 목소리를 견디지 못하는 이 정권의 반 자유민주주의적 성깔은 입법권 장악으로 만족하지 못하고, 집요 하게 방송장악을 기도했고, 급기야는 그 종착점에 도달하고 있다. 이제 남아 있는 것은 사법권 장악이고, 그 계기를 제공한 것이 위에 언급한 일련의 무죄 판결들이다.

이명박 정권하에서 사법권은 김대중·노무현 정권 때와 비교하여 급격히 약화되었다. 신영철 대법관의 재판개입 사건은 빙산의 일각일 뿐이다. 대법원장이 가지고 있는 대법관 임명제청권이 유명무실한 권한으로 전락해버렸다는 것은 이미 공지의 비밀이다.

이명박 정권에서 대법원장의 대법관 임명제청권, 국무총리의 국무위원 임명제청권, 감사원장의 감사위원 임명제청권 사이에는 법적으로 아무런 차이도 없다. 간단히 말하면 대통령이 알아서 임명하면 되는 것이다. 대법원장의 대법관 임명제청권에는 최소한 대법원장이 거부하는 사람은 결코 대법관이 될 수 없다는 정도의 법적 의미는 유지되어야 마땅하다. 그러나 이용훈 대법원장이 이명박 대통령을 상대로 그러한 결기를 보였다는 소식은 없다.

사법권마저도 장악해버림으로써 3권을 통째로 삼키겠다는 이 정권의 의도가 한나라당의 대법원 개혁구상에서 드러나고 있다. 대법관의 수를 현재의 14명에서 20명으로 늘리고, 대법원의 구성을 다양화하는 방안으로 법학 교수도 대법관이 될 수 있도록 한다는 것이다. 한나라당의 개선안은 그동안 법학계가 요구해왔던 사항들을 담고 있다는 점에서, 얼핏 보면 현재의 제도보다 개선되는 것처럼 보인다.

그러나 한나라당이 자신의 안을 사법 '개혁'안이라고 말한다면 그건 대국민 사기극이다. 대법관의 수를 6명 증원하겠다는 것은 대통령의 입맛에 맞는 대법관 6명을 일거에 임명함으로써 대법원을 장악하겠다는 것이고, 법학 교수도 대법관이 될 수 있는 길을 열어준다는 것은 법학 교수들에게 일종의 '당근'을 주겠다는 의도이다. 법학 교수들의 비판적 시각을 잠재우거나 최소한 그들 사이에 이 방안의 옳고 그름을 놓고 자중지란의 소모적 논쟁이라도 일어나기를 바라는 것이다.

Ⅲ. 정의와 인권 /

1. 국가보안법은 인권파괴법률

- 1998년 12월 고려대학교대학원신문

국가보안법은 일제시대 치안유지법의 후신

우리나라에서 국가보안법이 처음으로 등장한 것은 1948년 12월 1일이다. 이 법의 모태가 된 것은 제국주의국가 일본이 독립운동가들을 탄압할 목적으로 제정한 치안유지법이다. 치안유지법은 조선인들의 사상을 통제하고, 독립운동을 억압함으로써 일제의 식민통치를 공고하게 하려는 목적으로 제정된 법이다.

국가보안법은 해방 직후 좌·우익이 대립하는 상황에서 여순사건을 계기로 좌익을 발본색원하겠다는 취지로 제정되었다. 이 법은 국민의 사상을 통제하고, 정권의 유지를 공고하게 하려는 것을 목적으로 하고 있었다는 점에서, 일제시대의 치안유지법과 그 본질을 같이하고 있었다. 국가보안법이 제정된 다음 해인 1949년에만 이 법으로 검거, 투옥된 사람이 무려 11만 8,621명에 달한다는 점에서 국가보안법의 폭력성이 잘 드러난다.

처음에 국가보안법은 반국가단체를 결성하거나 이를 선동하는 행위, 살인·방화 등의 행위를 처벌하였다. 그러나 이승만 정권이 위기에 몰리던 자유당 정권 말기에 이르러 헌법기관에 대한 명예훼손, 국가기밀탐지, 편의제공의 행위 등이 추가된다. 4·19혁명 이후 등장한 민주당 정권은 국가보안법의 기본골격은 그대로 유지한 채, 헌법기관에 대한 명예훼손죄·편의제공죄 등만을 삭제하였다.

찬양·고무·동조죄는 박정희 정권에서부터

쿠데타로 정권을 장악한 박정희는 국가보안법은 그대로 두고 반공법을 만들었다. 반공법을 통하여 군사정권은 반국가단체에 대한 찬양·고무·동조 등의 행위를 처벌하였다. 반공법 제4조에 규정되어 있던 찬양·고무·동조 등의 죄는 현행 국가보안법 제7조의 죄와 동일하다. 이는 단순히 사상의 자유만을 억압하는 데 그치는 것이 아니라 양심·종교·학문·예술·노동의 권리 등을 침해하는 데 악용되었다. 조문의 표현 자체가 너무나 막연하기 때문에, 법집행과 적용 과정에서의 남용은 충분히 예견된 일이었다.

1980년 12월 31일에 이르러 전두환 군사정권은 종래의 국가보안법과 반공법을 통합하여 단일한 국가보안법을 만들었다. 국가보안법의 악용은 시간이 흐를수록 기승을 부리기 시작했다. 이 법을 통하여 민주투사·노동운동가들이 투옥·처벌되는 것은 물론이고, 정권의 정치적 반대세력까지 제거되기에 이르렀다.

국가보안법의 특별한 독소조항들

국가보안법은 그 존재 자체만이 문제가 되는 것이 아니라, 법조항의 내용도 많은 문제를 안고 있다. 그 중 대표적인 것이 제3조의 반국가단체구성죄, 제7조 제1항의 찬양·고무죄, 제7조 제3항의 이적단체구성죄, 제10조의 불고지죄이다. 반국가단체구성죄의 경우, 과연 무엇을 가리켜 반국가단체구성이라고 할 수 있는지조차 막연하다.

죄형법정주의는 국민으로 하여금 법이 무엇을 금지하고 무엇을 허용하는지를 명확히 알 수 있도록 규정할 것을 요구한다(명확성의 원칙). 그러나 반국가단체구성죄는 죄형법정주의를 위반하고 있다. 대법원은 이에 관하여 반국가단체란 북한을 가리키는 것이라고 해석하고 있다.

그러나 대법원의 이러한 해석을 통하여 반국가단체구성죄의 위헌성이 사라진 것은 아니다. 이적단체구성죄도 마찬가지 문제점을 안고 있다. 실제로 이조항은, 법원의 확정판결이 내려지기도 전에, 국가정보원이나 검찰이 이적단체라고 지목하는 단체가 곧 이적단체로 되어버리는 어처구니없는 현실로 이어지고 있다.

찬양·고무죄의 경우 북한측의 주장과 동일한 내용의 주장을 하거나 북한측의 행위에 긍정적 표현을 하면 모두 찬양·고무죄에 해당될 정도로 막연한 조항이다. 헌법재판소는 이 조항에 대하여 한정합헌결정을 내렸고(헌법재판소의 한정합헌결정은 실질적으로는 위헌결정이라는 것이 헌법재판소의 입장임), 국회는 1991년 5월 31일, 이 조항에 '국가의 존립·안전이나 자유민주적 기본질서를 위태롭게 한다는 정을 알면서'라는 요건을 추가하였다. 국회는 헌법재판소의 결정에 따라 수사기관과 재판기관에 의한 법집행과 법적용의 남용을 막는다는 취지로 이 문구를 추가했던 것이다.

그러나 실제적으로 이 문구가 제 역할을 하고 있는지는 의문이다. 왜냐하면 그 이후로도 찬양·고무죄 위반사범은 계속 늘어나고 있기 때문이다. 불고지죄의 경우 이는 인간의 최소한의 양심을 짓밟는 조항이라고 보아야 한다. 이 조항에 따라 국민은 누구나, 설령 그가 자신의 배우자나 부모 또는 형제자매일지라도, 국가보안법의 특정 조항(반국가단체구성죄 등)에 위반하는 사람이라고 인식하기만 하면 곧바로 수사기관에 신고하여야 한다. 극단적인 경우,

가령 사제가 신도로부터 고해성사를 받은 경우 그것이 국가보안법 특정 조항 위반사범인 경우 바로 수사기관에 신고해야 한다는 결론도 끌어낼 수 있는 조항이다.

국가보안법은 희대의 악법

국가보안법 자체가 희대의 악법이라는 것은 의문의 여지가 없고, 그 중에서도 특별한 독소조항들로 말미암아 그 동안 많은 사람들이 이 법의 사슬에 걸려들었다. 박정희 정권에서는 사소한 농담이나 취중의 발언조차도 찬양·고무죄로 처벌하였고, 전두환 정권에서도 통일·민주화·노동운동가, 빈민운동종사자, 민중화가, 이념서적 출판인들이 처벌을 받았으며, 주한미군 철수를 주장하거나 심지어는 국가보안법 폐지를 주장하는 행위조차도 처벌되었다. 노태우 정권 당시 이적표현물 제작·반포와 찬양·고무죄가 국가보안법 위반사건의 80% 정도를 차지하였다. 국가보안법 위반사범은 김영삼 정권과 김대중 정권에 이어지면서 그 숫자가 더욱 늘어났다.

이렇듯 국가보안법은 국가의 안전을 지킨다는 명목상의 입법목적과는 달리 독재권력, 군사정권과 수구보수세력이 연합하여 반체제인사들 내지는 진보진영인사들을 제거하고 통일운동을 가로막는 수단으로 활용되어 왔다.

국가보안법 폐지는 시대적 요구

국가보안법의 폐지는 시대적 요구로 자리잡고 있다. 이러한 요구는 단지 국내의 급진적인 인사들 또는 재야·시민단체 인사들만이 주장하고 있는 것은 아니다. 심지어 1987년 대통령 선거 당시 야당 후보들이 국가보안법 폐지를 선거공약으로 내걸었던 사실을 우리는 기억해야 한다.

국가보안법의 존치를 주장하는 법무부는 "표현의 자유라 하더라도 무제한적인 것은 아니며", "그 자유의 본질적 내용을 침해하지 않는 한 국가의 안전보장과 질서유지를 위하여 일정 한도 내에서 표현의 자유를 제한하는 것은 세계 각국의 공통된 현상"이라고 말한다. 또한 법무부는 "바로 눈앞에 적이 없는 국가의 시각에서 그렇지 아니한 나라의 사정을 편향적으로 바라보아서는 안 된다"면서, "북한과 국내 좌익세력의 사상전과 심리전적 책동에 대처하기 위해 필요한 최소한의 범위 내에서 표현의 자유를 제한하는 것은 우리의 현실에 비추어 볼 때 불가피한 사정"이라고 말한다.

국가보안법 폐지를 주장하는 사람들은 국가보안법이 헌법이 보장하는 양심과 사상의 자유, 학문과 표현의 자유 등 인간의 기본적 자유를 침해한다는 것을 그 이유로 든다. 이러한 주장의 올바름은, 1948년 국가보안법을 최초로 심의하던 중 야당의원들이 좌익을 막으려면 "좌익에 지지 않는 민주주의적 입법을 해가지고 민족적 정기를 살려야만 우리 대한민국이 발전할 것"이라면서, 자유당이 제안한 국가보안법은 "히틀러의 유태인 학살을 위한 법률이나 진시황의 분서사건이나 일제의 치안유지법과 다를 바 없다"고 역설했던 사실에서도 증명된다.

유엔 인권위원회가 지탄하는 국가보안법의 반인권성

유엔 인권위원회는 총회에 제출한 여러 가지 보고서를 통하여 표현의 자유를 국제인권규약의 핵심권리로 규정하였다. 이에 따르면 표현의 자유는 주된 자유이고, 자유의 첫 번째 조건이기 때문에, 여러 가지 자유 중에서 우월적 지위를 차지하며, 다른 자유를 지원하고 보호하는 역할을 하는 민주주의의 필수적 조건이다.

유엔 인권위원회는 1997년 7월 한국정부에 국가보안법의 점진적 폐지를 권고하였고, 1995년 유엔 인권위원회 표현의 자유 특별보고관은 한국의 국가보안법 폐지를 요구하였다. 특별보고관은 또한 한국정부가 형법만으로도 충분히 국가안보를 저해하는 행위에 대처할 수 있다는 이유로 국가보안법을 폐지하고 다른 합법적 수단을 강구할 것을 요구하였다.

1998년 11월 유엔 인권위원회는 대법원에서 유죄판결이 확정된 두 건의 국가보안법 위반사건에 대하여 이는 국제인권규약이 보장하는 표현의 자유를 침해했다는 이유로 한국 정부에 대하여 패소판결을 내렸다. 이렇듯 국가보안법의 반인권성은 국제적으로도 지탄을 받고 있다.

2. 도청은 엄격히 규제되어야 한다

- 1999년 10월 30일, CBS 칼럼

최근 국회에서 여당과 야당 사이에 도청에 관한 논쟁이 일어나고 있다. 도청은 이미 오래전부터, 그러니까 지금의 한나라당이 정권을 잡고 있을 때에도, 행해져왔다는 것이 하나의 공지의 비밀이었을 성싶다. 그럼에도 국회에서의 도청논쟁을 지켜보면서 사람들은 도청이 마치 최근에 발생하기 시작한 사건인 양 오해를 하고 있다.

도청문제는 우리만의 문제가 아니라 외국에서도 아직 종결되지 않은 논쟁거리이다. 미국에서 도청은 주로 조직범죄, 국가안보범죄, 마약범죄와 관련하여 논의되고 입법되었다. 그러나 법률이 규정하는 도청대상범죄가 날로 증가하고 있고, 도청행위 자체가 많은 인권침해 소지를 안고 있다는 점에서 논란은 계속되고 있다.

일본에서도 도청은 학문적으로나 정치적으로나 민감한 쟁점으로 부각되고 있다. 학계에서는 어떠한 사유로도 도청을 허용해서는 안 된다는 주장이 압도적으로 강하다. 외국과는 달리 우리나라에서는 그동안 도청문제가 별달리 세간의 이목을 끌지 못했다. 그러한 무관심 속에서 김영삼 정권 시절인 1997년 12월 27일 통신비밀보호법이 제정·공포되었다.

도청은 통화당사자가 자신의 통화를 누군가가 가로채고 있다는 사실을 인식하지 못한다는 것을 그 본질로 한다. 그래서 미국이나 일본에서는 굳이 '감청'이라는 용어로 도청을 호도하지 않고, 있는 그대로 도청이라는 용어를 사용하고 있다. 그러나 통신비밀보호법은 도청이라는 용어를 사용하지 않고, 감청이라 부르고 있다. 그리고 이 감청을 다시 법관의 사전영장이 필요한 일반감청과 법관의 사전영장이 필요하지 않은 긴급감청으로 나누고 있다. 게다가 통신비밀보호법이 감청의 대상으로 삼는 범죄는 무려 150개에 달한다. 너무나도 방만하게 감청을 허용하고 있는 셈이다. 설사 통신비밀보호법에 의하여 적법하게 감청을 했다 하더라도 사후에 감청을 당한 사람에게 어떠한 통신내용이 감청되었는지를 알려주는 것은 당연한 것이다. 그러나 통신비밀보호법은 이에 관한 규정을 두고 있지 않다.

더욱 심각한 문제는 수사기관과 정보기관이 불법적으로 도청을 하고 있다는 의혹을 받고 있다는 사실이다. 현재 여당과 야당 사이에 벌어지고 있는 불법도청 논란도 이와 관련된 것이다. 여당과 국가정보원은 불법감청은 없다고 말하지만, 그러한 주장이 설득력이 있는 것은 아니다. 수사기관과 정보기관의 불법도청 혐의는 과거 중앙정보부 국장과 검찰총장을 지낸 김기춘 한나라당 의원의 발언에서도 엿볼 수 있다. 김기춘 의원은 "당시에 일부 민간인들에 대한 감청도 행해졌을 것으로 생각한다"고 말함으로써 불법도청의 가능성을 시인했기 때문이다.

한나라당의 이부영 의원은 "국가정보원 제8국(과학보안국)은 2청 10과로 구성되어 있으며, 300여 명의 인원이 투입돼 하루 4교대로 24시간 도청과 감청을 하고 있다"며 "특히 운영6과에서는 국내 주요인사에 대한 감청을 하고, 운영7과는 국내인사와 해외동포, 외국 방문객의 국내통화를 감청하고 있다"고 주장했다. 지난 19일 국가정보원은 이부영 의원의 이 발언을 문제 삼아 검찰에 고소장을 제출했다. 국가정보원이 이부영 의원을 고소한 범죄혐의는 국회 정보위원인 이부영 의원이 공무상 취득한 비밀을 누설했고, 국가정보원과 그 직원들의 명예를 훼손했다는 것이다.

　이쯤 되면 우리는 수사기관과 정보기관의 도청 시비가 점점 더 깊은 수렁으로 빠져들고 있다는 낭패감에서 벗어날 수 없다. 현역 국회의원이 행한 이 정도의 발언을 상대로 그러한 법적 대응을 하는 것이 온당한 일인지 의심스럽기만 하다. 이부영 의원의 폭로가 진실한 것인지 여부를 떠나서 적지 않은 수의 사람들이 도청이 두려워 통신을 꺼리는 현실을 고려한다면, 이제 뭔가 정권 차원의 결단이 필요한 시점이 아닌가 생각한다. 그 결단은 통신비밀보호법을 개정하여 불법도청이 행해질 수 있는 가능성을 차단하는 것이어야 한다. 합법적인 도청 대상범죄를 조직범죄, 국가안보범죄 등 필요한 최소한의 범죄로 대폭 축소하고, 불법적인 도청을 한 국가기관의 구성원 또는 민간인에 대해서는 엄격하게 형사적인 제재를 가하는 조항을 두어야 한다. 만약 정권이 이 문제에 안이하게 대처했다가는 더 큰 혼란을 불러올 수 있다는 점을 명심해야 한다.

　인간은 누구나 나만의 세계, 나만의 통신공간을 갖고 싶어 한다. 나만의 통신공간을 확보할 수 있다는 것은 바로 인간의 인간성을 확인할 수 있는 증거이다. 지금 이 땅에서 국가권력이 해야 할 일은 국민 모두가 아무런 두려움 없이 자유롭게 자신의 통신공간을 활용하도록 돕는 일이다.

3. 테러방지법과 국가정보원

— 2001년 12월 5일, 오마이뉴스

'국민의 정부'라고 부르는 김대중 정부하에서도 민주국가 최대의 악법인 국가보안법은 그 생명력에 아무런 손상을 입지 않은 채 마음껏 위력을 발휘하고 있다. 어차피 문제의식도 없고, 그래서 기대할 것도 없는 국회의원들이 이 문제에 관심을 가질 리도 만무하다. 그러면서도 국가보안법을 존재의 기반으로 여겨온 극우세력과 공안세력에게 미국 워싱턴 세계무역센터에 대한 아랍인들의 자살테러는 뭔가 자신들의 존재를 확인하고 기득권을 강화시킬 수 있는 절호의 기회가 아닐 수 없을 것이다.

국가정보원이 기초한 테러방지법안은 이러한 정치환경을 배경으로 하여 등장하게 되었다. 이 법안이 국회의 의결을 통과하면, 국가정보원의 입지가 한층 더 강화되리라는 것은 불을 보듯 뻔한 일이다. 테러에 대한 국민들의 공포심과 무비판적인 적개심을 이용하여 법안의 처리를 몰아붙이고 있는 현실에 비추어 이 법안이 국회를 통과하는 것은 아마 식은 죽 먹기나 다름없을지도 모르는 일이다.

헌법 전면 부정하는 테러방지법

테러방지법안이 안고 있는 문제점들에는 어떤 것이 있는가?

법안은 제1조의 그럴싸하고 거창한 목적에도 불구하고, 제2조부터 법적 혼란을 겪고 있다. 제2조는 테러의 개념을 정의하고 있다. 테러의 개념을 일반적으로 정의한 다음, 다섯 가지의 테러 유형을 적시하고 있다. 그런데 불행하게도 테러에 대한 이러한 개념 정의는 입법의 기본원칙과는 너무 거리가 멀다.

이러한 개념 정의에 따르면, 그동안 우리나라에서 국가보안법 또는 집시법으로 처벌을 당해온 상당수의 행위들은 물론이고, 그보다 훨씬 넓은 범위의 행위들이 이 법에 위반하는 행위들로 처벌을 당하게 될 것이다. 법안 제2조의 테러 개념은 기본권제한 법률의 명확성의 원칙을 지키지 못하고 있고, 기본권을 지나치게 광범위하게 침해하고 있기 때문에 위헌이다.

법안은 몇 개의 테러 관련기구들을 규정하고 있다. 국무총리가 의장이 되는 국가테러대책회의, 국가정보원 소속의 대테러센터, 외교통상부에 설치하는 국외테러사건대책본부 등이 이에 속한다. 그러나 이 중에서 실질적 권한을 가지는 기관은 국가정보원 소속의 대테러센터이다. 나머지 기구들은 대테러센터에 대한 국민들의 초점을 흐리게 하는 기구들에 불과하다. 법안이 국가정보원의 권한 강화를 노리고 있다고 단언하는 이유가 여기에 있다.

국정원, 군 통솔 권한까지

법안은 경찰력만으로는 테러방지목적을 달성할 수 없다고 판단되는 경우, 군병력의 지원을 받을 수 있도록 하고 있다. 헌법상 대통령이 긴급명령을 발동한 상황에서도 군병력을 동원할 수는 없다는 것을 상정한다면, 법안은 헌법을 파괴하는 발상을 하고 있는 셈이다. 이를 통해서 군병력의 투입이 일상화되는 결과를 초래할 것이고, 경우에 따라서는 군이 국가정보원장의 지휘통제하에 들어가는 상황도 배제할 수 없을 것이다.

이미 널리 알려진 것처럼 우리나라의 경찰력은 주요 국가들의 경찰력과 비교할 바가 아니다. 그 숫자는 물론이거니와 국민의 일상생활에 대한 접촉의 면에서도 가히 공룡조직이라고 할 만하다. 이러한 경찰력만으로도 진압하기 어려운 테러사태가 발생했다는 것은 곧 국가비상사태가 발생했다는 것을 뜻한다. 이 경우에는 대통령이 헌법이 정하는 절차에 따라 비상계엄을 선포하고 국회의 통제를 받으면 될 일이다.

법안 제21조는 불고지죄를 규정하고 있다. 개념 정의의 가능성조차 막연한, 테러의 계획 또는 실행에 관한 사실을 알고도 관계기관에 신고하지 않은 행위를 처벌하는 조항이다. 국가보안법이 규정하는 불고지죄의 배아복제라고 할 수 있다. 이 조항에 의한 인권침해는 일반인의 상상을 초월할 것이다.

테러방지법안은 국민에 대한 테러

테러방지법안은 현행 국가보안법과 집시법이 노리는 목적을 동시에 달성할 수 있을 뿐만 아니라 두 법의 목적을 훨씬 상회하는 목적까지도 달성할 수 있다. 국가정보원의 수사권의 폭이 대폭 확대되고, 테러방지를 명목으로 국가정보원이 정부의 14개 부처를 통할(지휘통솔)하며, 경우에 따라서는 군병력까지도 지휘할 수 있는 막강한 권력을 행사하게 된다.

워싱턴 세계무역센터에 대한 자살테러에서 우리가 얻어야 할 교훈들이 적지 않다. 그 사건이 힘은 힘으로 대응해야 한다는 교훈을 우리에게 가르쳐주고 있다고 보는 것이 테러방지법안의 기본 발상이겠지만, 이는 이 사건의 본질을 철저하게 오해하고 있는 것이다. 테러방지법안 자체가 국민에 대한 테러의 수단으로 정체를 드러낼 날이 멀지 않다고 예견하는 것은 결코 무리가 아니라고 생각한다.

4. 1인 시위가 합법적인 이유

– 2002년 3월 26일, 평화와인권 285호

몇 년 전부터 우리 사회에서는 1인 시위(one person demonstration)가 부쩍 많아졌다. 장소도 국회의사당, 주한미국대사관, 각 정당 등 다양해졌다. 사람들은 이것을 새로운 형태의 시위로 생각하게 되었고, 공권력의 담당자들도 이에 대해 딱히 문제 삼을 것도 없고, 이를 처벌하려고 해도 처벌조항도 없다고 생각하고 있었다. 학자들로서도 이것을 문제 삼는 사람은 없었다.

그러다가 최근에 정부가 1인 시위를 규제하는 내용의 집시법 개정안 마련을 계획하고 있다는 보도가 나오면서부터 1인 시위의 합법성 여부, 규제 가능성 여부가 하나의 논쟁거리로 등장하게 되었다.

정부가 해야 할 일은 집회의 자유를 넓히는 것

현행 집시법은 두 가지 유형의 신고대상집회를 규정하고 있다. 옥외집회와 시위(장소이동적 집회)가 그것이다. 집회에 대한 허가제는 헌법이 금지하고 있는 것이기 때문에, 허가제의 도입은 불가능하다. 그 대안으로 나온 것이 집회에 대한 신고제이다.

신고제의 입법취지는 관계 경찰당국 또는 행정당국이 집회의 규모, 장소와 성격을 미리 파악함으로써 집회의 자유를 효과적으로 보장하면서 동시에 공공의 안녕질서와의 충돌 가능성을 예방하거나 최소화하기 위한 대책을 세우도록 하는 데 있다. 즉, 사전신고제는 단순히 행정편의를 위한 것이다. 이 때문에 집회를 하기 위한 사전신고를 하지 않았다고 해서 그러한 집회를 헌법이 허용하지 않는 집회라고 말할 수는 없는 것이다.

사전신고제의 이러한 입법취지에도 불구하고 집시법이 사전신고의무를 위반한 사람에 대하여 최고 6월 이하의 징역에 처할 수 있도록 규정하고 있는 것은 사전신고제의 취지를 몰각하면서 집회의 자유에 대한 최소침해의 원칙을 위반하고 있는 것이다.

어쨌든 우리나라뿐만 아니라 많은 나라에서 옥외집회나 시위에 대해서 사전신고제를 규정하고 있는 특별한 이유가 있다. 그것은 집회의 특성 때문이다. 집회는 그 개념 자체가 최소한 2인 이상의 사람이 모일 것을 전제로 하면서 현실적으로 상황에 따라서 그 수는 수천 명, 수만 명 또는 그 이상으로 늘어날 수 있다는 것을 예정하고 있다. 이것은 집회의 규모와 성격에 따라서는 타인의 권리나 공공의 안녕질서와 충돌할 가능성이 높아질 위험을 내포하고 있다는 것을 뜻한다.

이 때문에 국민 모두의 기본권을 균형적으로 보장해줘야 할 책무를 가지고 있는 국가권력으로서는 이러한 유형의 시위에 대해 최소한의 제한을 가하게 되는 것이다. 따라서 집회에 참여하는 사람 수의 많고 적음은 일단 그에 대한 규제의 정도를 달리할 수 있는 하나의 근거가 된다.

집회 자유에 대한 최소침해의 원칙 위반

1인 시위란 무엇인가? 그것은 비록 1인 '시위'라는 용어를 쓰고 있기는 하지만, 집회의 자유나 집시법이 말하는 집회에는 해당하지 않는다. 집회의 자유나 집시법은 1인이 길거리에 서서 또는 이곳저곳을 돌아다니면서 자신의 뜻을 호소하는 행위와는 전혀 관계가 없기 때문이다.

그렇다면 1인 시위는 집시법의 입법취지에 반하는 집회로서 불법적인 것인가? 이는 그렇지 않다. 1인 시위는 바로 헌법상 보장된 '의사표현의 자유'의 또 하나의 유형에 불과하기 때문이다. 학설과 판례에 따르면 헌법은 국민이 자신의 의사를 어떠한 형식으로 표현하는가를 묻지 않고 의사를 표현할 수 있는 자유를 보장하고 있는 것으로 본다. 언어, 문자, 그림, 상징(상징적 의사표현), 음반, 비디오물 등 그 형식을 묻지 않는 것이다.

1인 시위는 국민이 자신의 의사를 표현하는 다양한 형식의 하나에 불과하다. 이는 헌법이 보장하고 있는 합법적인 표현수단이다. 이 때문에 집시법의 개정을 통하여 1인 시위를 규제하겠다고 나서는 것은 바로 국민의 가장 기초적인 인권을 짓밟겠다는 발상으로서 비난받아 마땅하다.

의사표현행위 금지 이유 없다

현 시점에서 정부와 국회가 할 일은 국민의 자유로운 집회에 대한 규제를 강화하는 것이 아니라, 집시법에 규정되어 있는 악법조항들을 제거하여 집회의 자유의 보장의 폭을 넓히는 것이다.

1인 시위가 공공의 안녕질서에 위해를 미칠 위험성은 거의 없다. 온갖 종류의 시위와 비교해볼 때 가장 조용하고 질서 있는 시위이자 더 정확하게 표현하자면 의사표현행위이다. 이를 규제하거나 금지해야 할 법적 이유는 전혀 없다. 어떠한 사유를 들더라도 1인 시위를 불법적인 시위로 만들 수는 없다. 1인 시위는 헌법이 보장하고 있고, 따라서 집시법이 결코 규제할 수 없는 합법적인 시위이다.

5. 수사기관의 인권침해, 이제 사라져야

- 2003년 6월 20일, 새전북신문

진안택시기사 살인사건 피고인 5명에 대한 대법원의 무죄판결, 익산택시기사 살인사건의 진범 의혹…. 최근 전북지역에서 발생한 강력사건에 대한 경찰과 검찰 수사의 신뢰성에 파열음을 내는 상황들이 꼬리를 물고 전개되고 있다.

앞의 사건은 공범 5명 중 2명이 살인사건의 범인이라고 자백하였지만, 나머지 3명이 이를 부인한 사건이었다. 이 사건에 대하여 검찰은 공범 1명의 자백에, 또 다른 공범 1명의 자백을 보강증거로 삼아 유죄판단을 한 후 기소를 하였지만, 고등법원 항소심과 대법원 최종심이 잇달아 무죄를 선고하였다. 대법원은 이 사건에서 "검찰의 공소사실이 진실이라는 확신을 줄 수 있는 증명력을 가져야 하나 그렇지 못한데다 공범들의 진술이 상이하고 일관성이 없는 만큼 공소내용에 대한 신빙성에 의문이 있다"라고 무죄이유를 밝혔다.

뒤의 사건은 경찰과 검찰의 수사단계에서 범행을 자백했던 피고인이 법정에서 자신의 자백을 부인할 뿐만 아니라 그 자백은 경찰과 검찰의 강압수사에 의한 것이었다고 그 이유를 밝혔지만 법원은 피고인의 자백의 임의성을 인정하여 징역 15년의 유죄판결을 선고한 사건이다. 이 사건에서 피고인의 친구들 역시 피고인과 자신들이 경찰과 검찰에서 가혹행위를 당했다고 주장했지만, 법원은 그들의 주장을 받아들이지 않았다. 그러다가 최근에 자신이 익산택시기사 살인사건의 진범이라고 자백한 사람이 나타났지만, 경찰과 검찰은 자백 외에 이를 보강할 만한 증거가 없다는 이유로 이들을 풀어줬다.

여기에서 우리는 국가형벌권 행사의 공정성을 새삼 생각해보게 된다. 범죄를 저지른 자와 저지르지 않은 자를 정확하게 가려내는 것은 국가형벌권 행사의 생명이다. 이 가운데 더욱 중요한 것은 죄 없는 사람을 죄인으로 취급하여 처벌받게 해서는 안 된다는 것이다. "열 사람의 죄인을 놓치더라도 한 사람의 억울한 죄인을 만들어서는 안 된다"라는 법격언은 바로 이것을 가리키는 말이다.

오늘날의 범죄행위들을 보면 그 수법이 더욱 더 잔인화·흉포화·지능화되어가고 있다. 범죄행위 수법의 지능화로 말미암아 영원히 미궁 속으로 빠져버리는 범죄들이 쌓여가고 있다. 수사기관인 경찰과 검찰이 수사를 하면서 겪는 고충을 짐작할 만하다. 그러나 어떤 범죄가 되었건 증거 없이 처벌할 수는 없다(증거재판주의, 형사소송법 제307조).

물론 수사기관이 수사하는 데 가장 큰 도움이 되는 것은 피의자의 자백이다. 자백이 있을 때 범죄행위의 실체적 진실이 쉽게 드러나기 때문이다. "자백은 증거의 왕이다"라는 말은 여기에서 비롯된다. 이 때문에 수사기관은 피의자의 자백에 치중하는 오래된 수사관행에서 쉽게 벗어나지 못하고 있다. 범죄수법은 계속해서 변하고 있는데, 수사기법은 지난날의 관행에 묶여 있는 셈이다. 자백을 얻어내기 위한 무리한 수사는 이렇게 해서 행해지는 것이다.

그러나 헌법 제12조 제7항은 (고문·폭행 등으로 인하여) 피고인의 자백에 임의성이 없을 경우 아예 증거로서 사용할 수 없도록 하고 있고(자백의 증거능력의 제한), 설사 임의성 있는 자백이라 하더라도 그것이 정식재판에서 피고인에게 불리한 유일한 증거일 때에는 이를 유죄의 증거로 삼지 못하도록 규정하고 있다(자백의 증명력의 제한). 이에 따라 후자의 경우에는 반드시 자백을 보강할 만한 증거의 제시가 요구되고 있다.

진안택시기사 살인사건의 피고인들에 대하여 대법원이 무죄선고를 한 이유는 피고인들 5명 중 2명의 자백에 임의성은 있지만, 이를 보강할 만한 증거가 불충분한 상태에서 검찰이 기소를 하였다고 판단했기 때문이다. 문제가 되고 있는 사건들의 절대적 진실은 신만이 알 수 있는 일이다. 이 진실을 명백하게 발견하는 것이 쉬운 일은 아니다.

그러나 경찰과 검찰은(나아가서는 법원까지도) 단 한 명이라도 억울한 죄인을 만들어내서는 안 된다. 그러기 위해서는 초동수사를 신속하고 치밀하게 하는 일, 그리고 범죄행위의 지능화에 상응하여 또는 이를 예측하여 수사기법을 과학화시켜나가는 일이 경찰과 검찰수사의 신뢰성을 회복하는 지름길이라는 점을 명심해야 한다.

6. 5·18과 광주민주화운동보상법

- 2004년 5월 17일, 새전북신문

1980년 5월 15일 서울역광장에서 학생 10만여 명이 모여 시위를 한 후 다음 날부터 시국 추이를 지켜보면서 교내 및 가두시위를 일시 중단하였다. 5월 16일 광주에서는 3만여 명의 학생과 시민이 전남도청 앞에서 횃불시위를 한 다음 정부 측 답변을 기다리면서 각자의 일에 전념할 것을 결의하였다. 그러나 5월 18일 0시를 기하여 전두환이 이끄는 신군부는 최규하 대통령의 이름을 빌려 비상계엄을 전국에 확대 선포하였다.

전국 각 대학에 휴교령이 선포된 5월 18일 아침 전남대학생 200여 명이 교내로 들어가려다 이미 주둔해 있던 계엄군과 투석전을 벌였다. 이 시위는 금남로로 이어지면서 5월 19일에는 시위대의 수가 5천여 명으로 늘어났고, 계엄군은 이때부터 폭력적 진압을 시작했다. 5월 20일 오후에는 20만 명에 가까운 광주시민들이 군경저지선을 뚫고 시청건물을 장악했고, 이 과정에서 계엄군은 시외전화를 모두 단절시킨 채 밤 11시부터 무차별 발포를 시작했다. 이것이 우리가 말하는 5·18이다. 5·18은 독재자 박정희의 피살을 틈타 생긴 권력의 진공상태를 뚫고 정권찬탈욕에 눈이 먼 신군부가 저지른 학살극이었다.

김영삼 정권 시절이던 1995년 12월 21일 광주민주화운동에 관한 4개의 법률이 제정되었다. 광주민주화운동관련자보상등에관한법률(이하 '광주민주화운동보상법'), 광주민주유공자예우에관한법률, 5·18민주화운동등에관한특별법(이하 '5·18특별법'), 헌정질서파괴범죄의공소시효등에관한특례법(이하 '공소시효특례법')이 그것이다. 신군부의 광주시민 학살극은 형법상의 내란죄에 해당하는 것이었고,

공소시효특례법 제3조는 내란죄에는 공소시효의 적용을 배제시켰으며, 5·18특별법 제2조는 5·18내란범죄에 대하여 1993년 2월 24일까지 공소시효의 진행이 정지된 것으로 보았다.

당시 장세동은 5·18특별법 제2조에 대하여 헌법재판소에 헌법소원심판을 청구하였는데, 헌법재판소 재판관 중 5명은 위헌의견을 냈고, 4명은 합헌의견을 냈다. 당시 헌법재판관 중 1명만 더 위헌의견에 가담했더라면 전두환 등을 형사처벌할 수 없는 돌발상황이 전개될 뻔했었다. 이로써 전두환 등이 저지른 행위는 국가를 구하기 위한 행위가 아니라, 헌정질서를 파괴하기 위한 내란죄에 해당한다는 것이 국회가 제정한 법률들과 헌법재판소의 결정으로 확인되었다.

문제는 광주민주화운동보상법에 있었다. 이 법을 둘러싼 다툼은 당시 국회에서 법률안을 심의하는 과정에서 이 법의 명칭을 '보상법'으로 할 것이냐 아니면 '배상법'으로 할 것이냐 하는 데에서 시작되었다. 법이론상 '보상'은 그 원인행위가 '적법행위'일 때, '배상'은 그 원인행위가 '위법행위'일 때 사용하는 용어이기 때문이다.

당시 정부권력은 전두환, 노태우를 이어서 김영삼이 잡고 있었고, 의회권력은 민정당, 민자당에 이어 신한국당이 지배하고 있는 상황에서 여당인 신한국당이 신군부가 저지른 광주학살행위를 위법행위라고 자인할 리 만무하였다. 그러나 광주민주화운동보상법 제5조가 규정하는 보상금의 범위를 보면 일반 불법행위 손해배상액의 범위와 거의 다를 바 없고, 오히려 광주민주유공자예우에관한법률이 규정하는 각종 예우 등을 포함시켜본다면 손해배상액의 범위를 뛰어넘고 있음을 알 수 있다.

따라서 광주민주화운동관련 4개의 법률들을 종합해보면 다음과 같은 결론이 나온다. 전두환 등이 자행한 광주학살행위 자체는 내란죄에 해당한다. 그러나 내란과정에서 광주시민들에게 저지른 행위는 적법행위였다. 다만 국가는 광주민주화운동 관련자들이 입은 손실(손해가 아니라)을 시혜적 차원에서 보전해주었다.

　결국 현 시점에서 우리가 알 수 있는 것은 광주민주화운동의 법적 정리는 심하게 뒤틀려 있다는 것이다.

7. 친일반민족행위 진상규명의 과제

– 2004년 8월 9일, 새전북신문

일제강점하친일반민족행위진상규명에관한특별법(이하 '친일진상규명특별법')이 지난 2004년 3월 22일 공포되었고, 공포된 날부터 6개월이 경과하면 그 효력을 발생하도록 되어 있다. 이 법은 그 목적을 "일본제국주의의 국권침탈 전후로부터 1945년 8월 14일까지 일본제국주의를 위하여 행한 친일반민족행위의 진상을 규명하여 역사의 진실과 민족의 정통성을 확인하고 항구적 자주민주국가의 구현에 이바지함을 목적으로 한다"라고 규정하고 있다.

역사는 과거와 현재의 대화이고, 이를 토대로 우리는 올바른 미래를 설계해 나갈 수 있다. 역사기록에서 기초적으로 중요한 것은 사실이고, 그 사실을 바탕으로 진실이 밝혀지게 된다. 어느 민족이건 올바른 역사기록을 가지려면, 그 역사 속에는 자긍과 오욕을 있는 그대로 담아두어야 한다. 역사가 단순한 사실들의 나열에 불과하다면 거기에서는 어떠한 교훈도 찾아낼 수 없을 것이다. 그러나 그러한 사실들에 가치판단이 내려질 때 역사의 진실이 세워져나간다.

역사를 바로 세우지 못하는 민족이나 국가는 가치충족적인 선진국가로 발전해나가지 못하거나, (일본처럼) 설사 물질적 풍요를 누리더라도 세계사에 추악한 민족이나 국가로 낙인찍힐 수밖에 없다. 정리해야 할 역사문제는 민족과 국가의 내부문제와 외부문제로 분류할 수 있다. 예를 들어 나치스 독일이 정리해야 할 역사문제에는 독일 민족 내부에서 저지른 범죄뿐만 아니라 독일 민족의 이름으로 유태인이나 다른 민족들에게 자행한 범죄도 포함되어 있다. 독일인이 일본인보다 훨씬 더 성숙한 인간으로 평가받는 이유는 독일인은 자신들이 저질렀던 대내외적인 범죄행위들을 솔직하게 인정하고, 특히 그들이 외국에 대하여 저지른 범죄에 대한 시효 없는 처벌과 배상을 감수하고 있기 때문이다.

친일진상규명특별법은 일제가 조선을 강점하는 데 도움을 준 사람들, 일제의 조선 강점을 유지·강화시키는 데 도움을 준 사람들, 일제에 빌붙어 자신의 명예와 부와 권력을 누린 사람들과 그 반민족행위의 진실을 규명하고자 하는 법이다. 사실 이러한 작업은 대한민국 정부수립 직후에 이미 끝냈어야 할 일이다. 그러나 불행하게도 친일반민족행위자들이 정부수립 직후부터 정부·군·경찰·검찰·법원의 중심권력을 장악하면서 친일반민족행위의 진상규명을 방해하였을 뿐만 아니라, 독립운동가들과 역사를 바로 세우려는 사람들을 반공의 이름으로 처단하는 만행을 저질렀다.

우리의 굴절된 역사를 되돌아보면 현재의 수구세력의 역사적 뿌리는 일제하 친일반민족행위에 있다고 해도 지나친 말은 아닐 것이다. 그러나 역사의 진실은 결코 인간의 손으로 가려질 수 있는 게 아니다. 역사는 그 자체로 하나의 생명력을 가지고, 인간의 삶을 감시하고 가려내는 일을 하기 때문이다. 친일진상규명특별법의 법적 정당성은 바로 여기에서 찾을 수 있다.

문제는 이 법이 친일반민족행위의 진상을 규명하기에 적합한 내용으로 구성되어 있느냐라는 것이다. 주지하는 바와 같이 이 법은 야당이 국회의석 3분의 2 이상을 차지하고 있던 상황에서 제정되었다. 유신본당을 자처하는 상당수 의원들이 포진하고 있는 한나라당이 법의 통과에 선뜻 손을 들어주었다.

친일반민족행위의 진상규명에 체질적 거부감을 가지고 있는 수구세력이 이 법에 찬성하였다면, 그 배경은 둘 중에 하나이다. 모든 것을 내려놓고 역사 바로 세우기에 동참하겠다는 자기혁파적 결단을 내렸든가 아니면 친일진상규명이라는 허울만 씌워놓고 알맹이는 빼버리는 사술을 썼든가이다.

불행하게도 진실은 후자이다. 문제는 친일반민족행위의 개념 정의를 내리고 있는 이 법 제2조에서 비롯된다. 친일반민족행위 진상규명의 대상이 되는 자는 주로 일제치하에서 고위직에 있었던 사람들이다. 독립운동 방해단체의 장 또는 수뇌간부, 일본제국의회의 귀족원 의원 또는 중의원 의원, 일본군대의 중좌 이상의 장교로서 '침략전쟁에 적극 협력'한 자 등이 그 대상자이다. 결국 이 법은 무늬와 알맹이가 따로 노는 법이 되어버린 것이다. 친일반민족행위의 진상규명에 앞서 법의 내용을 바로잡는 일이 우리의 우선적 과제가 되어 있다.

8. 안기부 X-파일에 대한 법적 평가

— 2005년 9월 30일, 참소리

지난 97년 대통령 선거일 직전 국내 재벌그룹 경영진과 유력 일간신문사 간부가 대선 후보자들에 대한 불법자금 지원을 논의한 녹취록이 공개되면서 파문이 확산되고 있다. TV방송 보도에 따르면 어느 음식점에서 비밀리에 만난 이들은 당시 치열한 접전을 벌이고 있던 대통령 선거 판세를 분석하고 후보들에 대한 불법자금 지원 문제를 논의했다. 쥐도 새도 모를 것 같았던 이들의 만남을 또 다른 권력이 어둠 속에서 지켜보고 있었다는 것이다. 이 권력은 바로 안기부(현 국정원의 전신)의 비밀도청팀 '미림'이었다.

대선 및 총선 기간 내내, 그리고 선거가 끝난 후에도 우리는 불법선거, 관권선거, 부정선거, 북풍선거, 재벌과 유력 언론사들의 선거개입 등을 둘러싼 정치인들의 공방을 지켜보았다. 중앙선관위에 보고하는 선거비용은 빙산의 일각에 불과하고 선거 때마다 천문학적 숫자의 불법자금이 투입되었다는 정치인들의 치고받기 역시 우리 정치사에 단골메뉴로 등장했다. 그러나 모든 것은 시간 속에 묻혀버렸고, 일부 불운한 인사들이 검찰의 소환을 당한 후 법정에 섰다. 그러나 그들에게도 곧 이어 국민화합(정확하게는 정치인들의 야합) 차원에서 사면이 내려졌다.

안기부 X-파일은 그간 우리 정치사에서 '설'로만 나돌던 정치권·언론사·재벌의 유착관계를 여과 없이 보여주고 있는, 핵폭탄에 버금가는 정보원(情報源)이다. 전두환·노태우가 대통령 후보 시절 또는 대통령 재직 시절 받았다는 정치자금 이야기에 관한 적나라한 증거물을 국민들이 접한 적은 없다. 그저 국회의 조사활동이나 검찰의 수사를 통해서 보니 이러저러한 사실들이 있었겠구나, 하는 정도로 추측하는 것이 고작이었다. 안기부 X-파일의 특이성은 여기에 또 하나의 거대한 권력이 등장한다는 점에 있을 것이다. 전·현직 검찰 고위간부들이 재벌로부터 '떡값'을 받았다는 이야기이다. 사실 안기부 X-파일에 정치인, 언론사 간부 및 재벌 중역만 연루되어 있었다면, 언론에서 이 문제를 터뜨리는 데 별로 주저함이 없었을 것이다. 그런데 검은 베일 속에 전·현직 검찰 고위간부들이 버티고 있었다는 것이 이들의 결행을 주저하게 만들었을지도 모른다.

이제부터는 안기부 X-파일에 대한 법적 검토 작업에 들어가보기로 하자.

첫째, 안기부 도청팀의 도청행위.

당시 국가안전기획부법 제3조는 안기부의 직무를 규정하고 있었다. 이 조항에 따를 때 안기부가 갖는 범죄 수사권은 형법 중 내란의 죄, 외환의 죄, 군형법 중 반란의 죄, 암호부정사용죄, 군사기밀보호법에 규정된 죄, 국가보안법에 규정된 죄와 안기부 직원의 직무와 관련된 범죄에 국한되어 있었다(안기부의 수사권 조항은 현재의 국가정보원법 제3조에도 그대로 이어지고 있다). 정치자금법 위반 사건이라든가, 뇌물죄에 관련된 수사권은 물론 안기부에는 없었다. 이러한 도청행위는 통신비밀보호법에 저촉되는 행위였다. 또한 이와 함께 문제되는 것이 안기부법 제19조의 직권남용죄이다.

직권남용죄는 7년 이하의 징역과 7년 이하의 자격정지에 처하도록 규정되어 있었다(이 조항은 현재의 국가정보원법 제19조에도 그대로 이어져 있다). 도청행위는 정당한 법적 근거가 없이 행해진, 국가권력에 의한 불법행위이다. 따라서 이 사건과 관련하여 도청의 피해자들에게는 국가를 상대로 하는 국가배상청구권이

성립한다. 그러나 그들은 소멸시효의 완성 때문에 이 권리를 행사할 수 없게 되었다. 예산회계법 제97조 제2항은 금전의 급부를 목적으로 하는, 국가에 대한 권리는 5년의 경과로 소멸한다고 규정하고 있기 때문이다.

둘째, X-파일을 유출시킨 행위.

국가안전기획부직원법 제17조는 안기부 직원의 비밀엄수의무를 규정하고 있었다. 재직 중은 물론 퇴직한 후에 있어서도 직무상 지득한 비밀을 누설하여서는 아니 된다는 것이다. 또한 법 제32조는, 이 조항에 위반한 때에는 10년 이하의 징역 또는 1천만 원 이하의 벌금에 처하도록 규정하고 있었다(현행 국가 정보원법 제17조와 제32조도 마찬가지의 규정을 두고 있다). 문제는 X-파일을 유출시킨 행위가 안기부법의 비밀준수의무 위반죄에 해당하느냐라는 것이다. 이에 대한 답은 비밀준수의무 위반죄가 보호하고자 하는 법익(法益)이 무엇이냐라는 물음을 통해서 찾아야 한다. 이 조항이 보호법익으로 하는 것은 비밀 그 자체가 아니라 공무상 비밀의 누설에 의하여 위태롭게 될 수 있는 '국가의 기능'이라고 보는 것이 정확하다. 이러한 해석이 또한 대법원 판례의 태도이기도 하다(1996. 10. 10. 선고, 95 도 780). 불법적으로 취득 또는 형성된 비밀은 이 법에 의한 보호대상이 아니다. 따라서 그러한 비밀을 유출했다고 해서 비밀엄수 위반죄로 처벌할 수 있는 것은 아니다.

셋째, 불법정치자금 수수.

당시 시행되고 있던 정치자금에관한법률에 따를 때, X-파일에 나와 있는 방법으로 정치자금을 주고받는 행위에 대하여는 1년 이하의 징역부터 3년 이하의 징역까지, 또는 1백만 원 이하의 벌금부터 5백만 원 이하의 벌금까지 처하도록 되어 있었다. 정치자금법 위반죄는 공소시효기간이 3년에 불과하기 때문에 이 법에 따라 처벌할 수는 없다. 그러나 뇌물죄에 따른 형사처벌은 가능하다. 당시의 특정범죄가중처벌등에관한법률 제2조는 수뢰액이 5천만 원 이상인 때에는 무기 또는 10년 이상의 징역에, 그리고 수뢰액이 1천만 원 이상 5천만 원 미만인 때에는 5년 이상의 유기징역에 처하도록 규정하고 있었다(현행 특가법 제2조도 마찬가지로 규정하고 있다). X-파일에 등장하는 인물들 대부분이 이 죄에 해당한다. 무기징역의 경우 그 공소시효기간은 10년이다.

넷째, MBC, KBS 등의 X-파일 보도행위.

현행 통신비밀보호법은 공개되지 아니한 타인 간의 대화를 녹음하거나 전자장치 또는 기계적 수단을 이용하여 녹취할 수 없도록 하고 있고, 공개되지 아니한 타인 간의 대화를 녹음 또는 청취하여 그 내용을 공개하거나 누설한 자를 10년 이하의 징역과 5년 이하의 자격정지에 처하도록 규정하고 있다(법 제14조, 제16조). 이 조항은 사람들 사이의 자유롭고 비밀스러운 통신과 대화를 보호함으로써 헌법이 보장하는 통신의 비밀 및 사생활의 비밀과 자유를 보장하자는 데 그 취지가 있다. 만약 이러한 행위를 처벌하지 않으면 모든 사람은 그 사적 영역에서의 자유로운 삶을 위협당하게 되고, 이는 결국 국가와 국민 사이 및 국민과 국민 사이에 불신과 감시의 벽을 높이게 될 것이며, 이로써 자유로운 신뢰사회의 구축이 불가능해지게 될 것이다. 물론 그러한 자유로운 삶의 공간에서 자유라는 이름으로 온갖 불법행위들과 범죄행위들이 은밀하게 행해질 수도 있지만, 법치국가 원칙상 그러한 불법행위들과 범죄행위들에 대한 국가의 개입도 엄격하게 법이 규정하는 절차에 기속되게 함으로써, 자유로운 공동체의 구축이라는 훨씬 더 큰 이익이 확보될 수 있는 것이다.

문제는 인간의 프라이버시 영역이라는 것이 국가권력 또는 인간의 모든 행위를 정당화시켜주고, 다른 모든 법익의 후퇴를 강요할 수 있느냐라는 것이다. 특히 범죄행위에 국가권력 또는 공무원이 개입되고, 공적 인물로 분류될 수 있는 사람들이 연루되어 있을 때에는 보도기관의 보도의 자유와 국민의 알권리가 등장하게 된다는 점에 우리는 주목해야 한다.

 보도기관의 보도의 자유는 헌법이 보장하는 기본권으로서, 보도기관은 보도를 통하여 국민에게 올바른 정보를 제공하고, 공동체에서 발생하는 수많은 사건들에 관한 올바른 여론이 형성되도록 하며, 국가권력을 감시하고 통제하는 기능을 수행한다. 이 때문에 보도의 자유를 가리켜 '민주주의의 생명선'이라고 부르게 되는 것이다. (비록 반대의 학설이 있기는 하지만) 보도의 자유에는 취재의 자유가 연결되어 있어야 한다. 취재의 자유가 없는 보도의 자유의 보장은 그 실효성을 기약할 수 없기 때문이다. 취재의 자유에서 중요하게 제기되는 것이 '취재원비닉권(取材源秘匿權)'의 문제이다. 취재원비닉권의 인정 여부에 관하여 우리나라 학설은 대립하고 있지만, 이 문제를 바라보는 가치 있는 단초를 독일연방헌법재판소 판례가 제시하고 있다.

 인쇄매체는 방송·TV와 함께 여론형성의 가장 중요한 수단이다. … 인쇄매체의 기능력의 본질적 전제조건으로서 인쇄매체와 사적 정보제공자 사이의 일정한 신뢰관계의 보호도 헌법적으로 보장되는 인쇄매체의 자유에 속한다. 그러한 보호는 불가결하다. 왜냐하면 인쇄매체는 전달을 포기할 수 없기 때문이다. 그러나 이러한 정보원(情報源)은 정보제공자가 원칙적으로 편집의 비밀을 신뢰할 수 있는 경우에만 효과적으로 흘러나온다. 전달의 내용, 정보제공자에 관한 진술을 일정한 요건하에서 거부하는 인쇄매체 종사자의 권리는 직접적으로는 이러한 보호에 기여하며, 간접적으로는 이를 통하여 제도적으로 독립적이고 기능력이 있는 인쇄매체의 보장에 기여한다(독일연방헌법재판소 1973. 11. 28. 결정).

위 독일연방헌법재판소 판례는 왜 취재원비닉권을 인정해야 하는지에 관한 매우 설득력 있는 문장으로 많이 인용되고 있다. 취재원비닉권을 인정하는 경우, 검찰이나 법원은 취재기자에게 취재원을 밝히도록 강제할 수 없게 된다.

X-파일 보도행위 자체를 법적으로 문제 삼는다면, 그것은 형법상의 명예훼손죄와 민법상의 불법행위로 인한 손해배상청구권이다.

먼저 형법상의 명예훼손죄에 관하여 보기로 한다. 형법 제310조는 타인의 명예를 훼손하는 행위가 진실한 사실(진실성)로서 오로지 공공의 이익(공익성)에 관한 때에는 처벌하지 아니한다고 규정하고 있다. 이 조항은, 타인의 명예를 훼손하는 행위를 모두 형사처벌의 대상으로 삼는다면, 개인의 명예는 보호받을 수 있을지 몰라도 공동체에 중요한 진실들이 은폐되고, 건전하고 필수적인 비판이 봉쇄되며, 그 결과 민주주의의 실현과 발전에 불가결한 언론의 자유, 알권리 등이 위축될 것이기 때문에, 공공의 이익에 꼭 필요한 보도는 그것인 진실한 것인 이상 형사처벌의 대상에서 제외시키자는 데 그 입법취지가 있다. 언론의 자유와 국민의 알권리의 차원에서 이 조항이 지니는 가치의 중요성 때문에, 우리나라의 학설과 판례도 위법성 조각사유로서의 진실성과 공익성의 요건을 엄격하게 해석하지는 않는다.

진실성 요건에 관한 대법원 판례를 보자.

다소 과장된 표현이 있다 하여 곧 허위보도라 할 수 없고, 이는 공공의 이익에 관한 것으로 봄이 타당하므로 명예훼손죄로서 처단할 수 없다(1958. 9. 26. 선고. 4291 형상 323).

공익성 요건에 관한 대법원 판례를 보자.

공공의 이익에 관한 것인지의 여부는 적시된 사실 자체의 내용과 성질에 비추어 객관적으로 판단하여야 할 것이고, 사실을 적시한 행위자의 주요한 목적이 공공의 이익을 위한 것이라면 부수적으로 다른 목적이 있었다고 하더라도 형법 제310조의 적용을 배제할 수는 없다(1993. 6. 22. 선고. 93 도 1035).

다음으로 명예훼손으로 인한 민법상의 손해배상청구권에 관하여 보기로 한다.

이 사건 관련 주요 당사자 2명이 법원에 X-파일 보도금지 가처분신청을 낸 주된 이유는, 그러한 보도행위가 자신들의 명예를 훼손한다는 것이었다. 재판부는 이 사건에서 "피신청인은 '이상호 X-파일'과 관련해 아나운서, 기자의 육성이나 자료화면, 자막 등을 이용해 테이프 원문을 직접 방송하거나 테이프에 나타난 대화내용을 그대로 인용 또는 테이프에 나타난 실명을 직접 거론하는 등의 방법으로 7월 21일 〈뉴스 데스크〉에서 방송해서는 안 된다. … 이후에도 그에 따른 후속 프로그램을 통해 방송 프로그램을 제작·편집·방송·광고하거나 컴퓨터통신, 인터넷 등에 게재해서도 안 된다. … 위 사항을 위반할 경우 한 건에 대해 각 5,000만 원씩을 신청인에게 지급하라"는 결정을 내렸다.

이 결정을 다음과 같이 해석할 수 있다. X-파일을 보도할 수는 있다. 그러나 당사자들의 실명을 거론하거나, 당사자들이 대화한 내용을 원문 그대로 보도하지는 말라는 것이다. 법원의 이러한 해석이 정당한 것이 되기 위해서는 갖추어야 할 최소한의 요건이 있다. 그것은 이 사건 X-파일에 등장하는 인물들과 그 대화내용이 일반인에게도 여전히 비밀성을 띠고 있어야 한다는 것이다. 그러나 (현 시점에서는 더 말할 나위도 없겠지만) 재판부가 가처분신청 사건에 관한 결정을 내린 시점에서 볼 때에도, 이 사건은 이미 비밀성을 상실한 상태였다. 그것은 이미 '공지의 비밀'의 단계를 넘어 '공지의 사실'이 되어버렸고, 시간이 경과하면서 하나의 '역사적 사실'로 변해가고 있다. 재판부의 결정은 지나치게 기교적·형식논리적이었고, X-파일에 등장하는 인물들에게 우호적이었다는 비판을 받을 수도 있다.

X-파일 사건이 우리에게 던져주는 메시지는, 그 속에 담겨진 진실이 낱낱이 밝혀져야 한다는 것이다. 진실을 파헤치는 주체는 누가 되어야 하는가. 국회는 아니다. 왜냐하면 그들 중에도 이 사건 연루자들이 상당수 있을 것이기 때문이다. 검찰은 어떨까? 전·현직 검찰 고위간부들이 연루되어 있지 않았다면, 이 사건 수사는 재론의 여지가 없는 검찰의 몫이다. 그러나 이 사건과 관련하여 국민이 검찰에 주는 신뢰도 지수는 매우 낮다. 이런 사건에 검찰 고위간부들이 등장한다는 것이 도대체 상상이나 할 수 있는 일인가. 특별검사는 어떨까? 그동안 우리는 몇 차례 특별검사를 경험해봤다. 그러나 그때마다 국민의 가려운 속을 시원하게 하는 긁어주는 특별검사를 만나지는 못했다.

그렇다면 이 역사적 과업을 누가 맡아야 하는가? 필자는 그 답을 언론에서 찾는다. 물론 이 땅의 언론기관이 모두 똑같은 수준의 언론매체인 것은 아니다. 그러나 필자는 그들 사이의 진실 파헤치기 경쟁을 기대한다. 판단은 국민이 내릴 것이다. 검찰이 되었건 특별검사가 되었건 법원이 되었건, 국민이 내린 판단과 다른 판단을 내릴 경우 내려질 역사적 심판은 매우 준엄할 것이다.

9. 법무부 장관의 수사지휘권

– 2005년 10월 17일, 새전북신문

검찰총장에 대한 법무부 장관의 수사지휘의 법률적 근거는 검찰청법 제8조이다. 이에 따르면 '법무부 장관은 검찰사무의 최고감독자로서 일반적으로 검사를 지휘·감독한다. 구체적 사건에 대하여는 검찰총장만을 지휘·감독한다.' 검찰총장과 검사는 모두 법무부 소속 공무원이므로, 법무부 장관은 검찰권의 행사에 관해서 일반적인 지휘권을 행사할 수 있다. 그러나 구체적 사건에 관해서도 장관에게 수사지휘권을 부여하는 경우 구체적 사건의 처리가 정치적 영향에 좌우될 위험성이 있으므로 이를 방지하기 위해서 법무부 장관이 검찰총장에게만 수사지휘권을 행사할 수 있도록 하고 있는 것이다.

법무부 장관의 수사지휘권에 관한 검찰청법 제8조의 성격을 어떻게 파악해야 하는가? 장관이 구체적 사건에 관하여 일일이 검찰총장을 지휘할 수 있도록 한다면 검찰권의 중립적 행사는 기대하기 어려울 것이다. 실제로 과거 군사정부 시절에는 장관이 비공개적으로 구체적 사건에 개입하는 일이 적지 않았다는 것은 주지의 사실이다. 따라서 장관의 수사지휘권은 일상적인 것이 아니라 특별한 상황에서만 행사될 수 있는 것이라고 보는 것이 타당하다.

문제의 핵심은 이번 사건이 과연 법무부 장관이 수사지휘권을 발동할 만한 상황요건을 갖추고 있었는가이다. 검찰이 강정구 교수의 발언을 문제 삼는 경우 그것은 국가보안법 위반, 더 구체적으로는 찬양·고무죄 혐의가 된다. 찬양·고무죄는 국가의 존립·안전이나 자유민주적 기본질서를 위태롭게 한다는 점을 알면서 반국가단체나 그 구성원 또는 그 지령을 받은 자의 활동을 찬양·고무·선전하는 행위 등을 처벌하는 범죄이다.

국가보안법은 정부가 수립되던 해인 1948년에 제정되어 만 57년의 질긴 생명력을 이어오고 있는 법률이다. 국가보안법의 위헌성과 관련한 논쟁은 법률안이 국회의 심의를 받던 당시부터 지금까지 계속되고 있고, 그것은 UN을 비롯한 국내외 인권단체들로부터 악법 중 악법으로 지탄을 받아온 법률이다.

국가보안법 폐지론자들에 따르면, 그것은 통일을 가로막는 반통일법률이면서 헌법의 기본가치를 파괴하는 헌법파괴적 법률이다. 국가보안법 위반 사범의 80% 이상이 찬양·고무죄에 걸렸다. 수많은 민족·민주인사들, 노동자·농민들이 국가보안법의 사슬에 묶였다. 그러나 국가보안법을 대하는 검사들, 특히 공안검사들의 태도는 달랐다. 그들은 국가보안법의 문리해석에 치중함으로써 국가보안법 위반자들을 양산해냈고, 결국은 독재권력의 정권안보에 기여하는 죄과를 범했다.

급기야는 보수성향의 법조인 집단인 헌법재판소마저 찬양·고무죄의 적용상의 문제점을 인식하고, 국회로 하여금 '국가의 존립·안전이나 자유민주적 기본질서를 위태롭게 한다는 점을 알면서' 찬양·고무한 경우에만 처벌하는 규정을 두도록 한 것이다. 또한 우리 헌법과 형사소송법은 불구속수사와 불구속재판을 원칙으로 하고 있고 이를 헌법재판소도 이미 확인하였다. 그러나 그동안 검찰의 수사관행, 특히 국가보안법 위반 혐의자에 대한 수사관행은 도리어 구속수사의 길을 걸어왔다. 법정신과는 전혀 반대의 방향을 선택한 것이다.

    법무부 장관이 이번 사건에서 검찰총장에게 수사지휘를 한 것은 바로 검사들에게 국가보안법에 대한 문제의식을 가질 것과 국가보안법 위반사범에 대한 구속수사 원칙의 관행을 재고할 것을 촉구했다는 의미를 갖는다. 더욱 본질적인 문제는 검찰이 아직까지도 검찰의 과거사 청산의 노력을 전혀 보이고 있지 않다는 데 있다. 인혁당 사건 등 사법부의 과거사 반성의 목록에 들어가는 사건들 모두에 검찰이 직접 관련되어 있다는 사실에 검찰은 주목해야 한다.

10. 무소불위 공안검찰, 자기반성부터 하라

- 2005년 10월 19일, 프레시안

천정배 법무부 장관의 수사지휘권 발동에 대한 정당성 논쟁이 한창이다. 국가보안법 관련 사건에 대한 검찰의 무분별한 구속수사 관행에 일침을 놓은 결단이라는 '긍정론'과 검찰 중립성 및 독립성 훼손 사례로 사법역사에 기록될 것이라는 '비판론'이 극명하게 엇갈린다. 이 논쟁은 법무부 장관의 수사지휘권을 규정한 검찰청법 제8조에 대한 법리논쟁으로 고스란히 이어진다.

법무장관 지휘감독 권한은 당연

검찰청법 제8조는 "법무부 장관은 검찰사무의 최고감독자로서 일반적으로 검사를 지휘·감독한다. 구체적 사건에 대하여는 검찰총장만을 지휘·감독한다"고 규정하고 있다. 법무부 장관이 검사에 대한 일반적 지휘·감독권을 가진다는 것은 검사가 법무부 소속이고 법무부 장관이 검찰사무의 최고감독자라는 점에서 당연하다.

수사는 '검찰사무' 중 가장 본질적인 것에 해당한다는 점에서 검찰청법은 법무부 장관이 수사에 개입할 수 있는 여지를 마련해놓고 있다고 보아야 한다. 다만, 법무부 장관이 구체적 사건에 관하여 검사를 지휘·감독할 수 있게 한다면 사건 수사가 정치적 영향을 받을 우려가 있기 때문에 이를 허용하지 않고 검찰총장이라는 완충지대를 두고 있는 것이다.

검찰청법 제8조가 법무부 장관의 수사지휘권을 규정하고 있다고 해서 법무부 장관은 아무런 한계도 없이 수사지휘를 할 수 있다고 볼 수는 없다. 일반적 수사지휘권은 말 그대로 수사에 대한 총괄적인 감독권의 의미로 해석하면 된다. 문제는 구체적 수사지휘권이다. 여기에는 수사지휘의 상황의 문제가 발생한다. 구체적 수사지휘권은 상시적으로 발동될 수 있는 권한이라고 볼 수는 없다. 구체적 수사지휘권을 그러한 의미로 이해하는 경우 그것은 수사통제권이 될 것이다.

이 때문에 구체적 수사지휘권은 법무부 장관이 그것을 발동할 수밖에 없는 특별한 상황이 발생할 것을 요구한다고 보아야 한다. 여기에서 '특별한 상황'이란 검찰권의 올바른 행사를 위하여 필요한 경우를 의미한다.

국보법 위반사범 구속수사 관행은 헌법정신 침해

이번에 문제가 된 강정구 교수 국가보안법 위반 사건에 대한 검찰의 수사가 과연 그러한 특별한 상황요건을 충족시켰는가? 여기에서 우리가 풀어야 할 것은 국가보안법의 존재와 국가보안법 위반사범에 대한 검찰의 수사관행이다.

국가보안법은 그 제정 이후 이승만 독재권력부터 시작하여 박정희, 전두환, 노태우에 이르는 군사정부의 정권안보에 기여해왔다는 것은 명백한 역사적 사실이다. "누구든지 생각한다는 것을 이유로 처형될 수 없다"는 법격언도 국가보안법 앞에서는 어린아이의 잠꼬대에 불과했다. 도대체 민주주의국가의 헌법체제하에서는 생각할 수도 없는 찬양·고무죄와 불고지죄가 법의 이름으로 버젓이 또아리를 틀고 앉아 수많은 민족·민주인사, 노동자와 농민들의 주리를 틀어왔다.

국가보안법의 조타수 역할을 해온 것이 바로 공안검찰이다. 공안검찰은 국가보안법을 그 존립의 근거로 삼았고, 국가보안법 위반사범에 대해서는 구속수사를 원칙으로 했다. 공안검찰의 국가보안법 위반사범 수사에는 인권침해의 꼬리표가 따라붙었다. 공안검찰로서는 다행스럽게도 법원은 수사과정에서의 인권침해의 목소리에 귀를 기울이지 않았다.

　국가보안법 위반사범, 특히 찬양·고무죄의 무분별한 적용에 제동을 건 것은 헌법재판소였다. 1990년 4월 2일 헌법재판소는 찬양·고무죄에 관하여 "국가의 존립·안전이나 자유민주적 기본질서에 실질적 해악을 줄 명백한 위험성이 있는 경우에 적용되는 것"으로 해석하라는 결정을 함으로써, 찬양·고무죄 조항의 개정을 유도했다.

　그리하여 현재의 찬양·고무죄 조항에는 "국가의 존립·안전이나 자유민주적 기본질서를 위태롭게 한다는 정을 알면서"라는 문언(文言)이 추가된 것이다. 보수법조인의 집단이라고 할 수 있는 헌법재판소가 찬양·고무죄의 개정을 유도했다는 점은 하나의 아이러니라고 할 수 있다. 그럼에도 불구하고 국가보안법의 해석과 집행에 대한 공안검찰의 관성은 거의 변하지 않았다. 국가보안법 위반사범의 80% 이상이 찬양·고무죄에 걸려들었다는 것만 봐도 국가보안법에 대한 공안검찰의 냉전의식을 쉽게 엿볼 수 있다.

　국가보안법 위반사범에 대해서 구속수사를 원칙으로 했던 공안검찰의 관행은 헌법의 정신과 형사소송법의 규정을 정면으로 침해하는 것이었다.

　형사소송법 제70조와 제201조는 형사피의자나나 형사피고인을 구속할 수 있는 경우를 명시하고 있다. 피의자나 피고인이 ①일정한 주거가 없는 때, ②증거를 인멸할 염려가 있는 때, ③도망하거나 도망할 염려가 있는 때에 한하여 피의자나 피고인을 구속수사하거나 구속재판할 수 있는 것이다.

　헌법은 신체의 자유에 관하여 보장을 원칙으로 하고 있고, 제한을 예외로 하고 있으며, 형사소송법은 이러한 헌법의 정신을 따라 불구속수사, 불구속재판을 원칙으로 하고 있는 것이다. 이러한 해석은 헌법재판소의 판례를 통해서도 확인되었다.

천 장관 행동은 수사지휘권 이상의 중대한 의미

6·25전쟁에 관한 강정구 교수의 발언이 국가보안법에 저촉된다면 그것은 찬양·고무죄 혐의가 될 것이다. 강 교수의 발언이 찬양·고무에 해당한다면, 강 교수는 또한 자신의 발언이 '국가의 존립·안전이나 자유민주적 기본질서를 위태롭게 한다는 점을 알고' 있었어야 한다. 또한 강 교수를 구속하기 위해서는 문제의 발언 이후 강 교수의 일련의 언행들이 형사소송법이 규정하는 구속사유를 충족시키고 있어야 한다.

강 교수의 발언이 찬양·고무죄에 해당하는지는 별론으로 하고, 최소한 강 교수의 발언과 그 후의 일련의 언행들은 형사소송법의 구속요건에 해당하지 않는다. 그러나 공안검찰의 태도는 구속수사의 방향으로 달리고 있다는 느낌을 강하게 풍기고 있었다. 이 순간에 법무부 장관이 나선 것이다. 공안검찰이 국가보안법의 정당성에 대한 헌법적 고민은 게을리한 채 과거의 타성에 젖어 강 교수를 구속수사하려는 조짐을 보이자 법무부 장관이 구체적 사건에 대한 수사지휘권을 발동한 것이다.

이번 사건은 단순히 법무부 장관이 검찰청법에 규정되어 있는 수사지휘권을 행사했다는 것을 훨씬 뛰어넘는 중대한 의미를 갖는다. 그것은 검찰사무의 최고감독자로서의 법무부 장관이 수십 년의 역사를 거쳐오면서 정치권력의 정권안보에 복무해온 공안검찰에 대한 자기반성을 촉구하는 의미를 갖는다. 진보당 조봉암 사건, 인혁당 사건 등 사법부의 과거사 반성 목록에 들어가 있는 인권침해 사례에 검찰이 직접 연루되지 않은 사건은 하나도 없다.

그럼에도 불구하고 과거사에 대한 회개의 노력은 전혀 하지 않고 무소불위의 권력을 휘두르는 데 열중하고 있는 공안검찰을 국민들은 어떻게 보고 있을까?

11. 시위현장에서 경찰이 철수하면

- 2006년 1월 6일, 경향신문

쌀 수입 개방을 둘러싼 최근의 농민대회는 홍덕표, 전용철 두 농민이 경찰의 강경진압으로 사망하는 비극을 초래했고, 이로 인해 경찰청장이 사퇴하는 상황으로까지 이어졌다. 허준영 경찰청장은 퇴임식에서 "국가정책 추진으로 표출된 사회적 갈등을 경찰만이 길거리에서 온몸으로 막아내고 그 책임을 끝까지 짊어져야 하는 안타까운 관행이 이 시점에서 끝나기를 소원한다"는 말로 이번 사태에 대한 경찰의 입장을 대변했다.

이 말의 일정 부분은 국정을 이끌어가는 노무현 대통령과 철학 부재의 이 나라 국회의원들이 곱씹어봐야 할 말이다. 평화적 시위, 그것은 경찰만이 아니라 국민 누구나 바라는 것이다. 중요한 것은 과연 어떻게 하는 것이 평화적 시위를 정착시키는 길인가 하는 것이다.

집시법은 집회·시위를 하는 경우 미리 신고서를 제출하도록 하고 있다. 신고서를 통하여 경찰이 집회·시위의 주체와 목적을 알고 충돌이 가장 적은 집회·시위의 대응방식을 미리 마련하도록 하자는 데 그 취지가 있다.

집회·시위의 목적이 집회·시위에 참여하는 사람들의 생존권과 직결되는 것일 때에는 경찰과 시위자들 사이의 충돌 가능성은 매우 높아진다. 경찰의 대응방식이 어떠해야 하는가를 알려주는 하나의 지표이다. 이러한 집회·시위의 경우에는 경찰의 조그마한 자극에도 집회·시위는 곧 거칠어지게 된다. 이러한 집회에 대한 경찰의 강경진압은 폭력의 연쇄반응을 몰고 온다. 집회·시위의 현장에 동원되는 전경과 의경은 경찰의 이름을 달고 있지만 실질적으로는 군병력이나 마찬가지이다. 비록 지휘관이 있다고는 하지만 그들은 연령상 집회·시위의 상황에 따라 쉽게 냉정을 잃어버릴 수 있다.

경찰과 시위자의 관계에서 어쨌든 강자는 경찰이다. 현실적인 힘에서나 법적인 제재력에서나 경찰의 힘은 시위자들의 힘을 압도하게 되어 있다. 전경과 의경은 과거 박정희정권 때부터 집회·시위 현장에 나타났다. 당시만 하더라도 시위현장에서 경찰이 발휘하는 힘은 정당성을 전혀 갖추지 못한 폭력일 경우가 많았다. 이름 하여 국가폭력이 일상적으로 자행되던 때였다.

권위주의정권하에 길들여진, 시위현장에서의 경찰폭력의 타성이 아직도 남아 있다면 그 부분은 경찰 스스로 과감하게 도려내야 한다. 현 정권은 전경이나 의경제도가 집회·시위에 효과적으로 대처하는 유일한 수단인지에 대해 근본적으로 검토해보아야 한다.

집회·시위와 관련하여 전경과 의경을 포함한 경찰관들에게 반드시 실시되어야 하는 것이 인권교육이다. 특히 시위현장에 경찰력을 투입하기 전에 집회·시위에 참여하는 사람들은 어떤 사람들이고, 그들은 무엇을 얻기 위하여 집회·시위를 하는지에 관한 객관적인 사전교육이 경찰관들에게 필요하다. 그러나 이제까지 경찰은 주로 시위자들을 무력화시키고 해산시키는 일에만 치중해왔다고 비판받고 있다.

집회·시위에 참여하는 사람들은 이를 통해서 얻고자 하는 목적을 달성하는 데 필요한 정도를 넘어서는 방법을 사용해서는 안 된다. 우리 헌법은 '원칙적으로' 평화적인 집회만을 보장한다. 집회·시위는 불가피하게 공공의 안전과 질서 또는 제3자의 권리와 충돌을 일으키지만, 그 충돌을 최소화하는 방법으로써 집회·시위를 하는 것도 이에 참여하는 사람들이 부담해야 할 의무다. 이 때문에 처음부터 폭력시위를 위한 장비를 휴대하고 전개하는 집회·시위는 이미 법의 보호범위 밖에 놓이게 된다.

평화적 시위의 정착을 위해서 경찰이 시험적으로 대응방식을 전환해볼 필요도 있다. 경찰의 직업적 관점에서 폭력성이 충분히 예견되는 대규모 시위의 현장에 전경과 의경을 전혀 배치하지 않고 최소한의 직업경찰관만 내보내는 것이다. 그러한 시위현장을 방송매체가 여과 없이 생방송으로 내보냄으로써 경찰이 없는 시위가 어떻게 진행되는지를 국민 스스로 지켜보게 하는 것이다. 국민 스스로 집회·시위에 대한 재판관 역할을 하도록 하는 것도 한 번쯤 시도해 볼 일이다.

12. 유언비어유포죄, 허위사실유포죄

- 2009년 1월 12일, 한겨레신문

　리먼브러더스의 파산과 미국 경제위기의 정확한 예측, 이로 인한 우리나라 경제상황의 예측으로 경제전문가들마저 놀라게 했던 미네르바. 그는 아이피 추적 끝에 긴급체포되었고, 검찰의 구속영장 청구에 이어 법원이 영장을 발부함으로써 구속수감되었다. 보도에 따르면 그는 지난해 정부가 시중은행에 달러 매수를 중단하라는 긴급공문을 보냈다는 자신의 글이 문제된 것을 두고 "그런 내용의 글을 다음 아고라에서도 보고, 블로그에서도 봐 옮겨놓았을 뿐이며, 정부가 원래 환율을 관리하고 있는 것 아니냐"라는 반응을 보였다고 한다.

　검찰과 영장전담판사가 범죄혐의의 법적 근거로 든 전기통신사업법 제47조 제1항은 "공익을 해할 목적으로 전기통신설비에 의하여 공연히 허위의 통신을 한 자는 5년 이하의 징역 또는 5천만 원 이하의 벌금에 처한다"라고 규정하고 있다. 법률전문가들에게조차 생소한 이 조항이 만들어진 것은 전두환정권 때인 1983년 12월 30일이었고, 1984년 9월 1일부터 시행되었다. 당시만 하더라도 네티즌, 악플, 악플러라는 용어는 아예 존재하지도 않았다. 심지어 대학에서 학생들이 리포트를 육필로 쓸 때였으니까. 시행 이후 이 조항에 의해서 처벌받은 사례도 거의 없다.

　우선 이 조항의 의미를 따져보자. 이 조항이 규정하는 죄는 학문상의 용어로 '목적범'이다. 그 의미가 매우 불명확한 용어이기는 하지만, 미네르바가 "공익을 해할 목적"으로 인터넷에 글을 올렸어야 한다. "전기통신설비에 의하여"란 무슨 뜻인가? 방송에 출연해서 허위의 사실을 말하는 경우 또는 신문에 허위의 사실을 적시하는 경우는 포함되지 않고, 오로지 인터넷에서 허위의 사실을 유포하면 이 조항에 근거하여 처벌된다? 아무래도 이상하다. 따라서 여기에서 전기통신설비에 의한다는 것은 인터넷 이용자인 네티즌이 아니라 전기통신설비를 관리하는 자가 전기통신설비를 이용하는 것을 말하는 것으로 엄격하게 해석해야 할 것이다. "허위의 통신"이란 무엇인가? 인터넷에 올린 글의 전체 내용 중 어느 정도가 허위여야 이 죄목에 해당하는가? 매우 막연하기만 하다. 이런 식으로 처벌하면 인터넷에 글을 올리는 상당수의 네티즌들이 이 법망에 걸리게 될 것이다.

영장발부사유 또한 희한하다. "범죄사실에 대한 소명이 있고 외환시장과 국가신인도에 영향을 미친 사안으로, 사안의 성격과 중대성에 비추어 구속수사의 필요성이 있다"는 것이다. 그동안 법원이 영장발부사유로 반복적으로 사용하던 도주 또는 증거인멸의 우려도 아니다. 영장발부판사가 매우 애썼다는 생각이 든다.

헌법이 보장하는 의사표현의 자유는 인간이 다른 사람들과의 소통을 통해서 그 인격을 발현하고 정보를 교환하며 공동체의 의사형성에 참여하는 기초적 권리이다. 이에 의사표현의 자유를 가리켜 "입의 자유"라고 말하기도 한다. 그런데 독재정권, 권위주의정권, 정권의 획득과정의 정당성이 없거나 권력의 행사에 대한 국민적 정당성이 약한 정권일수록 국민의 입을 두려워한다. 당연히 국민의 입에 재갈을 물리는 작업을 하게 되는 것이다. 법률, 검찰권, 재판권 등이 그 수단으로 동원되는 것은 우리의 역사가 고스란히 증명하고 있다.

유신시대에 박정희가 그랬다. 그는 긴급조치를 통해 정권을 유지하려 했고, 국민의 입을 막으려 했다. 1974년 1월 8일 긴급조치 1호를 통해서 나온 것이 유언비어유포죄였다. "유언비어를 날조, 유포하는 일체의 행위를 금한다"는 것이었다. 15년 이하의 징역이라는 처벌조항으로 협박했다. 대학생들은 동료 학생들 앞에서도 함부로 입을 벌리지 않았다. 강의실 내에도 '짭새'가 있을 때였으니까. 박정희의 긴급조치 기획은 일단은 성공한 것처럼 보였다. 그러나 그것도 불과 몇 년이었다. 비참한 몰락이 그를 기다리고 있었다.

이명박 정권이 박정희 정권을 닮아도 많이 닮았다. 비극적이다. 이것도 허위사실유포죄에 해당하나?

13. 검사들의 천국

- 2009년 3월 30일, 한겨레신문

"국법질서의 확립이나 사회정의의 실현에 치우친 나머지 국민의 인권을 최대한 지켜내야 한다는 소임에 보다 더 충실하지 못했던 안타까움이 없지 않았다." 지난해 10월 31일 검찰 창설 60돌 기념식에서 임채진 검찰총장이 한 말이다. 사회정의의 실현과 인권의 수호를 충돌하는 가치로 바라보는 검찰총장의 법 인식에 아연할 뿐이었다.

인권이라는 관점에서 보는 대한민국 검찰은 오욕 그 자체다. 진보당 사건, 인혁당 사건 등 수많은 간첩조작 사건은 검찰권의 행사가 아니라 검찰 살인이었다. 검찰 내부에서조차도 잘못된 검찰수사로 꼽는 납북 태영호 반공법 조작 사건, 부천경찰서 성고문 경찰관 기소유예 등 검찰이 저지른 악랄한 행위들은 일일이 열거할 수 없을 정도로 쌓여 있다.

그런 검찰이 단 한 번의 참회의 눈물도 없이 헌법의 기본권 장전을 뒤틀고 있다. MBC 〈피디수첩〉 제작진에 대한 수사는 명예훼손 및 업무방해 혐의에 대한 것이다. 이 사건에서는 보도매체의 방송의 자유, 국민의 알권리, 민주주의, 공인의 명예가 충돌하고 있다.

2007년 6월 15일에 대법원의 명예훼손 사건 판결문은 이렇게 말하고 있다. "신문이나 월간지 등 언론매체의 어떠한 표현행위가 특정인의 명예를 훼손하는 내용인지 여부는 당해 기사의 객관적인 내용과 아울러 일반의 독자가 보통의 주의로 기사를 접하는 방법을 전제로 기사에 사용된 어휘의 통상적인 의미, 기사의 전체적인 흐름, 문구의 연결방법 등을 기준으로 판단하여야 하고, 여기에다가 당해 기사가 게재된 보다 넓은 문맥이나 배경이 되는 사회적 흐름 등도 함께 고려하여야 할 것이다."

이 판결문에는 이런 말도 나온다. "비록 허위의 사실을 적시하였더라도 그 허위의 사실이 특정인의 사회적 가치 내지 평가를 침해할 수 있는 내용이 아니라면 형법 제307조 소정의 명예훼손죄는 성립하지 않는다."

위 판례는 보도매체의 보도내용에 대해서 명예훼손죄라는 형법적 잣대를 들이대는 데는 매우 신중해야 한다는 뜻을 밝히고 있다. 그 이유는 뭘까? 보도매체의 보도내용에 대해서 섣불리 국가형벌권을 발동할 경우 중대한 헌법적 가치들이 침해될 수 있기 때문이다. 보도의 자유를 통해서 국민의 알권리가 충족되고, 알권리의 충족을 통해서 민주주의가 실현되며 사회정의가 구현되도록 하는 헌법적 가치들의 연결고리가 풀려서는 안 되기 때문이다.

방송과 신문은 국가권력에 대한 감시와 비판이라는 공적 기능을 수행한다. 방송과 신문이 그러한 공적 기능에 눈을 감으면 그것은 공기(公器)가 아니라 공적 쓰레기일 뿐이다. 장관 등 공직자의 공적 명예가 방송과 신문의 정당한 보도나 논평을 가로막을 수는 없다. 헌법이 그렇게 말한다. 위 대법원 판례가 암시하는 것처럼, 방송과 신문의 보도내용에 대한 검찰권의 행사는 최대한 자제되어야 한다.

검찰에 묻는다. 〈피디수첩〉, YTN 노조, 국회의원, 촛불집회 등에 대한 수사를 통해서 검찰이 던지고자 하는 메시지는 무엇인가? 누구든 예외 없이 평등한 존재로서 국법질서를 엄숙히 지키라는 것인가, 아니면 정권이 무엇을 원하고 무엇을 불편하게 생각하는지 잘 살펴서 처신하라는 것인가? 불행하게도 후자 쪽이라면, 언젠가 정권이 바뀌고 검찰의 과거사 정리문제가 제기될 때 검찰총장은 '국법질서의 확립과 사회정의의 실현에 몰입한 탓에 국민의 인권을 지키지 못해서 유감이다'라고 말할 것인가? 이 나라가 국민들의 천국이 되어야지 검사들의 천국이 되어서야 되겠는가!

14. 경찰폭력에 유린당한 '집회 자유'

- 2009년 6월 13일, 경향신문

헌법 제21조는 집회의 자유를 보장하면서 동시에 집회에 대한 허가제를 금지하고 있다. 집회 허가제는 집회의 자유의 본질적 내용을 침해하는 것으로서 집회의 자유와 양립할 수 없다.

집회금지, 경찰권 자유 아니다

헌법이 집회의 자유를 보장하는 이유는 집회의 자유는 의사표현의 자유의 하나로서 민주주의의 존립조건이기 때문이다. 집회의 자유는 불가피하게 공공의 안전 및 질서와의 충돌을 예견하고 있다. 따라서 집회의 자유의 주체, 경찰권과 공공 사이에는 일정한 협력관계가 형성된다. 경찰권은 집회의 자유가 효과적으로 행사되도록 협력해야 하고, 공공은 집회의 자유의 행사에 따른 일정한 생활상의 불편(교통방해, 평온의 저하 등)을 수인해야 할 의무가 있다.

집회의 자유의 특성상 집시법의 입법방향은 보장을 원칙으로 하고, 제한을 예외로 하여야 한다. 집시법 제10조가 야간옥외집회를 원칙적으로 금지하는 것은 그런 점에서 문제가 되는 것이다. 주간에는 삶의 현장에서 일을 해야 하는 인간의 삶의 양식에 비추어 볼 때, 야간옥외집회를 금지하는 것은 헌법이 보장하는 집회의 가능성을 하위법인 집시법이 봉쇄해버리는 결과를 초래하는 셈이다.

집시법 제6조는 옥외집회 및 시위를 720시간 전부터 48시간 전까지 사전에 신고하도록 규정하고 있다. 이 조항은 집회 주최자에게 신고의무만을 부과하는 것이 아니라, 경찰관서에는 접수의무를 부과하고 있다. 경찰관서가 합법적인 집회신고의 접수를 거부하면 이는 집시법 제22조 제1항이 규정하는 집회방해죄로 처벌받아야 한다. 그러나 집시법에 이 조항이 생긴 이후로 경찰관이 집회방해죄로 처벌받은 사례는 없다.

집회신고서를 접수한 경찰관서장은 집회의 금지를 통고할 수 있다. 그중 가장 빈번하게 문제되는 것이 집시법 제5조 제1항 제2호가 규정하는 '집단적인 폭행, 협박, 손괴, 방화 등으로 공공의 안녕질서에 직접적인 위험을 끼칠 것이 명백한 집회 또는 시위'이다. 미국연방대법원이 개발한 이른바 '명백하고 현존하는 위험의 원칙'이 여기에 적용된다.

그러나 이 원칙은 냉전시대인 1919년에 처음 등장했을 때 지녔던 넓은 의미와는 달리 1969년부터 상당히 제한적인 의미로 해석되어 지금에 이르고 있다. 현재는 합법적으로 구성된 정부를 폭력으로 전복할 위험이 급박해 있고 개연성이 있는 경우에 한하여 의사표현을 제한하는 원리로 적용되고 있다. 즉, 명백하고 현존하는 위험의 원칙의 현재적 의미는 사람이 말하는 것은 자유롭게 놓아두라는 것이다.

현장봉쇄·방패구타는 헌법위반

노무현 전 대통령 서거 당시 시민들이 자발적으로 설치한 분향소를 경찰이 강제철거한 행위, 서울광장에 시민이 접근하는 것을 막기 위해서 경찰차로 벽을 둘러치는 행위, 집회 현장에서 집회참여자를 방패로 무차별 구타하는 행위, 집회현장에의 접근 자체를 방해하는 행위, 이 모두가 헌법위반이자 집시법상의 집회방해죄에 해당하고, 국가배상책임을 물어야 하며, 경찰청장에게는 탄핵사유가 발생하는 행위이다. 그러한 행위는 경찰권력의 한계를 넘어선 경찰폭력이다.

　경찰은 집회와 관련한 자신의 의무와 권한을 오해하고 있다. 집회와 관련하여 경찰이 우선적으로 해야 할 일은 집회에 대한 최선의 협력이다. 집회는 경찰이 허가하면 할 수 있고, 금지하면 할 수 없는 경찰권에 유보된 자유가 아니다. 그러나 불행하게도 헌법상의 집회의 자유 조항은 경찰폭력에 유린당하고 있다.

15. 〈피디수첩〉과 검찰폭력

- 2009년 6월 24일, 한겨레신문

헌법의 기본원칙인 법치국가 원칙은 국가권력의 행사에 대하여 합법성과 정당성을 갖출 것을 요구한다. 이 요건을 갖추지 못하는 경우 국가권력의 탈을 쓴 국가폭력이라는 성격 규정에 직면한다.

MBC 〈피디수첩〉 사건에서 검찰권은 법치국가의 한계를 넘어도 너무 넘어버렸다. 명예훼손죄는 일정한 사실을 적시하여 사람에 대한 사회적 평판을 저하시키는 행위를 처벌하는 범죄이다. 여기에서 말하는 사실은 진실한 것이건 허위의 것이건 묻지 않는다. 다만 양형에 차이가 있을 뿐이다.

방송의 특정 프로그램이 정부 정책의 올바름 여부를 판단하기 위해서 일정한 사실들을 전달하고 그에 대한 평가를 하는 경우, 그것이 주무장관이나 해당 정책을 담당하는 고위공무원의 명예를 훼손한다는 이유를 걸어 명예훼손죄의 죄책을 물을 수 있는가? 만약 그렇다고 답한다면 그것은 명예훼손죄의 법리를 오해하면서 동시에 민주주의 체제하에서의 언론의 기능에 대한 무지를 드러내는 것이다.

명예훼손죄는 정부 또는 국가의 명예를 보호하는 범죄가 아니라, 자연인의 명예를 보호법익으로 한다. 장관은 국가권력과 구분되어 별개로 존재하는 것이 아니라 개념필연적으로 국가권력 속에 내포되어 있다. 국가권력이나 정부의 정책에 대한 사실보도와 평가가 설사 장관의 명예에 대한 사회적 평가의 훼손을 수반하더라도, 그것이 국가권력을 감시하고 비판하는 언론의 기능을 정지시킬 수는 없다. 그렇지 않으면 국가권력을 견제하고 올바른 여론을 형성해야 하는 언론의 존재이유가 사라지기 때문이다.

보도매체가 어린아이들이 먹는 과자류에 인체유해물질이 들어 있을 수 있다는 정보들을 전달하고 그에 대한 평가를 한 후, 해당 업체의 매출이 줄어들었다고 해서 그런 행위를 위계 또는 위력으로 업무를 방해한 것으로 보아 형법상의 업무방해죄(제314조)로 처벌할 수 있는가? 만약 그렇게 된다면 언론은 백 퍼센트 진실한 사실이 아닌 이상, 업체의 이익에 반하는 보도는 일절 해서는 안 된다는 어처구니없는 논리가 성립할 것이다.

나아가 해당 프로그램의 작가가 사적으로 주고받은, 범죄혐의와 직접 관련이 없는 이메일의 내용을 범죄의 증거라고 주장하면서 공표할 수 있는가? 검찰의 이러한 행위는 헌법상의 개인정보 자기결정권을 침해한 것이고, 통신비밀보호법 제11조가 규정하는 비밀준수의무를 위반한 범죄행위가 아닌가?
하나 더 지적하기로 하자. 명예훼손죄는 피해자의 명시적 의사에 반하여 처벌할 수 없는 범죄, 즉 반의사불벌죄이다. 이 정도의 범죄혐의로 방송사에 대한 압수·수색을 기도한 검찰의 의도는 무엇이라고 추단해야 하는가?

우리나라에서 기소독점주의의 폐해는 이루 말할 수 없이 크다. 아무리 악질적이고 파렴치한 범죄라 하더라도 검찰이 봐주면 그만이다(전두환·노태우 등에 의한 12·12와 5·18군사반란과 내란의 혐의에 대하여 검찰은 "성공한 쿠데타는 처벌할 수 없다"는 전대미문의 궤변을 농하였다.). 그러나 여덟 명의 숭고한 목숨을 앗아간 인혁당 사건처럼, 비록 죄가 없다 하더라도 검찰이 작심하면 엄청난 참극도 대수롭지 않게 자행될 수 있다.

16. 피의사실 공표의 한계는 어디까지인가

- 2009년 7월, 웹진 시민과 변호사

검찰권 행사는 헌법원칙과 기본권을 침해 말아야

검사가 행사하는 검찰권은 법원의 재판권과 함께 국가형벌권의 본질적 내용을 이루는 것으로서, 거기에는 당연히 국가권력의 행사가 지켜야 하는 원칙들이 적용된다. 헌법상의 원칙으로 죄형법정주의, 미란다원칙, 무죄추정의 원칙, 과잉금지의 원칙 등이 검찰권의 행사에 적용된다. 이 가운데 미란다원칙과 무죄추정의 원칙은 동시에 권리로서의 성격도 갖는다(예: 무죄추정권). 검찰권은 형사피의자·피고인의 기본권들이 침해되지 않도록 해야 한다. 그러한 권리들로는 신체의 자유, 인간으로서의 존엄과 가치(일반적 인격권), 사생활의 비밀과 자유(특히 개인정보자기결정권) 등이 있다.

검찰권이 헌법원칙과 기본권을 침해하지 못하도록, 또는 침해한 경우 그것을 교정하기 위해서 두는 실정법상의 규정들이 있다. 형법은 검사가 형사피의자·피고인의 신체의 자유, 사생활의 비밀과 자유 등의 기본권을 침해했을 때 불법체포·감금죄(제124조), 피의사실공표죄(제126조) 등으로 검사를 처벌하도록 규정하고 있다. 검사의 불법행위에 대한 법적 책임은 여기에서 끝나지 않는다. 국가배상법에 따라 국가배상책임을 청구당하게 되고(법 제2조), 헌법상 탄핵사유가 된다(제65조 제1항, 검찰청법 제37조).

이 가운데 특히 피의사실 공표의 문제에 대하여 보기로 한다. 형법 제126조는 "검찰, 경찰 기타 범죄수사에 관한 직무를 행하는 자 또는 이를 감독하거나 보조하는 자가 그 직무를 행함에 당하여 지득한 피의사실을 공판청구 전에 공표한 때에는 3년 이하의 징역 또는 5년 이하의 자격정지에 처한다"라고 규정하고 있다.

피의사실공표죄에서 말하는 피의사실이란 경찰, 검찰 등 수사기관이 수사과정에서 알게 된 범죄혐의에 관한 일체의 사실을 말한다. 피의사실은 아직 유죄의 사실이 아니다. 검찰이 그러한 피의사실을 증명할 만한 증거를 가지고 있고, 법원의 재판을 통한 유죄의 선고가 필요하다고 판단하면 법원에 그 유죄판결을 구하는 처분, 즉 기소를 한다. 공소가 제기되면 검사는 소송당사자로서 형사피고인과 범죄사실 및 증거에 관한 공격과 방어를 하고, 검사가 피고인의 범죄사실에 대하여 합리적 의심이 없는 정도의 증명을 했다고 법원이 판단할 때 비로소 법원은 유죄의 판결을 선고하게 된다.

여기에서 우리는 형법상의 피의사실공표죄가 무엇을 보호하기 위한 것인가, 즉 그 보호법익은 무엇인가를 살펴보아야 한다. 형법의 보호법익을 국가적 법익, 사회적 법익, 개인적 법익으로 구분할 때, 피의사실공표죄는 국가적 법익을 보호하는 범죄로 분류되어 있다. 검찰권의 억제, 즉 검찰권의 공정한 행사를 통해서 확보하고자 하는 법익은 무엇일까? 가장 중요하고도 직접적인 것은 법치국가원칙이다. 법치국가원칙은 국가작용의 합법성뿐만 아니라 그 정당성까지도 요구하는 원칙이다. 검찰권의 행사가 정당성을 확보하기 위해서는 헌법의 원칙들을 준수하고, 헌법이 보장하는 기본권들(인권들)을 침해하지 않아야 한다. 검찰권의 행사가 정당성을 확보할 때 비로소 국가형벌권 행사의 정당성의 1단계 요청이 충족되는 것이다.

피의사실공표죄는 국가작용으로서의 검찰권 행사의 정당성만을 확보하기 위한 것은 아니다. 그것은 헌법적 보호법익, 특히 기본권적 가치를 보호하기 위한 것이다. 검찰이 아직은 무죄의 추정을 받고 있는 사람에 대해서 유죄의 확신을 갖고 있다는 이유로 피의사실을 공표할 수 있도록 하면, 그것은 헌법 제27조 제4항이 규정하고 있는 형사피의자·피고인의 무죄추정권을 무력화시키는 것이고, 일반적 인격권, 사생활의 비밀과 자유 등을 침해하게 되기 때문에, 입법자는 헌법제정권력자의 기본권적 가치결단의 효력을 담보하는 입법을 하고 있는 것, 즉 피의사실공표죄를 규정하고 있는 것이다.

여기에서 검찰은 어떠한 경우에도 피의사실을 공표할 수 없는가,라는 문제가 제기된다. 예를 들어 대통령 등 유명정치인의 독직사건, 세상을 경악시킬 만한 범죄사건(예: 연쇄살인범)의 경우에도 피의사실을 공표하면 안 되는가,라는 것이다. 여기에서 발생하는 것이 국민의 알권리와 헌법원칙, 형사피의자·피고인의 기본권 사이의 충돌이다. 이러한 권리와 원칙들이 상하의 관계에 서 있다면 상위의 가치가 하위의 가치에 우선하는 것은 당연하다. 그러나 양자를 상·하위의 관계로 자리매김하기는 어렵다. 그래서 나오는 것이 규범조화적 해석이다. 충돌하는 가치들 모두가 가능한 한 최적의 만족을 이루도록 정서(整序)하는 것이다.

여기에서 헌법제정권력자가 어떤 결단을 내리고 있는가를 파악하는 좋은 단서가 바로 피의사실공표죄이다. 이는 검찰이 피의사실을 공표하면 형사처벌하겠다는 입법자의 의지의 표현이라고 읽을 수 있다. 그렇다면 국민의 알권리는 검찰권의 공정한 행사를 위한 헌법원칙, 형사피의자·피고인의 기본권을 침해하지 않는 범위 내에서, 국민의 알권리를 충족시키기 위한 최소한의 것이어야 한다. 여기에서 간과해서는 안 되는 것이 검찰의 수사단계에서 파악하고 있는 범죄혐의를 둘러싼 법리논쟁 또는 증거논쟁이 첨예하게 대립하는 형사사건의 경우 국민의 알권리의 충족을 후퇴시키는 한이 있더라도 피의사실공표죄를 엄중히 적용하여야 한다는 것이다. 또한 국민의 알권리를 충족시킨다는 목적으로 공표한 피의사실에 실질적으로는 피의사실과 직접 관련이 없는 사실이 들어 있는 경우에도 피의사실공표죄의 죄책을 반드시 물어야 한다.

이제 피의사실공표죄에 관한 검찰의 관행으로 들어가보기로 한다. 이명박 정권 들어 국민의 이목을 집중시킨 피의사실들에 관한 검찰의 공표가 과연 피의사실 공표의 한계를 지키고 있는지에 관한 논란이 거세게 일어났다. 미네르바 박대성의 허위사실유포죄 사건, 노무현 전 대통령의 뇌물수수사건, MBC 〈피디수첩〉의 명예훼손죄와 업무방해죄 사건 등이 대표적이다.

미네르바 박대성의 경우 검찰이 언론에 공표한 사실 중에는 그의 학력도 들어 있었고, 극우보수신문들은 그 정도의 학벌을 가진 사람에게 우리 사회가 휘둘렸나,라는 논조의 칼럼과 사설을 올렸다.

노무현 전 대통령 뇌물수수사건의 경우 대검찰청은 수사기획관을 통해 거의 매일 언론 브리핑을 했다. 국가의 기본적인 골격을 갖추고 있는 나라에서 하나의 사건에 검찰권이 이 정도로 에너지를 쏟았던 사례가 있었던가! 검찰은 심지어 노무현 전 대통령이 박연차 태광실업 회장으로부터 거액의 손목시계를 생일선물로 받았다는 사실까지 흘렸다. 이 부분에 대한 비난이 거세지자 검찰은 그 책임을 언론으로 돌렸다. 검찰이 알아낸 사실을 검찰 스스로 유출하거나 공표하지 않았다면 도대체 누가 그러한 사실을 알아냈다는 것인가? 사생활을 들추어내어 노무현 전 대통령의 인격에 흠집을 내고자 하는 의도가 짙게 깔려 있다는 느낌을 지울 수 없었다.

MBC 〈피디수첩〉 사건의 경우 검찰은 피디와 작가 등 제작진 5명을 기소하면서 작가의 사적인 이메일을 공개했다. 이러한 행위는 통신비밀보호법 제11조가 규정하는 비밀준수의무 위반죄에 해당한다(그에 앞서 이러한 이메일을 압수·수색하도록 허가한 법원의 결정도 죄형법정주의 원칙에 위반될 소지가 매우 높다).

위 세 가지 사건 모두 범죄사실 여부와 증명 여부에 관한 의견이 매우 치열하게 대립하고 있었다. 가능한 한 피의사실 공표를 하지 말았어야 하고, 하더라도 범죄사실과 직접 관련이 있는 사실만, 그것도 최소한의 범위에서, 최소한의 횟수로 공표했어야 한다. 그러나 검찰은 무차별적 공표를 지속했다. 노무현 전 대통령 사건의 경우에는 흡사 밤 9시 뉴스를 진행하는 양상을 띠었다. 검찰의 절제되지 않은 행위, 법질서의 틀에서 일탈한 행위는 형사피의자 신분이 된 노무현 전 대통령에게 상당한 정신적 고통을 주었을 것이다.

MBC 〈피디수첩〉 사건을 보라. 명예훼손죄는 개인적 법익을 보호하는 죄로서 반의사불벌죄이다. 방송사가 정부정책, 특히 국민의 건강권, 먹을거리 문제와 관련된 국가정책의 올바름 여부를 판단하기 위해서 일정한 사실들을 전달하고, 그에 대한 평가를 하는 경우, 거기에 일부라도 진실이 아닌 내용이 들어있으면 그러한 보도는 정책주무관청의 장관 또는 담당 고위공무원의 명예를 훼손한다는 법리가 성립할 수 있는가? 이 사건의 경우 검찰은 검찰권 행사가 갖추어야 하는 합법성과 정당성의 요건을 결여하고 있다는 비판을 면할 수 없다. 더구나 반의사불벌죄인 명예훼손죄가 포함되어 있는 이런 정도의 범죄 혐의(필자는 전혀 죄가 되지 않는다고 생각하지만)에 대하여 세상이 떠들썩하게 방송국 압수·수색을 시도할 법적 필요성이 존재했는가?

헌법과 형사법의 한계를 넘어서는 검찰의 피의사실 공표행위는 이제 마침표를 찍어야 한다. 이를 위해서는 검찰피해자들의 적극적인 권리투쟁, 법리투쟁, 법정투쟁이 필요하다.

17. 누가 국가의 명예를 훼손했나

- 2009년 9월 22일, 경향신문

유신시대에 유신헌법을 정점으로 하는 희대의 악법들이 있었다. 그 가운데 대표적인 것이 긴급조치, 반국가행위자의 처벌 등에 관한 특별조치법, 국가모독죄, 국가기관모독죄 등이었다.

법과 원칙 내세워 국민에 재갈

반국가행위자 처벌 특조법은 미국에서 망명생활을 하면서 박정희 대통령을 공격하다가 1975년 파리에서 실종된 전 중앙정보부장 김형욱을 응징하기 위하여 77년 박정희 정권이 만든 법이었다. 이 법은 궐석재판을 허용했고, 이에 근거하여 서울형사지방법원은 이미 이 세상 사람이 아니었던 김형욱에게 징역 7년, 자격정지 7년에 전 재산 몰수형을 선고했다.

국가모독죄와 국가기관모독죄는 75년에 형법 제104조의 2로 신설되었다. 이 죄는 박정희 독재체제에 대한 일체의 반대와 비판을 금지하기 위한 법이었다. 국가기관모독죄에서의 국가기관은 바로 대통령 박정희를 가리킨다.

이 시점에서 우리가 특별히 다시 주목해야 하는 것은 국가모독죄와 국가기관모독죄이다. 이 두 개의 죄는 국가와 국가기관에도 명예가 있다는 것을 실정형법으로 인정해버린 것이다. 그러나 형법이론상 국가나 국가기관에는 형법적으로 보호받아야 할 명예가 없다. 왜냐하면 명예훼손죄의 보호법익으로서의 명예는 인간(자연인)의 인격에 대한 사회적 평가를 의미하기 때문이다. 현 정권은 박원순 변호사의 '국가정보원을 통해 시민단체를 옥죈다'는 주장이 국가와 국가정보원의 명예를 훼손했다는 이유를 들어 손해배상청구소송을 제기했다. 명예훼손죄로 형사고소를 하지 않은 것을 보면 아마 이 부분에 대해서는 승산이 없다고 본 듯하다.

타인의 명예를 훼손하면 민법상으로는 손해배상책임이 발생한다. 그런데 여기에서 쟁점은 형법적으로는 보호받지 못하는 국가나 국가기관의 명예가 민법적으로는 보호받는가이다. 그러나 개인이 국가나 국가기관의 명예를 훼손하면 그 손해를 배상해야 한다는 민법이론은 거의 찾아볼 수 없고, 판례 또한 없다.

형법적 또는 민법적 의미의 명예훼손은 구체적 사실을 들어 타인의 명예를 훼손하는 것이다. 그런데 국가에도 명예가 있다고 전제하고, 진실한 사실이건 허위의 사실이건 국가의 명예를 훼손하는 행위에 대해 형사처벌을 하거나 손해배상책임을 지운다면, 국가는 어떠한 비판도 허용하지 않는 절대적 성역으로 군림하게 된다. 이러한 법이론은 절대주의국가에서는 통할지언정, 민주주의국가에서는 허용되지 않는다.

정권의 반민주 성향 드러낸 것

법적 평가가 이러함에도 정권이 박원순 변호사를 상대로 무리수를 두는 속내는 무엇인가? 그것은 정권에 대해 비판을 하지 말라는 대국민 경고라고 볼 수 있다. 민주주의가 발전해가느냐 죽어가느냐는 국민의 눈과 귀와 입이 열려 있느냐 닫혀 있느냐로 가늠할 수 있다. 정권에 대한 비판에 대해서는 근거를 들어 반비판을 하면 되고, 그에 대한 최종적 판단은 주권자인 국민에게 맡기는 것이 민주주의의 정도이다.

이명박 정권은 미네르바 사건, 촛불집회 사건 등을 통해서 정권에 대한 비판을 억제했고 법과 원칙을 빙자해서 그러한 비판에 재갈을 물리려는 시도를 해왔다. 그러한 행위 자체가 정권의 반민주주의적 성향을 드러내는 것이다. 만약 법적으로 보호받아야 할 국가의 명예가 있다고 우긴다면, 그것을 훼손한 것은 박원순 변호사가 아니라 현 정권이 아닌지 성찰해보기 바란다.

18. 헌법과 집시법 위에 존재하는 '경찰의 뜻'

– 2009년 7월 25일, 민중의 소리

대부분의 국가의 헌법과 마찬가지로 우리나라의 헌법도 제21조에서 집회의
자유를 규정하고 있다. 집회의 자유는 다수의 사람들이 일정한 장소에 모여
서 상호 의사를 교환하고 정보를 주고받으며 공동의 의사를 표현하는 권리이
다. 인간은 얼마든지 혼자서도 자신의 의사를 표현할 수 있지만, 타인과 공동
으로 의사를 형성하고 표현할 때는 그 호소력과 영향력이 더 커진다. 특히 공
공의 문제에 관한 의사표현은 타인과의 접촉을 통해서 이루어지는 경우가 많
다. 이 때문에 집회의 자유를 가리켜 의사소통 기본권이라고 부르기도 한다.

집시법의 독소조항과 경찰권에 의한 악용

집회의 자유는 다수의 사람들이 만나서 공동의 의사를 표현하는 권리이기
때문에, 공공의 안전 및 질서와의 충돌 가능성이 예견되어 있다. 그럼에도 불
구하고 헌법이 집회의 자유를 기본권으로 보장하는 것은 그러한 집회의 자
유를 통해서 국가권력에 의한 기본권 침해가 억제되기도 하고 공동체에 최적
의 이익을 가져오는 국가권력의 행사가 가능해지기 때문이다. 집회의 자유가
가지는 헌법적 비중 때문에 학설과 판례는 집회의 자유를 가리켜 민주주의의
존립의 기초, 민주주의의 구성적 요소, 특수한 형태의 의사표현의 자유라고
말한다.

집회의 자유에는 세 개의 주체가 등장한다. 집회의 주최자 또는 참여자, 경
찰권, 공공이다. 이 세 주체는 헌법이 보장하는 집회의 자유가 실효적으로 행

사되면서도 공공의 안전과 질서에 미치는 손실이 최소화되도록 협력할 책무가 있다. 예를 들어 시위의 경우 불가피하게 행진이 수반되고 행진은 일정 정도 도로의 점유를 필요로 한다. 이 경우 도로를 이용하는 공공에게는 일정한 불편이 초래된다.

그러나 그러한 불편이 곧바로 집회의 자유에 대한 제한을 정당화하는 것은 아니다. 합리적인 관점에서 볼 때 그러한 불편이 용인될 수 있는 정도를 넘어설 때 비로소 집회의 자유에 대한 제한이, 그것도 최소한의 범위에서 가능해지는 것이다. 경찰권의 행사는 집회를 제한하는 것에 우선을 두어야 하는 것이 아니라, 집회가 잘 이루어지도록 협력하는 것에 우선을 두어야 한다. 집회의 주최자 또는 참여자는 집회의 일시, 장소, 목적 등을 경찰관서에 사전신고하고, 이로써 경찰권이 집회에 협력하는 데 필요한 것과 공공의 안전과 질서에 미치는 손실의 최소화를 위해서 필요한 것을 미리 준비할 수 있도록 해주는 것이다(물론 헌법이론상 우발적 집회의 경우에는 사전신고의무가 존재할 수 없고, 긴급집회의 경우에는 사전신고기간이 사안에 따라 축소된다).

헌법 제21조 제1항은 집회의 자유를 보장하고 있고, 제2항은 집회의 허가제를 금지하고 있다. 집회의 자유와 집회의 허가제가 양립할 수 없는 것은 지극히 당연한 것이지만, 집회의 자유에 대한 국가권력의 침해 가능성의 차단을 확고하게 하기 위해서 헌법은 허가제 금지를 명문화하고 있는 것이다. 여기에서 집회의 자유에 대한 헌법의 기본태도가 드러난다. 집회의 자유는 보장이 원칙이고 제한은 예외라는 것이다. 헌법의 유보를 받아 제정된 집시법은 집회의 자유에 대한 헌법의 지침을 그대로 이어받아야 한다. 헌법의 지침에서 벗어나면 그것은 위헌적인 조항이 되고, 헌법을 침해하는 정도가 지나치면 집시법 전체가 헌법파괴적 법률 또는 헌법초월적 법률이라는 낙인이 찍히게 되는 것이다.

현행 집시법은 집회의 자유는 보장이 원칙이고 제한은 예외라는 헌법의 태도를 존중하고 있는가? 경찰권은 집회의 자유에 관한 헌법과 집시법을 준수하고 있는가? 대표적인 조항 몇 개만을 간추려서 검토해보기로 한다.

집시법 제2조 제1호에 따르면 옥외집회는 "천장이 없거나 사방이 폐쇄되지 아니한 장소에서 여는 집회"이다. 하나의 집회가 옥외집회냐 아니면 옥내집회냐라는 성격구분은 집시법을 적용하는 데 매우 중요하다. 집시법의 신고조항, 야간옥외집회금지조항 등 거의 대부분의 조항들이 옥외집회에만 적용되기 때문이다. 이 법조항에 따르면 지붕이 없는 공설운동장에서의 집회(우리나라에는 아직 지붕이 있는 공설운동장이 없음을 염두에 두라), 학교 강의실이나 강당이 아닌 운동장 기타 캠퍼스에서의 집회 등은 모두 옥외집회이고, 따라서 집시법의 적용을 받는다. 사방이 폐쇄되어 있더라도 지붕이 있고 없고의 차이는 이렇게 크다.

그러나 옥외집회의 범위를 이렇게 넓게 획정하는 것은 집회의 자유에 대한 규제의 범위를 넓게 잡겠다는 것으로 결코 기본권합치적인 입법태도가 아니다. 옥외집회의 개념을 규정하는 이 조항은 매우 중요하다. 왜냐하면 바로 이 조항을 통해서 우리는 집시법 전체의 태도를 읽어낼 수 있기 때문이다. 집시법은 집회의 폭넓은 보장보다는 제한 모색 쪽으로 방향을 잡고 있다. 참고로 독일의 집시법에 따르면 (지붕이 없더라도) 사방이 폐쇄되어 있는 곳에서의 집회는 옥내집회이고 나머지 집회는 옥외집회이다.

신영철 대법관이 서울중앙지방법원장이던 시절 자행했던 재판개입과 관련해서 문제가 되었던 조항인 제10조의 야간옥외집회시위 금지조항을 보자. 제10조는 "누구든지 해가 뜨기 전이나 해가 진 후에는 옥외집회 또는 시위를 하여서는 아니 된다. 다만, 집회의 성격상 부득이하여 주최자가 질서유지인을 두고 미리 신고한 경우에는 관할경찰관서장은 질서유지를 위한 조건을 붙여 해가 뜨기 전이나 해가 진 후에도 옥외집회를 허용할 수 있다"라고 규정하고 있다. 야간에는 다수인이 모이는 집회가 공공의 안전과 질서에 미치는 영향이 더 클 것이라는 데서 나오는 제한이라고 볼 수 있다.

그러나 단순히 야간에 개최된다는 이유만으로 원칙적으로 모든 야간옥외집회를 금지하는 것은 문제가 있다. 그렇게 되면 주간에 근로활동을 하는 사람들 거의 대부분이 집회에 참여할 수 없게 될 것이기 때문이다. 야간옥외집회금지 조항은 원칙과 예외를 전도시킨 것으로서, 헌법의 기본태도에 정면으로 배치되는 조항이다.

집시법 제12조 제1항은 대통령령으로 정하는 주요 도시의 주요 도로에서의 집회 또는 시위에 대하여 교통소통을 위하여 필요하다고 인정하면 이를 금지하거나 교통질서의 유지를 위한 조건을 붙여 제한할 수 있다고 규정하고 있다. 이 조항에 근거하여 집시법시행령 제12조 별표 1은 전국에 걸쳐 상당히 많은 수의 도로를 집회금지구역으로 설정할 수 있도록 하고 있다. 집시법이 "주요 도시"라는 막연한 표현으로 시행령에 위임했고, 시행령은 상당히 광범위한 지역에서의 집회를 원천적으로 금지할 수 있도록 한 것이다. 실제로도 경찰은 시행령이 규정하는 지역에서의 집회를 아예 금지하는 쪽으로 악용하고 있다.

무엇보다 중요한 것은 헌법이 보장하는 집회의 자유를 집시법이 자의적으로 축소시킨 것에서 그치는 것이 아니라, 경찰권이 집시법을 왜곡한다는 것이다. 그 대표적인 것이 집시법 제6조의 사전신고 조항이다. 옥외집회·시위에 대해 사전에 신고하도록 하는 입법취지가 있다. 그것은 경찰관서로 하여금 누가 언제 어디에서 어떤 방법으로 어떠한 목적으로 집회를 하는지를 사전에 알게 함으로써 그 집회가 실효적으로 진행될 수 있도록 협력하게 한다는 것이다. 이와 함께 경찰관서가 집회의 주최자에게 필요한 협력을 요청함으로써 집회의 자유가 공공의 안전과 질서에 미치는 손실을 최소화하도록 한다는 것이다.

　여기에서 경찰권이 넘어서면 안 되는 선이 있다. 그것은 사전신고제를 사전허가제로 변질시켜서는 안 된다는 것이다. 사전허가제는 헌법 제22조 제2항이 엄격하게 금지하고 있다. 경찰권은 집회의 사전신고의무와 함께 신고수리의무가 존재한다는 것을 명심해야 한다. 그럼에도 불구하고 경찰권은 합법적으로 신고된 집회를 불법집회로 단정하고 금지시켜버린다.

　경찰권이 가장 빈번하게 집회를 금지시키는 구실로 내세우는 조항이 집시법 제6조 제1항 제2호이다. 즉, "집단적인 폭행, 협박, 손괴, 방화 등으로 공공의 안녕질서에 직접적인 위협을 끼칠 것이 명백한 집회 또는 시위"라는 이유를 들어 집회를 개최하지 못하도록 하는 것이다. 최근의 예로 노무현 전 대통령 서거 추모를 위해서 서울광장에서 열리던 집회를 경찰이 경찰차벽을 둘러치고 금지시켜버린 것을 들 수 있다. 이는 집회의 신고제를 허가제로 악용한 대표적 사례이다. 집회를 금지시킬 수 있는 요건이 전혀 갖춰져 있지 않음에도 불구하고 집회를 금지시키면, 그러한 행위는 집시법상의 집회방해죄(집시법 제3

조, 제22조)로 처벌받아야 한다. 그러나 우리의 집회현실에서 집회방해죄 조항은 아무런 쓸모도 없는 장식품에 불과하다.

결국 우리나라에서 집회와 관련하여 제기되는 법적 쟁점은 다음과 같이 요약할 수 있다. 집회에 대해서는 경찰권이 말하는 것이 법이다. 집회와 관련하여 어떠한 행위이든지 경찰권의 이름으로 행해지는 것은 정당하다. 따라서 경찰권은 있을지언정 경찰폭력은 있을 수 없다. 집회에서는 경찰의 뜻이 헌법과 집시법의 뜻보다 우선한다.

IV. 민주와 자치 /

1. 도립국악원 위촉직 해촉은 '위헌'

- 2002년 1월 29일, 전북일보

전라북도는 2001년 12월 31일자로 도립국악원 위촉직원 118명 전원을 일괄 해촉시켰다. 국가 또는 지방자치단체가 운영하는 사업소 위촉직원의 일괄해 촉은 사상 유례가 없는 극약처방이다. 이러한 조치에는 상호 간의 대화통로 를 아예 끊어버리고 전라북도가 원하는 바를 일방적으로 밀고 가겠다는 의지 가 담겨 있다.

이 시점에서 우리는 도립국악원 위촉직원들이 법적으로 어떤 존재들이고, 그들에게 어떠한 권리가 부여되어 있으며, 그들에 대한 일괄해촉이 과연 정 당한 것인가를 살펴볼 필요가 있다. 다시 말하자면 도립국악원 위촉직원들은 하루아침에 일방적으로 해고를 당해도 되는, 그런 존재들인가 하는 것이다.

안타깝게도 전라북도의 이번 조처는 현행 법질서와 상당부분 충돌하고 있 다.

우선 도립국악원운영조례(이하 '조례')를 보자. 조례 17조를 보면 "단원의 위촉 기간을 1년으로 하며, 특별한 사정이 없는 한 재위촉할 수 있다"라고 규정하고 있다. 이에 따르면 단원의 조례상의 지위가 계약직공무원이고 그것도 다른 계 약직공무원들과는 달리 신분이 강화된 계약직공무원의 지위를 부여하고 있 다.

근로기준법 제14조에서도 "이 법에서 근로자라 함은 직업의 종류를 불문하 고 사업 또는 사업장에 임금을 목적으로 근로를 제공하는 자를 말한다"라고 규정하고 있고, 노동조합및노동관계조정법 제2조 제1호는 "근로자라 함은 직업의 종류를 불문하고 임금·급료 기타 이에 준하는 수입에 의하여 생활하는 자를 말한다"고 규정하고 있다.

이들 규정에 따를 때 도립국악원 단원은 예술이라는 노동을 사용자인 전라북도에 제공하고 그 대가로 임금·급료 기타 이에 준하는 수입에 의하여 생활하는 자이기 때문에, 노동관계법상으로도 근로자로서의 지위를 갖는다. 이는 전라북도가 일반직 공무원과의 관계에서처럼 일방적으로 명령하고 강제하는 지위만을 갖는 것이 아니라, 노동관계법상 사용자로서의 의무를 부담하고 있다는 것을 뜻한다.

헌법을 보자. 헌법 제33조 제1항은 "근로자는 근로조건의 향상을 위하여 자주적인 단결권·단체교섭권 및 단체행동권을 가진다"고 하여 근로자의 근로3권을 규정하고 있다.

전라북도는 이번 전원해촉의 사유로 '위촉기간 만료'와 '단원들의 오디션 거부'를 들고 있다. 그러나 이들 위촉직원들은 계약직 공무원이라 하더라도 특별한 사정이 없는 한 계속 계약관계를 누릴 수 있는 법적 지위, 즉 기대권을 갖고 있다. 따라서 단원들을 해촉하려면 조례가 규정하는 '특별한 사정'이 존재해야 한다.

조례의 해석상 '특별한 사정'은 전라북도와 개개의 단원이 더 이상 근로관계를 유지할 수 없는 객관적으로 명확한 사유가 존재해야 하고, 그 사유는 내용적으로도 중대해야 한다는 것을 의미한다.

객관적으로 명확한 사유란 그 사유를 건전한 사회통념에 비추어 이해할 수 있는 것이라는 것을 말하고, 내용적으로 중대하다는 것은 단원의 기능이나 직무태도 등에 중대한 문제가 발생했다는 것을 말한다.

전라북도가 주장하는 일괄해촉의 '특별한 사유'는 단원들의 '오디션 거부'다. 그러나 이것만으로는 '특별한 사유'가 될 수 없다. 해촉직원들 중에는 오디션과는 전혀 관계가 없는 분야의 위촉직도 포함되어 있기 때문이다. 특히 실체적 진실관계에 들어가면 도가 내세우는 '특별한 사유'는 오히려 징계해고의 부당성을 더욱 강화시키는 원인이 된다.

전라북도는 단체교섭을 하려 해도 단원들이 전원해촉되었기 때문에 단체교섭의 상대가 없다고 주장하고 있다. 이 또한 단원들의 법적 지위를 전적으로 무시한 위헌적이고 위법적인 발상이다.

대법원 판례는 오래전부터 해고의 효력을 다투고 있는 근로자도 여전히 근로자라는 것을 명확히 밝혀두고 있다. 따라서 전라북도는 단체교섭의 상대가 엄연히 존재하고 있다는 사실을 직시해야 한다. 그럼에도 불구하고 단체교섭을 외면한다면, 그것은 부당노동행위에 해당한다.

도립국악원 위촉직원에 대한 전원해촉을 정당화시킬 수 있는 법적인 근거는 어디에도 존재하지 않는다. 전라북도의 이러한 행위를 법적으로 평가하면 위헌·위법적인 것이고, 사회적으로 평가하면 문화말살처분이자 예술인에 대한 대량학살행위이다.

2. 민주당 도지사후보 경선에 부쳐

- 2002년 3월 29일, 전북일보

선거는 민주주의 공동체에서 살아가는 사람들이 정치적 의사를 가장 역동적으로 표출해낼 수 있는 틀이다. 국민들의 정치의식이 놀랍도록 높아져 이제는 정치인들이 과거의 안이한 사고에 머무를 수 없는 상황이 펼쳐지고 있다.

민주당이 대통령 후보를 정하기 위해 국민경선이라는 사상 초유의 정치실험을 시작했다. 그 배경이 무엇이든 이 실험은 모든 공직선거에서 불문율처럼 여겨져왔던 밀실공천, 하향식 공천을 거부하는 분위기를 확산시키는 촉매제가 되고 있다.

정당의 공직선거후보자 공천절차가 민주적이어야 한다는 것은 이미 헌법이 명령하고 있고(제8조 제2항), 정당법이 이를 확인하고 있다(제31조). 그런 점에서 그동안 우리나라 정당들이 행한 공직선거후보자 공천은 거의 모두 헌법과 정당법을 위반한 것이다.

이에 새로운 정치분위기에 맞춰 민주당 전북도지사 후보의 상향식 공천이 시도되고 있다는 것은 매우 바람직한 일이다. 그럼에도 불구하고 민주당 전북도지부는 도지사 후보 경선에서 투표권을 행사할 수 있는 대의원 수의 배정을 둘러싼 다툼을 명쾌하게 해결하지 못하고 있다.

이 시점에서 우리는 이 문제를 해결할 수 있는 단초가 될 만한 사례들을 찾아보는 것이 중요하다고 생각한다.

1787년은 미국연방헌법이 제정된 해이다. 그 단계에 이르기까지 당시 미국의 정치세력들, 특히 13개 주는 끊임없이 줄다리기를 하였다. 당시 쟁점 중의 하나가 연방의회의 구성방법이었는데, 구체적으로는 연방의원 수를 배정하는 원칙을 어떻게 정하느냐는 것이었다.

많은 인구를 가지고 있는 주는 인구비를, 적은 인구를 가지고 있는 주는 동수배정을 주장했다. 그 결과 타협안으로 나온 것이 양원제였다. 이에 따라 연방상원은 각 주에 똑같이 2명씩 의원수를 배정하고, 연방하원은 각 주의 인구비에 따라 의원 수를 배정하는 것이었다.

각 주의 이익과 정치적 의사를 평등하게 담보할 수 있는 장치를 마련하면서 (상원), 규모가 큰 주의 이익을 확보해주는 장치를 둔 것이다(하원). 그러니까 5:5의 타협기술을 통하여 나타난 것이 미국의 양원제라고 볼 수 있다.

우리나라에서는 국회의원지역선거구 인구편차 문제가 여전히 논쟁거리로 되어 있다. 2001년 10월 25일 헌법재판소는 이에 관한 새로운 판례를 만들어냈다. 헌법재판소는 선택 가능한 방안으로 상하 $33\frac{1}{3}$% 편차를 기준으로 하는 것 또는 상하 50% 편차를 기준으로 하는 것을 고려해볼 수 있다고 하면서, 우리의 경우 현 시점에서 상하 50% 편차를 유지하는 것이 합리적이라고 하였다. 이 경우 3:1의 인구편차가 허용되는 셈이다.

헌법재판소가 이러한 정도의 편차를 허용하는 이유로 든 것은 다음과 같다. 첫째, 선거구획정에서 인구비례원칙에 의한 투표가치의 평등은 헌법적 요청으로서 다른 요소에 비하여 기본적이고 일차적인 기준이라는 것이다.

둘째, 특정 지역의 선거인들이 자의적인 선거구획정으로 인하여 정치과정에 참여할 기회를 잃게 되었거나, 그들이 지지하는 후보가 당선될 가능성을 의도적으로 박탈당하고 있어서는 안 된다는 것이다.

둘째 사유는 일차적으로 인구수가 많은 선거구민의 정치적 이익을 고려한 것이기는 하지만, 이러한 논리는 인구수가 적은 선거구민의 정치적 이익에도 마찬가지로 적용된다는 것의 의심의 여지가 없다.

이러한 사례들에서 우리가 얻을 수 있는 교훈은 무엇인가? 도지사 후보경 선에서 투표권을 행사할 수 있는 대의원 수는 인구비와 지역별 정치적 의사를 동시에 고려하여 배정하는 것이 합리적이라는 것이다. 정치는 이해관계의 대 립과 타협의 기술이다. 그리고 그것은 항상 헌법의 정신을 존중하는 것이어야 한다.

3. 전주에 고등법원이 설치돼야 하는 이유

- 2003년 2월 6일, 전북일보

전주에는 고등법원이 없다. 다른 지역은 대체로 이 문제에 관하여 조용히 지내고 있는데, 유독 전북이 이 문제에 매달린다는 소리도 들어왔다. 그러면 전주에 고등법원을 설치하라고 주장하는 이유는 대체 무엇인가?

전북도민이 고등법원의 재판을 받기 위해서는 광주고등법원에 항소(또는 항고)를 해야 한다. 이로 인해서 입게 되는 손해는 시간, 노력, 비용의 낭비만이 아니다. 재판에 관한 거의 대부분의 증거는 이 지역에 있다.

증인을 설득해서 광주고등법원까지 데리고 다녀야 하는 부담도 고스란히 항소를 제기하는 사람의 몫이다. 만약 1심에서 변론을 맡았던 변호사가 여러 사정으로 항소심 사건을 맡기를 꺼릴 경우, 광주지역 변호사를 선임해야 하는 것은 당연한 일이다.

제1심 변호사가 항소심을 계속 맡아주는 경우와 항소심 변호사를 새로 선임해야 하는 경우의 변호사 선임비용의 차이는 무시할 수 없는 액수일 것이다.

새로 선임된 항소심 변호사는 사건을 처음부터 다시 훑어보아야 하기 때문에, 이 또한 당사자에게는 부담이 된다. 당연히 항소를 포기하는 사례가 높아질 수밖에 없다.

현 시점에서의 통계를 기준으로 하더라도 광주고등법원이 관장하는 항소심 사건 중 제1심법원이 전주지방법원이었던 사건이 차지하는 비율은 35~40% 선이다. 여기에 항소를 포기하는 사건까지 합친다면 그 수치는 훨씬 더 높아질 것이다.

전북도민이 광주고등법원의 재판을 받기 위해서 소비하는 비용은 고스란히 광주의 몫이다. 전북의 경제력이 소송수행을 통하여 끊임없이 타 지역으로 빠져나가고 있는 것이다. 이건 단순히 소송비용의 역외유출의 문제만은 아니다.

전북도민의 생활이 광주·전남지역에 예속되는 결과를 초래한다. 법적 권리구제 하나마저도 타 지역에 의존하지 않고는 해결할 수 없는 낙후지역으로 전락하게 되는 것이다.

대법원이 자주 내세우는 이유가 있다. 전북의 도세에 비추어 볼 때 전주보다 더 시급한 지역이 있다는 것이다. 이것은 못 사는 사람에게는 못 사는 몫만큼만 배정하고, 잘 사는 사람에게는 잘 사는 만큼 더 베풀어주자는 논리와 다를 게 없다. 일종의 부익부빈익빈 지향형 사법정책이다.

70년대 초까지 전주가 전국 7대 도시의 규모를 유지하고 있었고, 전북은 물산이 풍부한 고을로 각광받았었는데, 지금에 와서는 왜 이 모양으로 왜소화되어가고 있는가에 대한 원인분석을 할 줄 알아야 한다.

전북에서 사람들이 타지로 빠져나가는 결정적 이유는 세월이 흐를수록 전북이 살기 불편한 지역으로 변해가고 있기 때문이다. 이 시점에서 중앙정부가 전북을 위해서 할 일은 이 지역이 사람들이 살 만한 공간이 될 수 있는 여건을 만들어주는 것, 전북이 스스로의 힘으로 자기발전을 해나갈 수 있는 토대를 마련해주는 것이다.

전주에 고등법원이 없기 때문에, 전주는 광주의 변방으로 또는 속주로 전락해가고 있다. 이러한 현상은 지방분권과 지역균형발전을 가장 중요한 국가

발전목표로 내건 차기 노무현 정부의 국가경영철학과도 상충된다.

전북이 타 지역과 균형적으로 발전하도록 하는 과제를 새로 출범하는 정부마저 외면해버린다면, 새 정부의 지방분권론과 지역균형발전론은 서울에 집중되었던 힘을 몇 개의 광역시로 분산시킴으로써 국가권력과 국가적 혜택의 지역과점화(寡占化)를 추진하는 작업으로 흐를 것은 불을 보듯 뻔한 일이다.

전주에 고등법원을 설치하는 일은 거시적으로 보아 국가의 지속 가능한 발전의 문제이자, 전북도민의 에너지를 국민통합의 방향으로 끌어모으는 문제이다. 전주고등법원의 설치를 더 이상 미루어서는 안 된다.

4. "지역민 고통 외면 말라"

- 2003년 5월 8일, 전북일보

　지방자치는 지역문제의 처리를 중앙정부의 타율적 결정이 아니라 지역주민의 자율적 결정에 맡긴다는 점에서 민주주의와 결부되고, 국가권력을 중앙정부와 지방정부로 나눈다는 점에서 권력분립과 관련된다.

　지방분권은 지방자치와 어떠한 관계에 있을까? 필자는 지방분권은 지방자치보다 더 포괄적인 의미를 갖고 있으며, 한국적 현실에서 특유한 의미를 띠고 있다고 생각한다. 이러한 기준에서 볼 때, 지방자치는 국가권력을 중앙정부와 지방정부로 나누는 것을 본질적 내용으로 하는 데 반하여, 지방분권은 국가권력뿐만 아니라 국가적 부의 분점과 삶의 질의 균등한 향상도 그 본질적 구성부분으로 하는 개념이다.

　지방분권에 대한 이러한 분석은 헌법조항들을 통해서 그 정당성을 찾을 수 있다. 우리 헌법은 제117조와 제118조에서 지방자치를 선언하고 이를 위한 입법행위를 할 것을 국회에 명령하고 있고, 제123조 제2항에서는 "지역 간의 균형 있는 발전을 위하여 지역경제를 육성할 의무"를 국가권력에 부과하고 있으며, 전문에서는 국가권력에 "국민생활의 균등한 향상"을 기할 것을 명령하고 있다. 이 조항들은 단순히 선언적이거나 장식적인 조항들이 아니라 입법적·제도적 조치들을 마련할 것을 명령하는 조항들이다.

　그러나 건국 이후 수십 년의 현대사를 거쳐오면서, 특히 1961년 5·16군사쿠데타 이후 37년간 지속된 군사정권은 지방분권을 무시하고 중앙집권을 강화시켰다. 그것은 국가권력과 국가적 부에 대한 중앙정부, 서울, 특정 지역의 독

212 **김승환 에세이_눈보라 친 뒤에 소나무 돌아보니**

과점으로 이어졌다. 농촌해체, 지역차별, 지역불균형은 필연적인 것이었고, 그 대표적인 피해지역이 바로 전북이다.

전주에 고등법원을 설치해달라는 전북도민의 요구는 벌써 강산이 두 번 바뀌는 기간 동안 이어져왔다. 도대체 언제까지 전북도민은 고등법원 항소심 재판을 받기 위해서 생업을 뒤로하면서 광주를 드나들어야 하는가라는 울분이 그 속에 들어 있다.

전주고법 설치라는 별로 복잡하지도 않고 예산도 크게 소요되지 않는(전주고법이 아니라 광주고법 전주지부를 설치하는 경우 연간 소요예산은 불과 몇억 원으로 충분하다) 일을 국가권력은 방치하고 있다. 전주에 고등법원을 설치하지 않는 (현 노무현정권을 포함하여) 역대 정권담당자들의 부작위로부터 우리는, 전라북도를 독립적 거점지역이 아니라 특정 지역에 의존하는 종속지역으로 여기는 태도를 간취할 수 있다.

전북도민이 광주고법에서의 항소심 재판청구권을 쉽사리 포기하고, 특정 지역 주민과 비교하여 소송비용을 과도하게 지출하며, 변호인의 조력을 받을 권리를 충분히 누리지 못한다는 것은 객관적 통계자료들이 충분히 증명하고 있는 사실이다. 이에 따라 헌법이 규정하고 있는 재판청구권은 전북도민에게는 평등한 재판청구권이 아니라, 1심재판청구권으로 변질되어 버렸다.

전주에 고등법원이 없기 때문에 전북도민이 겪는 생활상의 불이익과 불편은 이미 수인의 한도를 넘어섰다. 전주고법의 설치는 전북도민의 삶의 질을 적정한 수준으로 끌어올리는 일이고, 헌법이 국가권력에 대하여 명령하고 있는 국민생활의 균등한 향상을 기하는 일이며, 지방자치를 실질적으로 실현하는 일이다. 전주에 고등법원이 설치되면, 그것은 군사독재정권에 의해 퇴화해버린 전북의 자기발현 잠재력을 복원시키면서 지방분권을 착근시키는 하나의 단초로 작동할 것이다.

5. 부안방폐장과 주민투표

- 2003년 11월 24일, 참소리

　민주주의는 국가권력을 국민의 의사를 토대로 행사하는 것이고, 지방자치는 지역의 행정을 주민의 의사를 토대로 해서 처리하는 것이다. 박정희 등 군부가 주도하는 5·16쿠데타 이후 등장한 헌법(제5차 개정헌법)이 그 부칙에서 지방자치의 실시를 조국의 평화통일이 이루어지는 날까지로 미룸으로써 사실상 지방자치를 폐지시킨 이후, 많은 우여곡절을 겪다가 지난 87년에 개정된 현행 헌법이 비로소 지방자치의 실시를 강제하면서 사라졌던 지방자치가 부활하게 되었다. 그 후 지방의회선거가 91년 이후 2002년까지 네 번 실시되었고, 자치단체장 선거는 95년 이후 2002년까지 세 번 실시되었다. 지방선거가 해를 더해가는 것은 단순히 나이테를 늘려가는 산술적 의미에 그치는 것은 아니다. 그것은 지방자치가 그만큼 성숙해져가는 것을 뜻하고, 궁극적으로는 대한민국의 민주주의가 그 뿌리를 깊게 내려간다는 것을 뜻한다.

　부안군 방사성 폐기물 처리장(이하 '방폐장') 문제로 인한 부안주민과 김종규 군수, 정부와의 대립과 갈등은 단순히 시민불복종의 단계를 넘어 민란의 수준으로 확대되고 있다. 이런 와중에 김종규 부안군수는 방폐장 유치와 관련하여 "주민투표는 군 차원에서 이뤄져야 하며 투표시기는 17대 총선 이후인 6월까지 반드시 실시하겠다", "정부는 주민투표에 대한 아무런 결정권이 없다", "부안문제는 부안사람들이 중심이 돼 논의하고 결정할 일이다", "지난 수 개월간 일방적인 반대운동으로 부안군민들은 균형 있는 정보로부터 차단돼 이제는 군민들이 충분하게 판단하고 자유롭게 자기의견을 말할 수 있는 시간이 필요하다", "반대 대책위가 기존의 일방적이고 폭압적인 반대운동을 중단해야 하고 더 이상의 폭력시위와 찬성주민들에 대한 압력행위를 즉각 중단하고 정상적인 부안군정과 홍보활동을 보장해야 한다"고 주장했다. 김종규 군수의 이러한 주장들이 어떠한 문제점을 안고 있는지 차례로 짚어보기로 한다.

첫째, 주민투표는 (위도면 차원이나 전국적 차원이 아니라) 부안군 차원에서 이뤄져야 한다는 말은 지당하다. 그러나 투표시기는 17대 총선 이후인 6월까지 반드시 실시하겠다는 주장은 한마디로 지방자치의 정신을 짓밟는 독재적 발상이다. 지방자치의 정신적 토대는 주민의 의사이다. 김종규 군수는 정부에 방폐장 유치신청서를 제출할 때에도 주민의 의사는 전혀 물어보지 않은 채, 심지어 이에 대한 반대결의를 한 부안군의회의 의사도 무시한 채 일방적으로 이를 제출해버렸다. 그 독선적이고 독재적인 행정처리행태가 다시 나타난 것이다.

둘째, 김종규 군수는 지난 수 개월간 일방적인 반대운동으로 부안군민들은 균형 있는 정보로부터 차단돼 있었지만, 이제는 자유롭게 의견을 말할 수 있는 시간이 필요하다고 말한다. 균형 있는 정보제공을 받아야 한다는 것은 백 번 옳은 말이다. 그러나 부안방폐장에 대한 일방적인 정보제공은 오히려 정부(산업자원부)가 주도했다. 심지어 현행법상 도저히 불가능한, 아니 법률을 개정하더라도 즉각 헌법위반의 문제가 제기될 수밖에 없는, 위도주민들에 대한 몇억 원대의 현금보상 문제를 정부는 들고 나왔다. 방폐장에는 아무런 문제가 없다는 일방적 홍보가 지금 이 순간까지도 이어지고 있다. 부안군민대책위의 정보제공은 이러한 정부의 일방적 공격을 방어하는 수준을 벗어나지 못하고 있다.

끝으로, 정부는 주민투표에 대하여 아무런 결정권이 없다는 주장은 대한민국의 법질서를 완전히 무시하는 발상이다. 지방자치는 자방자치단체장이 지역문제를 법질서와 정부의 의사에서 독립하여 처리할 수 있다는 것을 뜻하는 것이 아니다. 특히 방폐장 문제와 관련하여 최종적인 결정권은 정부가 행사하고 있다. 정부는 방폐장을 부안에 설치할 것인지에 관한 최종적인 권한을 갖는 것이고, 부안군수는 주민투표 실시 여부와 실시 시기에 관한 결정권을 갖는다는 논리가 어디에서 나올 수 있는가? 김종규 군수는 자신이 처한 상황의 유·불리에 따라 대한민국의 법질서를 들이대기도 하고, 군수의 권한을 들이대기도 하는 원칙과 방향성 없는 태도를 보이고 있다.

부안방폐장 문제를 주민투표로 해결할 것인지, 주민투표로 처리한다면 언제 어떤 방식으로 할 것인지를 결정하는 데 중요한 것은 주민들의 의사이다. 헌법이 규정하고 법률이 실행하고 있는 지방자치는 바로 이러한 정신을 담고 있다. 부안군 주민들 스스로 자신들과 자손들의 미래에 결정적인 영향을 미치는 문제라고 생각하고 있는 방폐장 문제에 관한 결정권은 부안군민의 손에 맡기는 것이 지방자치의 정신을 충실하게 받드는 것이다. 국무총리는 주민투표를 실시하려고 해도 주민투표법이 제정되어 있지 않기 때문에 지금 당장에는 실시할 수 없다고 말한다. 한마디로 어처구니없는 발언이다. 그렇다면 현행법상 지역의 주요 현안을 주민투표로 처리하는 것을 금지하는 법령이 존재하는가? 주민투표법이 없음에도 불구하고 지역의 주요 현안을 주민투표로 처리하는 것은 풀뿌리 민주주의의 가장 기초적인 구현방식이라는 것을 왜 모르는가!

핵폐기장 유치에 반대하는 부안군민들의 촛불집회를 경찰이 원천봉쇄하는 것은 헌법과 법률이 보장하는 국민의 기본권인 집회와 시위의 자유를 심각하게 침해하는 것이다. 부안군민들은 수협 앞 촛불집회와 행진을 평화적으로 진행해왔으며, 폭력적인 충돌을 유발한 것은 오히려 경찰의 집회 봉쇄와 무대 철거, 행진 불허 등이었다. 따라서 평화롭게 진행된 촛불집회를 폭력시위가 우려된다는 이유로 원천봉쇄하는 것은 본말이 전도된 주장이며, 집회와 시위의 자유에 대한 불법적인 침해이다.

아울러 촛불집회에 대한 경찰의 원천봉쇄에는 전혀 법률적 근거가 없다. 집시법 제5조는 "집단적인 폭행, 협박, 손괴, 방화 등으로 공공의 안녕질서에 직접적인 위험을 가할 것이 명백한 집회 또는 시위"를 금지할 수 있도록 하고 있다. 이 조항은 자의적 적용의 위험성이 매우 높은 조항으로서 폐지되어야 마땅하지만, 설사 이 조항에 따르더라도 촛불집회 원천봉쇄를 정당화할 수는 없다. 왜냐하면 경찰의 원천봉쇄 방침에는 "부안군민은 폭력집단"이라는 왜곡된 인식이 전제되어 있고, 이러한 전제를 바탕으로 한 촛불집회 원천봉쇄는 명백히 법질서 파괴적이어서 결코 정당화될 수 없기 때문이다. 경찰의 이처럼 무리한 법 적용은 부안군민들의 집회와 시위의 자유의 본질적 내용을 침해하고 있는 것으로서 위헌이자 위법한 것임을 엄중히 경고한다.

따라서 부안군민의 촛불집회에 대한 경찰의 원천봉쇄는 국가공권력의 명백한 남용이며, 그로 인하여 발생하는 사태에 대해서는 국가가 반드시 책임을 져야 할 것이다. 경찰은 자의적인 촛불집회 원천봉쇄를 중단하고 부안군민들의 집회와 시위의 자유를 전면 보장할 것을 촉구한다.

6. 부안논쟁은 자율적 주민투표로 종식시키라

- 2004년 1월 7일, 참소리

부안방폐장 논쟁이 해를 넘겼다. 지난 6일에는 대한변호사협회 부안사태 진상조사단(단장 이덕우 변호사)이 조사결과보고서를 공개하였다. 조사단은 공정하고 객관적인 조사결과를 도출해내기 위해 행정자치부, 산업자원부 등 12개 관련기관을 대상으로 서면조사, 방문조사를 거쳤고, 부안주민 피해자 면담조사 등을 벌였다. 보고서가 밝혀낸 문제점은 크게 나누어 두 가지이다. 부안방폐장 선정절차의 법적 문제점과 부안주민에게 가해진 경찰폭력이다.

법률전문가집단이 확인한 부안방폐장 선정의 절차상 하자

부안방폐장 선정절차의 법적 문제점과 관련하여, 조사결과보고서는 '전원개발(電源開發)에관한특례법'이 문제의 근본원인이라는 점을 지적하였다. 즉, 이 법은 방폐장 부지선정을 사업자의 신청에 의하여 주무장관이 결정하도록 함으로써 이해당사자인 지역주민들의 참여를 근본적으로 배제하고 있다는 것이다. 보고서가 밝혀낸 이러한 문제점이 의미하는 것은, '전원개발에관한특례법'은 적어도 방폐장 부지선정에 관한 한 위헌이라는 것이다. 따라서 이 법은 국가로 하여금 지역주민들의 의사는 전혀 고려할 필요 없이 방폐장 부지선정을 결정할 수 있도록 함으로써, 지역주민들의 행복추구권·환경권 등을 침해하고 있고, 그때문에 위헌이라는 판단을 면할 수 없다고 보는 것이 정확하다.

부안주민들에게 자행된 경찰폭력과 관련하여, 보고서는 적법절차에 의하지 않은 시위진압 장비의 사용, 헌법이 보장하는 집회 및 시위의 자유의 침해, 압수수색과정과 불심검문 및 체포수사과정에서의 위헌·위법성을 지적하였다.

또 하나 소름끼치는 일은 그동안 부안주민들이 제기해온 경찰의 음주진압 문제에 대해서도 경찰은 해명을 하지 못하고 있다는 지적을 했다는 점이다. 이는 지난 80년 5월 광주민주화운동 당시 폭력군인들이 광주시민들에게 천인공노할 만행을 저질렀던 상황을 떠올리게 한다는 점에서 섬뜩한 일이 아닐 수 없다. 보고서의 이러한 지적은 바꾸어 말하면 부안주민에 대한 경찰의 음주진압의 개연성이 매우 높다는 것을 가리킨다. 보고서는 경찰력의 위법행위에 대한 진상규명과 책임자 처벌, 알루미늄 방패의 사용금지와 경찰관에 대한 인권교육 등 제도적 장치의 재점검 및 보완을 요구하고 있다.

보고서는 그 밖에도 법적으로 가능하지도 않은 현금보상설 유포, 부안군 공무원의 해외견학, 한국수력원자력의 금전적 지원계획 등이 주민들의 불신을 키워 사태해결을 더욱 어렵게 만들었다는 점을 지적하고 있다.

보고서의 결론을 한마디로 정리한다면, 부안방폐장 선정은 절차적 정당성을 상실했고, 국가권력에 대한 국민의 신뢰보호를 파괴했으며, 부안주민에게 불법적으로 행사된 경찰력은 폭력으로 변질되었고, 국가권력은 총체적으로 부안주민의 인권을 침해했다는 것이다.

이미 '법적으로'는 종식된 것과 다름없는 부안방폐장 문제

우리가 여기에서 다시 한번 상기해보아야 하는 것이 있다. 그건 작년 12월 10일에 있었던 산업자원부 장관의 기자회견 내용이다. 당시 산업자원부 장관은 부안방폐장 선정에는 절차적 문제가 있었다, 방폐장 후보지를 다시 공모하겠다, 부안군이 낸 방폐장 신청은 이를 예비신청으로 받아들이겠다라는 말을 했다. 산업자원부 장관의 기자회견 내용은 정부가 부안방폐장 선정의 법적 문제점을 공식적으로 인정했다는 의미를 갖고 있었다. 대한변호사협회의 보고서는, 부안방폐장 선정의 절차상 하자에 대한 정부의 공식자백을 대한민국의 대표적인 법률전문가집단이 확인했다는 의미를 갖고 있다.

부안방폐장 문제는 정부가 공식적으로 그 절차상의 하자를 인정한 그 순간에, 적어도 법적으로는 종식된 것이나 다름없었다. 왜 그러한가? 국회에서의 법률안 의결이 되었건, 정부에서의 행정처분이 되었건 거기에 절차상 중대하고 명백한 하자가 발생하면 그 자체로 무효가 되기 때문이다. 심지어 국가권력의 행사 중 가장 강한 법적 구속력을 갖는 법원의 확정판결에서조차도 그러한 종류의 하자가 발견되면, 이는 재심사유가 된다. 부안방폐장 문제는 법적으로는 사실 그렇게 소멸해버린 것이다. 그럼에도 불구하고 정부가 부안방폐장 문제에 대한 집착을 버리지 못하고 온갖 술수를 부린다면 그것은 회생가망성 없는 식물인간에 대한 속절없는 미련에 불과하다.

문제의 본질은 부안주민의 진정한 다수의사를 확인하는 것

부안방폐장 문제는 법적으로 이렇게 정리될 수 있고 정리되어야 함에도 불구하고, '핵폐기장 백지화·핵발전 추방 범부안군민 대책위원회'(이하 '대책위')는 주민투표로 이 문제를 결정하자고 나왔고, 정부도 이 제안을 공식적으로 받아들였다. 양측의 이러한 태도는 '법적으로' 끝난 문제를 '정치적으로' 마무리하겠다는 의지의 표현으로 읽힐 수 있었다.

주민투표를 위한 근거법률이 국회에서 제정되었는가, 언제 제정될 것인가, 그 내용은 어떻게 규정될 것인가 등은 문제의 본질과는 전혀 관련이 없다. 문제의 본질은 부안방폐장에 관한 부안주민의 진정한 다수의사가 무엇인지를 확인하는 것이다. 주민투표를 위한 관리기구는 당해 선거관리위원회로 할 수도 있고, 대책위와 정부 및 시민단체의 대표들로 구성할 수도 있다. 주민의 의사는 찬성인가 반대인가를 물으면 된다. 민주적 정당성을 확보한다는 측면에서 투표자 수는 유권자 수의 과반수로 해야 한다는 것은 당연하다. 그 다음에 다수의 표를 얻은 쪽이 주민의 진정한 의사가 되는 것이다.

이렇게 간단한 문제를 놓고 정부는 작년 12월 10일 이후 지금까지 주민투표에 관한 이렇다 할 구체적인 안조차 내놓지 않고 있고, 이 문제를 놓고 대책위와 대화를 나누려는 자세도 보이지 않고 있다. 그러면서 하는 말이, 찬반 양측이 충분한 토론의 기회를 가져야 한다는 것이다. 이 말 속에는 지금까지 방폐장 건설을 반대하는 부안주민들 중 상당수는 방폐장에 관한 그릇된 정보를 가지고 있기 때문에, 또는 거칠게 표현해서 너무 무식하기 때문에, 이 문제를 올바로 판단하지 못하고 있다는 뜻이 들어 있다. 그러나 앞으로 상호 제아무리 노력을 기울인다 해도, 부안방폐장을 찬성하는 주민들에게 반대 측의 견해가 전혀 먹혀들지 않을 것이고, 반대하는 주민들에게도 정부 측의 논리가 전혀 설득력을 가지지 못할 것이라는 데 이의를 달 사람은 거의 없을 것이다.

부안방폐장에 관한 토론은 이미 1년 가까이 진행되어왔다고 해도 지나친 말이 아니다. 더 이상의 토론은 주민들 간의 갈등만을 확대시키고, 그러한 갈등을 치유 불가능한 상처로 남길 뿐이다.

이즈음에 해괴한 일이 발생하고 있는데, 그것은 느닷없이 부안방폐장에 찬성하는 단체가 등장해서 대책위와 대화를 하자고 나왔다는 사실이다. 그러나 이 단체의 구성원들이 분명히 알아둬야 할 것이 있다. 그것은 부안방폐장 문제가 발생한 이후 일관되게 이 문제에 관하여 상호 대립하는 당사자는 정부와 대책위였다는 것이고, 이 사실은 부안주민뿐만 아니라 모든 국민에게 하나의 공지의 사실이 되어 있다는 것이다. 부안방폐장에 찬성하는 단체와 그 구성원들이, 부안이 발전하는 데 방폐장이 필요하다고 그토록 확신한다면 그러한 뜻을 정부에 표현하는 것으로 충분하다. 바로 그 자리가 그들이 서 있어야할 자리이다.

부안주민의 파괴된 삶을 법적·제도적으로 복구해야

노무현 대통령과 정부에게 부탁한다. 이제 부안주민을 그 삶의 현장으로 돌려보내라. 부안주민의 파괴된 삶을 법적으로 제도적으로 복구시키라. 최선의 길은, 정부가 이미 절차상의 하자를 인정했고 대한변호사협회가 그 하자를 확인한 이상, 정부 스스로 깨끗하게 부안과 방폐장 사이의 연결고리를 끊어내는 것이다. 그렇게 물러나기가 억울하고, 나아가 대통령과 정부의 체면이 너무 구겨지는 일이라고 생각한다면 지금 당장에라도 주민투표를 실시하라. 주민투표를 즉각 실시하는 데 법적 사실적 장애물은 아무것도 없다. 유일한 장애물이 있다면 그것은 정부의 치유하기 어려운 도착증(倒錯症)이다.

7. 부안주민투표는 효력이 발생한다

– 2004년 2월 11일, 참소리

부안방폐장에 관한 자율적 주민투표가 임박해 있는 이때, 부안군수와 주민투표를 반대하는 단체의 구성원들이 전주지법 정읍지원에 청구한 주민투표시행금지가처분 신청에 대한 법원의 기각결정이 내려졌다.

이 결정이 어떠한 의미를 가지고 있고, 그 문제점은 무엇인가에 관하여 많은 논란이 일어나고 있다. 부안방폐장 문제가 워낙 심각한 사회·국가적 이슈이고, 그에 따른 국가·지방자치단체와 부안주민들 사이의 갈등의 골도 깊기 때문에, 법원이 어떤 결정을 내리든 관계없이, 그 결정을 어떻게 받아들일 것인가에 관하여 또 다른 다툼이 있을 것이라는 것 정도는 이미 충분히 예견되던 일이었다. 필자는 이 사건 가처분신청에 대한 법원의 기각결정이 가지는 의미와 문제점은 무엇인지 법학적 관점에서 하나하나 정리해보고자 한다.

이 사건 기각결정의 요지

신청인들은 이 사건에서 부안방폐장유치찬반주민투표관리위원회로 하여금 '찬반 주민투표를 실시하거나 제3자에게 이를 권유하는 등 주민투표의 시행을 위한 일체의 직·간접적인 조력행위를 하지 말 것'과 '부안군 유권자들의 성명, 주소, 주민등록번호 등 개인정보를 수집·열람하거나 이를 투표인명부 등에 등재하는 등으로 사용하지 말 것'을 구하는 신청을 하였다.

이러한 신청에 대하여 법원이 기각결정의 이유로 삼은 것은 다음과 같다.

첫째, 이 사건 주민투표 결과는 법적으로 아무런 효력을 가질 수 없는 것이고, 따라서 부안군민들은 아무런 참여의무가 없으며, 부안군민들의 참여를 강제해서도 안 된다는 것이다.

둘째, 이 사건 주민투표는 핵폐기장의 유치에 관한 부안군민들의 의견을 알아보기 위한 여론조사의 성격을 갖는다는 것이다. 즉, 주민투표의 결과는 부안군수와 정부에 대하여 부안군민의 여론을 알리는 역할을 함으로써 정책수립에 참조가 될 수 있고, 여기에 "정치적 의미" 또는 "사실상의 효력"을 부여할 수도 있다는 것이다.

셋째, 이 사건 주민투표와 같은 사적 주민투표를 명문으로 금지하는 규정은 없다는 것이다. 또한 부안군수의 주민투표실시권은 주민투표법이 발효되기 전까지 아직 발생하지 않은 권리일 뿐 아니라 신청인(부안군수)이 주민투표실시권을 가진다고 하여 아무런 법적 효력이 없는 사적 주민투표까지 금지할 수는 없다는 것이다. 그 이유는, 이 사건 주민투표의 결과와 관계없이 2004년 7월 30일 이후에는 주민투표법에 의한 주민투표를 실시하는 데 아무런 법적 장애가 없으므로, 설사 이 사건 주민투표의 결과에 따라 2004년 7월 30일 이후에 실시될 수 있었던 주민투표가 무산되는 결과를 낳는다고 하더라도, 이는 이 사건 주민투표의 정치적 의미 내지 사실상 효력에 따른 것일 뿐 법적인 문제는 아니기 때문이라는 것이다.

넷째, 주민투표에 반대하는 주민들의 개인정보를 이용하여 주민투표 선전물을 발송하고 투표인명부를 작성하여 이를 일반인에게 열람하게 하는 것은 헌법상의 기본권인 "사생활의 비밀"을 침해하기는 하지만, 이는 사생활을 침해당한 개인들의 기본권일 뿐, 부안군수나 방폐장유치찬성단체의 구성원 등 제3자에게 보전받을 권리가 있는 것은 아니라는 것이다.

이 사건 기각결정이 지닌 의미

이 사건에서 법원은 방폐장 유치 찬반에 관한 부안군민의 자율적인 주민투표는 헌법상의 기본권을 행사하는 것도 아니고, 그렇다고 하여 주민투표법상의 주민투표권을 행사하는 것도 아니라고 보았다(이 부분은 헌법재판소 판례를 인용한 것이다). 이 때문에 이 사건 주민투표는 '공적 주민투표'가 아니라 '사적 주민투표'이며, 주민투표의 결과에서 나오는 효력 역시 법적 효력이 아니라 사실적 내지는 정치적 효력에 불과한 것이라고 보았다.

주민투표의 실시를 반대해온 사람들이 그동안 내세워왔던 주장, 즉 이러한 주민투표는 위법이라는 것에 대해서도 명확히 선을 그었다. 이 사건 주민투표(더 나아가서는 모든 사적 주민투표)를 금지하는 명문의 규정이 없기 때문에, 주민투표의 실시를 금지할 수는 없다는 점을 분명히 한 것이다(물론 입법론적으로 볼 때, 이러한 사적 주민투표를 금지하는 규정을 둘 수 있느냐 역시 문제가 되지만, 이 사건 결정에서는 이에 관한 판단까지는 하지 않았다).

이 사건 기각결정의 문제점

이 사건 기각결정은 중요하고 결정적인 쟁점들에 대해서 올바른 판단을 내렸음에도 불구하고, 몇 가지 부분에서 법이론적인 문제점을 드러내고 있다.

첫째, 결정문은 "주민투표 결과는 법적으로 아무런 효력을 가질 수 없는 '무효'라고 말하고 있다. 이는 '법적으로 아무런 효력이 없다'는 것은 곧 '무효'를 의미한다는 이해(理解)를 바탕으로 하고 있는 것으로서, 법용어의 법적 의미에 대해 중대한 오류를 범하고 있다. 간단히 말해서 '법적으로 아무런 효력이 없다'는 것과 '무효'는 그 법적 의미가 전혀 다름에도 불구하고, 이 사건 재판부는 마치 두 개의 용어가 같은 뜻을 가지는 것으로 해석하고 있다는 것이다.

어떤 행위가 법적으로 효력을 갖기 위해서는 그 근거가 되는 명문의 법조항이 존재해야 한다. 그러한 명문의 법조항이 없이 행해진 행위는 법적으로 효력을 가질 수가 없다. 그렇다면 이러한 행위에는 어떠한 효력도 없다는 것인가? 반드시 그런 것은 아니다. 그러한 행위 중에는 이 사건 주민투표처럼 법적으로는 아무런 효력이 없지만, 사실적 정치적으로는 효력 또는 힘을 가지는 행위가 있을 수도 있고, 그러한 효력 또는 힘마저도 가질 수 없는 행위가 있을 수도 있다.

그렇다면 법적인 의미에서 '무효'란 어떤 의미를 갖는가? 이에 관하여는 다음과 같은 예를 들어 설명할 수 있다.

먼저 행정주체가 행하는 '행정행위'는 법이 정하는 요건을 갖추고 있으면, 법이 규정하는 법적 효과를 발생한다. 그러나 그러한 요건을 갖추지 못한 행정행위는 하자(瑕) 있는 행정행위가 된다. 하자 있는 행정행위에는 '무효'인 행정행위와 '취소'할 수 있는 행정행위가 있다. (취소할 수 있는 행정행위는 물론이고) '무효'인 행정행위에 대하여는 그 행위의 상대방인 국민이 행정주체를 상대로 소송(무효확인소송)을 제기할 수 있다.

다음으로 사인(私人) 간의 법률행위는 법이 규정하는 요건들(성립요건과 유효요건)을 갖추고 있으면 법이 정하는 효과를 발생하지만, 그러한 효과를 갖추지 못하면 그것이 '무효'인 법률행위가 되거나 '취소'할 수 있는 법률행위가 된다. 예컨대 10살짜리 어린이가 자신의 명의로 되어 있는 거액의 부동산을 타인에게 매도하는 계약을 체결했을 때, 그러한 법률행위는 미성년자의 법률행위로서 취소할 수 있는 행위이기도 하지만, 그에 앞서서 누가 보아도 의사능력이 없는 자의 행위로서 당연히 무효가 되는데, 그럼에도 불구하고 매수인이 그러한 계약의 이행을 독촉하는 경우 미성년자 또는 그 친권자는 매수인을 상대로 매매계약무효확인청구소송을 제기할 수 있다.

위에서 예로 든 '무효인 행정행위'이든 '무효인 법률행위'이든 모두 실정법이 전제로 되어 있다. 이러한 행위들은 단순히 '법적 효력이 없는' 행위가 되는 것이 아니라, '무효'인 행위가 되는 것이다. 이에 반하여 이 사건 주민투표는 '무효'인 행위가 아니라, '법적으로 효력이 없는' 행위가 되는 것이다.

둘째, 결정문은 "이 사건 주민투표는 여론조사 자체와는 다른 것이므로 헌법상 언론의 자유를 기초로 주민투표권을 직접 도출할 수는 없다"고 말하고 있다.

헌법상의 기본권에 관련지워 볼 때, 법원의 이 부분 이유 전개방식에는 문제가 있다. 이 사건 주민투표를 헌법상의 기본권의 각도에서 본다면, 의사표현의 자유에서 그 근거를 찾아낼 수 있다. 의사표현의 자유는 우리 헌법에 명확한 용어가 있는 것은 아니지만, 언론·출판의 자유 속에 포함되어 있는 권리라고 보는 것이 학계의 통설이다. 문제가 될 수 있는 것은 의사표현의 '형식'이다. 한때 의사표현의 형식과 관련하여 논쟁이 붙기도 했다. 예를 들어 미국에서 베트남전쟁 반대운동이 거세게 일어나던 당시에, 대학생들이 반전운동의 의사표현으로 검정 리본을 달고 다닌 적이 있다. 당시 대학생들의 이러한 행위는 표현의 자유(freedom of expression)로 보호될 수 없다는 의견도 있었지만, 연방대법원은 이러한 의사표현도 상징적 의사표현(symbolic expression)으로서 보장된다는 입장을 취했다.

그 이후 의사표현의 방식에는 원칙적으로 아무런 한계가 없다는 것이 판례의 태도로 굳어졌다. 이 사건 주민투표를 의사표현의 자유의 관점에서 바라본다면, 부안주민은 부안방폐장에 관한 의사표현의 형식으로 주민투표를 선택한 것이라고 볼 수 있다. 따라서 이 사건 주민투표는 적어도 이론적으로는 정당화된다는 것이다.

셋째, 결정문은 이 사건 주민투표와 헌법상의 지방자치에 관한 중요한 관련성을 놓치고 있다. 헌법은 지방자치를 명문으로 규정하고 있다(제117조, 118조). 지방자치는 지역주민의 의사를 충분히 반영하면서 지역행정을 처리해야 한다는 명령을 그 속에 담고 있다. 그러한 헌법상의 명령을 구체화하기 위하여 법률이나 조례를 제정하여 지역주민의 의사를 지역행정에 반영하는 방식과 절차 및 효과를 규정하기도 한다. 법령에 그러한 명문의 규정이 없는 경우에는 지역주민은 자신들의 의사를 표출할 방법과 가능성은 전혀 없는 것인가? 그렇지 않다. 법령이 금지하지 않는 한도 내에서 얼마든지 지역행정에 관한 자신들의 의사를 말할 수 있고, 그렇게 형성된 지역주민의 의사를 지역행정에 충실히 반영하는 것이야말로 지방자치가 도달해야 하는 이상향(理想鄕)이기도 하다.

하나의 비유를 들어 설명해보기로 하자. 국립대학교 총장의 임명권은 예나 지금이나 여전히 대통령이 가지고 있다. 대통령은 국무회의의 심의를 거쳐 국립대학교 총장을 임명한다(헌법 제89조 제16호).

그러나 노태우 씨가 대통령직에 있던 시절, 대학민주화와 대학자치의 바람이 거세게 일면서 각 대학 교수회는 자율적으로 교수들의 투표를 통하여 총장 후보자를 선출하였고, 대통령에게 교수들의 의사를 존중하여 교수들이 결정한 총장 후보자를 총장으로 임명해줄 것을 요구하였다. 당시 이러한 교수들의 요구를 반대하는 구실로 내세워졌던 것은, "교수회는 법정기구가 아니라 임의기구다", "교수회가 그러한 투표를 할 수 있는 실정법적 근거가 없다", "교수들의 그러한 행위는 헌법이 규정하는 대통령의 권한을 침해하는 것이다" 등등이었다.

그러나 교수들은 "헌법에는 대학자치도 규정되어 있기 때문에(제31조 제4항), 대통령은 총장임명권을 행사하되 대학자치의 정신을 존중하여 행사해달라"고 요구하였다. 결국 초기의 우여곡절을 지나서 노태우 씨가 대통령직을 수행하던 당시부터 지금까지 국립대학교 총장은 교수회의 직선을 통해서 결정된 후보자를 대통령이 임명하는 방식을 밟아오고 있다. 그리고 대통령의 그러한 총장임명행위를 위법이라고 주장하는 견해는 더 이상 존재하지 않는다. 지역행정에 관한 지역주민들의 자율적 주민투표도 이러한 시각에서 바라보아야한다. 그것은 비록 법적 구속력을 가지고 있지는 않지만, 사실적 정치적 효과를 넘어서서 '헌법적 의미'를 가지고 있다고 보는 것이 지방자치에 대한 올바른 이해이다.

넷째, 법원의 재판권은 '법률상의 쟁송(법원조직법 제2조 제1항)'을 심판하는 작용이다. 재판부는, 이 사건 주민투표는 법적으로 아무런 효력도 없다고 말하고 있다. 이 말은 곧 이 사건은 '법률상의 쟁송'이 아니라는 것을 뜻한다.

그렇다면 이 사건 가처분신청인들은 법원의 심판의 대상이 되지도 않는 것을 심판해달라고 한 셈이 되는 것이다. 따라서 재판부는 이 사건에 대하여 '기각결정'이 아니라 '각하결정'을 내렸어야 옳다. 또한 재판부는, 이 사건 주민투표가 주민투표에 반대하는 주민들의 사생활의 비밀을 침해한다는 주장에 대하여, 가처분신청을 낸 부안군수나 방폐장유치추진연맹 구성원들에게 개인정보 수집 등의 금지를 구할 어떠한 민사상의 권리도 발생한다고 볼 수 없다고 말했다. 그렇다면 이 부분과 관련해서 신청인들에게는 '당사자적격'이 없는 셈이다. 따라서 이 부분 역시 '기각결정'의 대상이 아니라 '각하결정'을 내렸어야 맞다.

찬반주민투표 방해 행위는 불법

방폐장유치찬반주민투표는 법이 금지하는 행위이거나, 법적 제재의 대상이 되는 행위가 아니다. 그것은 주민투표에 참여하는 주민들의 자기결정에 따라 진행되는 행위이다. 그것은 법질서를 교란하거나 위태롭게 하는 행위가 아니다. 도리어 헌법이 규정하는 의사표현의 자유라는 기본권의 이름으로, 또한 민주주의를 사상적 토대로 하는 지방자치의 실현형식의 하나로 보호받아야 하는 행위이다.

따라서 방폐장유치찬반주민투표를 방해하는 어떠한 행위도 불법행위로서 법적 제재의 대상이 된다. 주민투표법의 제정 여부와 관계없이, 또는 주민투표법의 발효와 관계없이 필요하다면 언제라도 부안방폐장 주민투표를 실시하겠다는 것이 국무총리와 주무장관의 공언(公言)이기도 했다. 주민투표의 결과가 어떻게 나올지는 예측하기 어렵다.

중요한 것은 과연 전체 주민 중 몇 퍼센트가 투표에 참여하고, 투표자 중

몇 퍼센트가 방폐장 유치에 찬성 또는 반대하는가이다. 어느 쪽이 되었건 다수를 얻는 쪽이 그 주장의 정당성을 얻게 될 것이고, 그 다수표의 비율이 높을수록 그 정당성은 강화될 것이다. 주민투표의 결과를 어떻게 받아들이는가는 전적으로 정부의 몫이다. 그러나 주민투표 결과에 대한 정부의 태도는 현 정부의 민주주의 인식수준을 가늠하는 하나의 시금석으로 작용할 것이다.

8. 지방의원 공천제―유급제, '개혁'인가 '개악' 인가

- 2005년 7월 20일, 프레시안

2005년 6월 30일 국회 본회의는 정치개혁특별위원회가 마련한 공직선거법 과 지방자치법 개정안을 통과시켰다. 법률 개정작업의 슬로건은 물론 정치개 혁이었다. 이번 법률개정 작업의 근간이 되는 내용은 기초의원 중선거구제, 기 초의원 비례대표제, 기초의원 정당공천제(이상 공직선거법 개정), 그리고 지방의원 유급제(지방자치법 개정) 등이었다. 하나하나가 우리의 지방정치의 현실과 맞물려 있는 것으로서 그렇게 단순한 것들이 아니다.

"정당공천제, 지방정치인의 가신그룹화 수단"

개정 공직선거법은 자치구·시·군의원 선거에도 비례대표제를 도입하고, 비 례대표 자치구·시·군의원 정수는 자치구·시·군의원 정수의 100분의 10으로 하도록 하고 있다(법 제23조 제3항).

비례대표제는 유권자의 의사가 선거결과에 가능한 한 정확하게 반영되도록 한다는 제도적 의의를 갖고 있다. 또한 비례대표제는 전국적 인물 또는 광역 인물을 확실하게 당선시키는 제도로도 활용된다. 단, 비례대표제는 후보자에 대한 정당공천제를 전제로 한다. 그래야 선거에서 각 정당이 얻은 표를 기준 으로 의석을 분배할 수 있기 때문이다.

선거에서 정당공천제가 갖는 장점이 있다. 그것은 인간이 갈수록 개체화· 원자화되어가는 상황 속에서 정당공천을 통해 유권자는 후보자를 변별하는 중요한 기준을 얻게 된다는 것이다. 특히 자신이 선호하는 정당이 낸 후보자인 경우 일단 신뢰하는 것이 오늘날 유권자들의 투표심리다. 물론 여기에는 정당이 자신의 이념에 맞는 유능한 후보자를 찾아내기 위해 그 절차를 투명하고 개방적으로 만들어간다는 전제가 성립돼야 한다.

그러한 전제가 성립되지 못하고, 오로지 정략적으로 후보자를 내는 경우에는 정당추천제는 도리어 유권자의 올바른 선택을 혼란스럽게 하는 장치로 둔갑하게 된다. 정당추천제의 올바른 정착에 정치인과 유권자의 높은 정치적 교양이 중요한 이유가 여기에 있다.

지방선거에서, 특히 기초의원선거에서 정당공천제가 필요한지는 또 다른 검토가 필요하다. 정당공천제가 지니는 장점에도 불구하고 현재의 지방의원선거에는 정당공천제가 초래할 병폐가 분명히 있다. 그것은 정당공천제가 지방정치를 중앙정치에 예속시키고, 지방정치인을 지역구 국회의원의 가신그룹으로 전락시킨다는 것이다.

지역구 국회의원의 입장에서는 정당공천제야말로 지방정치인을 자신의 사당(私黨)그룹으로 편입시키는 가장 확실한 수단이다. 우리의 지방자치의 현실에서 지방정치인들은 대부분 정당공천제를 반대하고, 반대로 지역구 국회의원들은 대부분 이를 찬성하는 이유가 확연하게 드러난다. 이렇게 볼 때 기초의원선거에 정당공천제를 도입한 국회의원들의 의도가 유권자들에게 후보자에 대한 변별력을 높여준다는 선의(善意)가 아니라 자신들의 정치적 아성을 더욱 공고하게 만들겠다는 악의(惡意)에 있었다고 보아도 지나침이 없을 것이다.

지역구 국회의원들은 기초의원에 대한 정당공천이 금지되었던 시절에도 소위 '내천(內薦)'이라는 이름으로 은밀하게 소속당원(더 정확하게는 자신의 정치적 추종자)을 기초의원 선거에 내보냈고, 그들을 당선시키기 위한 불법선거운동을 해왔다. 이는 지역구 국회의원들이 지역구 가신그룹의 확장에 얼마나 강한 집념을 가지고 있었던가를 증명하고 있다. 그러한 정치적 야욕을, 그들은 기초의원 정당공천제를 통해 달성하게 된 것이다.

지역구 국회의원들의 이러한 정치적 야욕에는 여당과 야당, 보수성향 국회의원과 진보성향 국회의원 사이에 차이가 있을 리 없다. 그들은 오월동주(吳越同舟)의 정치적 실리를 챙기고 있었던 것이다. 그들의 정치적 야욕은 우습게도 국회 홈페이지, 개정 '국회 통과 새 법률' 코너에 띄워놓은 개정 공직선거법 주요내용에서도 드러난다. 거기에는 개정 공직선거법의 주요내용 34가지가 열거돼 있는데, 정작 지방정치인과 지방유권자들의 정치적 이익에 매우 중요한 기초의원 정당공천제는 빠져 있다. 실수인지 아니면 의도적인 것인지 단정하기 어렵지만, 실수라고 보기에는 그 내용이 너무 중요하다는 점에서 쉽게 이해가 되지 않는다.

유명무실한 여성후보 할당제

국회의원들은 기초의원 정당공천제의 구실을 비례대표제로 둘러댈 수도 있다. 비례대표제를 하기 위해서는 정당공천제를 할 수밖에 없다고. 그들에게는 다시 기초의원 비례대표제의 명분이 필요했다.

국회의원들이 가장 그럴싸하게 내세울 수 있는 명분은 여성후보자 할당제였다. 그래서 그들은 공직선거법 제47조에서 비례대표 자치구·시·군의원선거에서 100분의 50 이상을 여성으로 추천하되, 후보자명부의 순위에 따라 홀수 순위마다 여성 1인이 포함되도록 한다고 규정한 것이다. 자신들의 숨은 정치적 의도를 법률조항으로 미화시켜놓은 것이다. 그들의 그러한 의도가 얼마나 치졸한 것인지는 "위반 시 등록무효 사유로는 보지 아니한다"는 문구에서 읽을 수 있다. 강행규정이 아니라 임의규정으로 만들어놓은 것이다.

이에 따라 정당 또는 지역구 국회의원들은 기초의원 비례대표 후보자 추천에서 자신들의 정치적 계산에 따라 여성후보자를 낼 수도 있고 내지 않을 수도 있다. 공직선거법의 임의조항대로 기초의원 비례대표에 여성후보자를 내는 정당 또는 지역구 국회의원들은 자신들이야말로 여성 우호적인 정치세력인 것처럼 선전해나갈 것이다. 하지만 중앙정치 무대에서는 자타가 공인하는 개혁 성향의 국회의원들이 지방정치인들에게는 생사여탈권을 가진 절대군주로 군림하는 지방정치의 현실을 아는 사람들이 얼마나 될 것인가.

"지방의원 유급제는 당위, 그러나…"

개정 지방자치법에 따라 도입되는 지방의원 유급제를 바라보는 시각도 다양하다. 유권자들의 입장에서 보자. 그들은 지방의원들에게까지 월급을 줘야 하는가라는 의문을 갖고 있다. 자신들이 볼 때 정말 별 볼 일 없는 사람들이 지방의원이랍시고 활보하고 있기 때문이다. 그러나 유권자들은 지방의원들이 지역의정에서 무슨 일을 하고 있고, 자치단체장에 대한 견제를 통해 지역주민들이 어떤 이익을 얻고 있으며 또 얻을 수 있는지 굳이 알려고 노력하지 않는다. 마찬가지로 국회의원들이 국정이라는 이름으로 자신들의 사적·계급적·집단적·지역적 이익을 따내기 위해 얼마나 혈안이 되어 있는가에 대해서도 별로 신경 쓰지 않는다.

지방의원 유급제는 유능한 전문가들을 지역의정에 끌어들이는 수단이 될 수 있다. 지금도 지방의원들은 각종 수당 명목으로 어느 정도의 금전적 급여를 받고 있지만, 그것이 월급이라는 명목으로 정액화되는 것과 그렇지 않은 것 사이에는 큰 차이가 있다. 지방의원 유급제를 통해 유능한 지역일꾼들을 지역의정에 끌어들이는 것과 함께, 지방의원은 정치인으로서의 권위를 갖추게 된다. 자치단체장을 포함해 집행부의 대다수 공무원들이 지방의원들을 우습게 여기는 이유 중의 하나가 지방의원들은 정액의 월급을 받지 않는다는 것이다. 지방자치의 건전한 발전을 가로막는, 이러한 비뚤어진 의식이 지방의원 월급제를 통해 사라질 수 있을 것이다. 따라서 지방의원 유급제 실시는 당위의 문제다.

그러나 여기에도 결코 무시할 수 없는 위험요소가 자리잡고 있다. 지역구 국회의원들은 지방의원 공천제와 유급제를 통해 지방의원이 되고자 하는 이들, 이미 지방의원으로 활동하는 이들을 자신의 충성그룹으로 묶어두는 확실한 수단을 확보하게 되었다는 점이다. 지방의원 유급제가 지역구 국회의원들의 정치적 야심을 채워주는 훌륭한 장치가 되어버릴 수도 있다는 것을 쉽게 예측할 수 있다.

따라서 지방의원 유급제와 기초의원(이 경우에는 광역의원도 마찬가지) 정당공천제는 결코 양립해서는 안 되는 제도다. 우리나라의 정치현실에서는 더욱 그러하다. 국회의원들은 공직선거법과 지방자치법 개정을 통해 정치개혁을 했다고 주장하고 있고, 개정된 내용들을 각각 고립적으로 본다면 그들의 주장이 맞을 수도 있다. 그러나 전체적으로 볼 때 그들은 한마디로 '대 국민 사기극'을 펼친 것인지도 모른다.

9. 군의원의 의사진행행위와 법적 효력

- 2005년 8월 23일, 참소리

2005년 8월 22일 16시 06분경 부안군 의회 의원 6명은 임시의장(김형인)을 선출한 후, 최서권 의원 사퇴 허가안, 의장(장석종) 불신임안, 부의장(김종률) 불신임안, 방폐장 유치 동의안에 전원 찬성표를 던졌다. 그러나 의원 6명의 이러한 의사진행행위는 법적으로는 아무런 의미도 효력도 없다. 그 이유를 아래에 적는다.

첫째, 부안군 의회 회의규칙 제10조에 따르면 임시의장의 선거는 의장과 부의장의 선거에 준한다. 따라서 재적의원 과반수의 출석과 출석의원 과반수의 득표로 당선된다. 그러나 지방의회가 임시의장을 선출하기 위해서는 그 실체요건이 성립해야 한다.

이에 관하여 지방자치법 제46조는 지방의회의 의장과 부의장 모두 사고가 있을 때에 임시의장을 선출하여 의장의 직무를 대행하도록 하고 있다. 여기에서 '사고'란 신병, 해외여행, 구치소 수감 등으로 의장 또는 부의장의 직무를 수행할 수 없는 경우를 말한다.

이에 비추어 보면 부안군 의회에는 의장의 사고가 존재하지 않았다. 따라서 임시의장의 선출은 법적으로 아무런 효력이 없다.

둘째, 최서권 의원 사직처리에 관한 것이다. 최 의원은 의장에게 사직서를 제출하였고, 의장은 이를 본인에게 반려하였다. 지방자치법 제69조는, 회기 중에는 의회가 의원의 사직을 허가할 수 있고, 폐회 중에는 의장이 이를 허가할 수 있다고 규정하고 있다.

이 건에서는 의장이 최 의원의 사직서를 반려하였기 때문에, 일단 최 의원의 사직서 제출 그 자체가 효력을 잃은 상태이다. 의원 6명은 실체도 없는 의원사직서를 가공하여 처리한 꼴이 되어버렸다.

셋째, 의원 6명은 의장과 부의장의 불신임안을 처리하였다고 말한다. 지방자치법 제46조 제2항 따르면 지방의회의 의장 또는 부의장에 대한 불신임의결은 재적의원 4분의 1 이상의 발의와 재적의원 과반수의 찬성으로 행하도록 되어 있다.

부안군 의회 재적의원의 수는 12인이고, 그 과반수는 7인이다. 그러나 의장과 부의장의 불신임에 찬성한 의원은 재적의원과반수에 1인이 부족한 6인이었다. 따라서 의원 6인의 의안처리는 법적으로 효력이 없다.

넷째, 의원 6인은 방폐장 유치 동의안에 전원 찬성의견을 표시했다. 지방자치법 제56조에 따르면 지방의회의 의사는 이 법에 특별히 규정한 경우를 제외하고는 재적의원 과반수의 출석과 출석의원과반수의 찬성으로 의결하도록 되어 있다. 그러나 이 건에서는 재적의원 과반수인 7인의 출석이 이루어지지 않았기 때문에, 의결정족수는 물론 의사정족수조차 성립하지 않았다.

다섯째, 부안군 의회 회의규칙 제14조 제1항에 따르면 개의·정회·산회 및 휴회는 의장이 선포하도록 되어 있다. 여기에서 말하는 '의장'에는 의장 사고 시의 부의장, 의장과 부의장 모두 사고 시의 임시의장이 포함된다. 그러나 의원 6인의 회의에서는 운영위원장(김희순)이 개회를 선언하였다. 운영위원장은 회의규칙이 말하는 의장에 해당하지 않는다.

　결론적으로 부안군 의원 6인의 모임은 지방자치법이 말하는 회의에 해당하지 않았기 때문에, 그들이 행한 모든 행위는 법적으로 아무런 의미나 효력도 없는 것이었다. 굳이 말하자면 그들만의 간담회였다.

10. 민주주의 유린의 현장, 전북

– 2005년 10월 3일, 부안독립신문

9월 21일 전주지법은 2002년 민주당 도지사 경선 범죄사건의 주범인 강현욱 도지사 후보 선거본부기획실장에게 징역 4년, 여성당직자에게 징역 1년 6월의 실형을 선고했다. 이에 대해 강 지사는 행정부지사를 통해 "이 사건은 선거종사자들이 개인적으로 진행시킨 사안이었다. 세심하게 관리했어야 하는데 관리 못한 자책감이 든다. 앞으로 이런 일이 없도록 주변 신상 관리를 철저히 하겠다"고 말했다.

법원의 준엄한 선고를 대하는 강 지사의 태도는 한마디로 몰염치 그것이다. 공직선거법은 후보자 본인뿐만 아니라 선거사무장·선거사무소의 회계책임자·후보자의 직계존비속과 배우자가 선거부정행위를 저질러 3백만 원 이상의 벌금형을 선고받는 경우 당선을 무효로 하고 있다. 후보자 본인이 알았건 몰랐건 상관없이 법적으로는 측근의 범죄행위도 후보자 본인의 범죄행위로 본다는 뜻이다. 공직선거법은 당내 경선에서 당원 등을 매수하는 행위를 범죄행위로 규정하고 있다. 그러나 선거인 명부를 바꿔치기하는 악질적인 행위는 전혀 예상하지 못했기 때문에 이를 금지하는 조항을 두지 못한 것이다. 이 때문에 법원은 판결문에서 이 사건의 성격을 "전대미문의 범죄행위"라고 규정한 것이다.

이제 우리의 눈을 군산으로 돌려보기로 하자. 지금 군산에서는 방폐장 유치 여부를 결정하는 주민투표를 앞에 두고 유치결정을 관철하고자 하는 전라북도·군산시·한국수력원자력·찬성단체와 반대단체 간의 다툼이 일어나고 있다. 전라북도는 방폐장 유치를 결정하는 경우 양성자가속기 사업이 군산에서 시행되도록 하겠다, 군산을 에너지과학도시로 건설하겠다, 에너지과학도시 건설로 인해 농수산물이 판매되지 않을 경우 군산시 및 한수원과 협의하여 전량 판매될 수 있도록 적극 추진하겠다, 30개 모든 읍·면·동에 최대 20억 원에서 최저 5억 원의 범위 내에서 차등 지원하겠다, 초·중·고·대학생을 지원하는 시민장학기금 50억 원을 조성하겠다는 등 각종 시설 및 금전의 지원을 약속하고 있다. 전라북도는 방폐장 유치를 위해 융단폭격식으로 행정력을 동원하고 있는 것이다.

주민투표법은 방폐장 유치를 위해 전라북도가 벌이고 있는 이러한 행위들을 범죄행위로 규정하고 있다. 법 제21조는 투표운동은 주민투표 발의일부터 주민투표일의 전일까지만 할 수 있도록 하고 있고, 투표운동 기간 내에도 공무원은 투표운동을 할 수 없도록 규정하고 있으며, 법 제30조는 위반행위를 처벌하도록 하고 있다(1년 이하의 징역 또는 5백만 원 이하의 벌금). 또한 법 제28조 제1호는 주민투표에 영향을 미칠 목적으로 투표인에게 금전·물품·향응 그 밖의 재산상의 이익이나 공사의 직을 제공하거나 그 제공의 의사를 표시 또는 그 제공을 약속하거나 이러한 행위에 관하여 지시·권유·요구 또는 알선한 자를 처벌하도록 규정하고 있다(5년 이하의 징역 또는 3천만 원 이하의 벌금).

도지사를 선출하기 위한 당내경선과 주민선거, 국책사업을 위한 주민투표 모두 민주주의의 본질을 이루는 제도들이다. 그러나 지금 전북에서는 강현욱 지사와 그가 이끄는 공권력에 의해서 민주주의가 처참하게 유린당하고 있다.

11. 갈등상황의 원인

- 2005년 11월 7일, 새전북신문

발전에 발전을 거듭해도 부족한 전북지역에 언제부터인가 중요한 국책사업들을 놓고 주민 간의 대립과 충돌이 일상화되고 있다. 새만금사업, 방폐장 등이 대표적인 사례이다. 두 사업 모두 개발이냐 환경이냐라는 가치관의 대립이라는 점에서 문제의 본질을 같이한다. 일정한 사안을 놓고 공동체의 주민들 사이에 의견의 차이가 있고, 그로 인해 갈등이 빚어지는 것처럼 자연스러운 일은 없을 것이다.

수구세력이 툭하면 내놓는 자유민주적 기본질서라는 이데올로기가 내세울 수 있는 가장 귀중한 가치도 다양성의 존중이다. 나와 다른 것에 대한 개방성은 민주적 공동체가 포기할 수 없는 덕목이다. 갈등을 대하는 기본자세는 상대방의 진실 가능성과 나 자신의 오류 가능성을 인정하는 것이어야 한다.

새만금사업이나 방폐장 건설이나 사업의 성격 자체에서 이미 갈등은 예고되어 있었다. 바닷길을 막아 간척지를 조성하는 것이나 핵쓰레기(nuclear waste) 저장소를 설치하는 사업은 개발이라든가 지역발전이라는 명분 하나로 간단하게 결론을 내릴 수는 없는 사업이었다. 2005년 2월 내려진 새만금사업에 관한 서울행정법원의 판결문을 차분하게 읽어보면 정말 전북 주민에게 유리한 방향으로 활용할 수 있는 여지가 많았다는 걸 알 수 있다.

농지조성이라는 원래의 사업용도는 경제성이 없다는 것과 새만금사업에는 특별법이 필요하다는 지적은 우리가 전혀 거부감을 느낄 필요가 없는 것이었다. 그럼에도 불구하고 전라북도와 지역언론은 뭔가에 홀린 듯이 법원의 판결을 비판하는 일에만 열을 올렸다. 방폐장이 혐오시설이라는 점에 이의를 달 수는 없을 것이다. 예를 들어 미국 텍사스주의 방폐장이 부자들이 사는 동부지역이 아니라 가난한 자들이 몰려 사는 서부지역에 위치하고 있다는 사실이 우리에게 암시하는 점에 주목해야 한다.

눈을 잠시 광주·전남지역으로 돌려보자. 그들은 정부가 호남 배려 차원에서 제공하는 선물이라고 판단하면 일단 자신들의 몫이라고 생각하고 그것을 챙기는 데 사력을 다한다. 호남은 광주·전남을 의미하고, 전북은 광주·전남의 변방 고을로 여기는 것이 그들의 의식이다. 그런데 방폐장에 관한 한, 그들은 침묵을 지키고 있었다. 그들이 방폐장이라는 환상적인(?) 선물만은 전북에 양보하고 싶어서였을까?

지난 2일 실시된 방폐장 유치 주민투표는 2004년 주민투표법이 제정된 이후 처음으로 국책사업에 관하여 주민의 의사를 묻는 투표였다. 그것은 우리나라 민주주의 역사에 새로운 장으로 기록될 만한 행사였다. 투표권자의 3분의 1이 투표에 참여하고, 투표자의 과반수가 찬성하면 일단 국책사업에 찬성하는 것으로 간주하는 그런 주민투표였다. 정부나 지방자치단체가 주민의 투표율을 높이기 위해 부재자 신고의 의혹, 공무원의 투표운동 개입 등 수많은 관권개입 사태를 빚을 필요도 없는 일이었다.

그러나 정부와 지방자치단체는 이 문제에 의연하지 못했다. 이 문제를 대하는 지역언론의 모습은 언론이 갖추어야 할 품위를 저버린 것이었다. 언론이 해야 할 일은 지역주민들이 올바른 판단을 내리는 데 필요한 정보를 제공하고, 투표운동을 감시하는 일이다. 그러나 지역언론은 언론의 기본사명은 뒤로 한 채 갈등이 첨예한 사안을 앞에 두고 한쪽 방향으로 여론을 몰아가기에 바빴다. 열린우리당의 태도는 더더욱 한심한 것이었다.

이번 방폐장 문제는 어느 쪽으로 결론이 나든 지역주민에게 상당한 후유증을 남길 수밖에 없었다. 기필코 전북지역에 방폐장을 유치하는 데 몰두하는 것이 아니라 정부와 지방자치단체에게 공정한 투표운동과 투표관리를 주문하고 이를 감시하는 것이 열린우리당이 할 일이었다. 노 대통령에 대한 지지도가 끝없이 추락하는 원인의 한 단면을 볼 수 있다.

12. 전주시 의원들의 추태

- 2005년 11월 28일, 새전북신문

토요일 아침, 신문을 읽다가 필자의 눈을 의심하며 같은 기사를 다시 한 번 찬찬히 읽어 내려갔다. 처음 읽은 기사가 그대로 다시 눈에 들어왔다. 내용인 즉 이렇다. 지난 24일 오후 전주시 의회 예산결산특별위원회 위원장(이하 '예결위원장') 선거가 있었는데, 거기에서 아이들 장난보다 더 유치한 일이 벌어진 것이다. 예결위원장 선거 개표결과 6표로 최다득표를 한 예결위원이 위원장으로 선출되었는데, 5표로 2위를 한 예결위원이 재검표를 요구했고, 그 결과 2위 득표자에게 찍은 한 표가 1위 득표자에게 계상(計上)된 사실이 밝혀졌다.

문제는 여기에서 그치지 않았다. 예결위원 한 사람은 아예 예결위원장 선거 통보도 받지 못했고, 예결위원이 아닌 의원이 예결위원장 선거에서 투표를 한 것이다. 사정이 이쯤 되면 그것은 지방의원들의 의사행위가 아니라 시정잡배들의 막가파식 행태와 다름없다고 보아야 한다.

이 사건을 접하고서 필자는 문득 평소에 NGO 활동을 하는 사람들이 필자에게 전해주던 말이 떠올랐다. 그건 요즘 전주시 의원들의 수준이 말이 아니라는 것이었다. 필자가 개인적으로 알고 있는 몇몇 시의원들의 수준을 보면 결코 그렇게 부정적인 것 같지는 않아 그 말을 귀담아 듣지 않았다.

출신 지역구의 이익을 지키기 위해 삭발이나 삼보일배도 하고(그렇다고 해서 필자가 그들의 그러한 행위를 긍정적으로 보는 것은 아니다), 기초의원들을 정치적 가신그룹으로 확실하게 묶어두려는 국회의원들의 저급한 행위에 항의도 하고, 지방의회에서 닦아놓은 행정에 관한 식견을 토대로 지방자치단체장에 도전하고자 하는 의지도 보이고 하는 의원들을 바라보며, 지방의원들의 수준이 굳이 국회의원의 수준보다 못할 게 없다는 생각을 해왔다.

그러나 이번 사태는 지방의원들에 대한 필자신의 선입관을 재검할 수밖에 없게 만들었다. 이번 예결위원장 선거의 추태는 아무리 봐도 우연이 아니라는 생각이 들었다. 뭔가 비열한 의도가 조직적으로 작동했다는 의심을 지워버리기가 어려웠다.

국회에서의 예결위원장 자리는 요직 중의 요직에 속한다. 국회 예결위원장은 정부가 예산안을 편성하고 제출하는 과정에서 '상당히 의미 있는' 관심을 표명할 수 있는 자리로 알려져 있다. 지방의회 예결위원장 자리 역시 예산규모에서는 비교할 수 없을 정도로 작은 자리이지만, 그 본질에서는 국회 예결위원장과 마찬가지로 요직이라고 할 수 있다. 지방의원들이 별 볼일 없는 자리를 두고서는 격식을 갖추다가도, 뭔가 영양가 높은 자리를 놓고는 온갖 치졸한 방법을 동원하는 이유가 그때문일 것이다.

필자는 이 대목에서 전주시장을 생각해보았다. 시의원들의 수준이 이 정도라면, 시장은 시의회와 무척 편안하고 손쉬운 관계를 유지하고 있겠구나,라는 추정을 해본 것이다. 그때그때 상황에 맞게 적당한 당근만 받으면, 견제와 감시와 감독을 해야 할 상황에서도 침묵을 지키는 게 시의원이라면, 시장으로서는 더할 나위 없이 자유롭고 기분 좋게 시정을 펼쳐가지 않겠는가,라는 것이다.

불쌍한 존재는 저질 지방의원들을 자신들의 대표로 뽑은 시민들이다. 시의원들이 시 집행부의 부당하거나 위법한 행정을 바로잡고 그에 대한 책임을 묻는 임무를 게을리하지 않을 때, 시민은 그 권리와 이익을 지켜나갈 수 있다.

그러나 시의원들이 자신들의 이익을 좇는 데 눈이 멀 때, 시민의 권리와 이익은 망가지게 되어 있다. 견제와 균형의 원칙상 시의회와 시 집행부는 일정한 인적·조직적 분리관계를 유지하고 있어야 마땅하다. 그러나 지금 이 순간에도 시의원들은 시에 설치된 각종 위원회에 위원으로 참여하여 시장 및 시공무원들과 긴밀한 관계를 유지하면서 자신의 위치와 권세를 확인하고 있다. 전주시 의회 예결위원장 선거와 관련한 괴담(怪談)과 유사한 이야기는 앞으로도 계속 이어질 것 같다.

13. 지방선거와 유권자의 성숙도

- 2006년 1월 9일, 새전북신문

　오는 5월 30일 지방자치단체장과 지방의원을 선출하는 지방선거가 실시된다. 그동안 무보수 명예직이던 지방의원도 금년부터는 월급을 받게 됨으로써 지방의원 선거의 열기도 그 어느 때보다 뜨거워질 것으로 예측된다. (여러 가지 논란은 별론으로 하고) 기초의원 선거에서 중선거구제, 비례대표제, 여성후보할당제가 도입된 것도 이번 선거를 색다르게 만드는 요인들이다.

　2004년 3월 12일 국회에서 불기 시작한 탄핵풍에 힘입어 열린우리당은 전북지역 국회의원 의석을 싹쓸이했다. 1984년 12대 총선 때부터 나타난 특정정당 몰아주기 투표 성향이 이번에도 그대로 반복될지 아니면 새로운 투표판도가 나타날지는 이 지역 유권자들 자신도 알 수 없는 일이다. 무릇 오늘날의 선거에서 공직선거를 규율하는 선거법이 특별히 주목해야 하는 원칙은 두가지이다. 선거운동자유의 원칙과 공정선거의 원칙이다.

　선거운동자유의 원칙은 공직선거에 입후보한 사람들이 원칙적으로 자유로이 유권자들에게 자신들을 알릴 수 있는 길을 만들어놓는 것이다. 공정선거의 원칙은 당내경선에서부터 후보자 개인정보의 공개 그리고 투·개표에 이르는 모든 과정에서 공정성이 확보되도록 하는 것이다. 선거운동자유의 원칙에 따라 후보자들은 유권자들에게 자신에게 유리한 정보를 가지고 자유롭게 접근할 수 있다.

　유권자들에게 자신을 알리는 기회의 부분에서 현직 자치단체장들이나 지방의원들은 정치신인들보다 절대적인 우대를 받고 있다. 그들은 도정보고, 시·군정보고 또는 의정보고의 형태로 거의 임기 내내 유권자들에게 자신을 알릴 수 있지만, 정치신인들이 이와 유사한 행위를 하는 경우에는 공직선거법상 사전선거운동죄로 엄히 처벌받기 때문이다. 그런 점에서 현행 공직선거법은 현역 정치인 우대법이라고 해도 지나친 말이 아니다.

공직선거법은 현역 정치인들에게는 선거운동자유의 원칙을, 정치신인들에게는 선거운동제한의 원칙을 적용하고 있는 셈이다. 이번 지방선거와 관련하여 특별히 새겨보아야 할 것은 후보자들 사이에 작동하는 선거운동자유의 원칙이다.

현역 자치단체장들은 오래전부터 지방선거를 앞두고 자기홍보나 상대방 비판(정확하게는 비난)을 해오고 있다. 그들은 지역발전을 위해 아무리 올바른 정책이라 하더라도 그것이 경쟁상대에게서 나온 것이라면 일단 폄하부터 시작한다. 사안에 따라서는 월권시비까지도 걸고 든다. 이러한 혐의는 정도의 문제이지 지방선거 출마가 예상되는 대부분의 현역 정치인들에게 해당한다. 사람을 키워주는 데 인색하고, 지역발전을 위해 힘을 모으는 데 취약한 우리 지역의 단점이 지방선거 국면에서 고스란히 드러나고 있는 것이다.

공정선거의 원칙, 특히 당내 경선의 공정성을 확보하는 정도는 해당 정당의 당내경선 후보자들과 당원들의 정치의식 수준에 달려 있다. 그런 점에서 4년 전 지방선거 당시 열린우리당(당시의 민주당) 도지사 후보 당내경선에서 자행된 선거인 명부 바꿔치기 범죄는 민주주의의 토대를 망가뜨린 것으로서 지역민의 자존심에 먹칠을 한 사례로 꼽는다.

이 사건에 대한 해당 정당의 무감각증은 놀라울 정도이다. 법원이 엄중한 실형판결을 선고했음에도 불구하고 도민들에게 사과성명 하나 내지 않았다는 것이 이를 증명한다. 공직선거법이 제아무리 왜곡되어 있어도, 현역 자치단체장과 지방의원들의 정치적 야욕이 제아무리 무분별하게 타올라도, 정당원들의 정치의식이 제아무리 천박해도 유권자들의 주인의식만 성숙되어 있다면, 지방선거는 모범적으로 치러질 수 있다.

그러나 전북지역 유권자들이 지난 수십 년간의 자신들의 투표행태를 통해서 우리 지역에 초래한 공과(功過)가 무엇인지에 대한 냉정한 분석을 거른다면, 다가오는 5·31지방선거가 우리 지역에 전달할 희망은 아무것도 없을 것이다.

14. 전북 유권자가 대망의 선거풍토를 창조한다

- 2006년 5월 31일, 전북일보

제4회 동시 지방선거의 날이 밝았다. 정당추천 후보자들과 무소속 후보자들의 당선고지를 향한 경쟁은 불꽃 튀는 질주 그것이었다. 정당은 정당대로 지도부와 당력을 총집중하면서 사활을 건 캠페인을 벌였다. 네거티브 선거전에 식상해하는 유권자들의 심리에 부응하여 처음에는 포지티브 선거전에 집중하는 듯이 보이던 정당들이 선거운동 후반전에 들어서면서 예의 타성을 버리지 못하고 다시 구태의연한 모습을 보인 것은 아쉬운 일이 아닐 수 없다.

그럼에도 불구하고 이번 5·31선거가 우리나라 선거사에서 특별한 의미를 갖는 것은 바로 처음으로 도입된 매니페스토(정책공약 이행) 선거 때문이다. 공직선거의 후보자들이 당선 후, 임기 중 어떤 정책공약을 추진할 것인지 그리고 그 이행 가능성은 얼마나 되는지를 스스로 밝히고 검증받는 것을 법으로 강제할 일은 아니다. 그러나 1997년 영국의 토니 블레어 수상에게서 비롯된 매니페스토 운동은 선출직의 직무수행에 대한 후보자들의 준비성과 진정성을 검증하는 중요한 장치로 자리잡고 있다.

매니페스토 운동은 전북지역의 선거문화에도 상당한 변화를 몰고 왔다. 그 대표적인 사례로 〈전북일보〉가 CBS 전북방송 등과 연합하여 후보자들의 공약을 평가하고 이를 후보자 토론의 주요의제로 삼은 것을 들 수 있다. 이 공약검증 운동은 지역 유권자들에게 후보자에 대한 변별력을 높여주는 데 상당한 기여를 한 것으로 드러나고 있다. 예를 들어 수도권을 비롯한 여러 지역에서 후보자들의 정책공약보다는 선호정당이나 말초적 감성에 따라 표의 흐름이 잡혀가는 데 반해서, 전북지역에서는 후보자의 비전과 자질을 기준으로 유권자의 표심이 움직이는 현상이 곳곳에서 감지되고 있기 때문이다.

각 지역을 순회하면서 벌인 후보자 초청 토론방송에 적게는 수백 명에서부터 많게는 천여 명에 이르는 유권자들이 모여들어 2시간 넘게 후보자들의 토론을 진지하게 지켜보는 풍경이라든가, 이러한 토론을 일목요연하게 정리하고 후보자들의 정책공약을 분석한 신문기사를 꼼꼼하게 읽는 독자들의 모습 등은 분명 과거의 선거풍토와는 확연히 달라진 것이라고 말할 수 있다.

매니페스토 운동에 대한 후보자들과 각 정당의 의식도 선거운동 기간 동안 큰 변화를 보여왔다. 이는 '그래봐야 지난날 선거풍토와 크게 달라질 것이 있겠느냐' 하며 안이한 자세를 보이던 후보자들이 이미 제출한 정책공약을 보완하는 문건을 언론사에 부랴부랴 보내는 데에서도 알 수 있다.

이렇듯 이번 지방선거를 구태의연한 '묻지 마 선거'가 아닌 정책선거가 되도록 바꾸는 데 언론사와 시민사회단체가 기울인 노력은 상당한 것이었다. 이제 마지막 공은 이 지역 유권자들의 손에 넘어갔다. 누가 전북지역의 자치단체장 또는 지방의원으로 적정한 인물인지를 가늠할 수 있는 자료들이, 비록 완전한 정도는 아니지만, 과거와는 현격히 다르게 유권자들의 눈과 귀에 제공되었다. 읽어 보고, 들어 보고, 고민해보고 투표하는 유권자가 많을수록, 전북지역은 품격 높은 지역으로 솟아오를 수 있다. 2006년 5월 31일이 전북 유권자들이 온 국민들에게 올바른 투표행태의 지침서를 제공하는 날이 되기를 기대해 보자.

15. 고법 전주부 명칭변경, 무엇이 문제인가

- 2008년 5월 29일, 전북일보

 대법원은 지난 2월 21일 예규 개정을 통해 광주고법 '전주부'의 명칭을 '원외재판부'로 바꾸었다. 필자를 포함한 몇몇 사람들이 지역언론사 기자들에게 문제의 심각성을 설명했다. 기자들은 대법원과 광주고법에 질의를 했고, 그에 대한 답변은 명칭변경 외에 달라진 것은 아무것도 없다는 것이었다. 기자들 중 일부는 괜한 일을 가지고 법석을 떨었다며 푸념했다고도 한다.

 그러나 사태는 급변하기 시작했다. 광주고법은 4월 1일자로 전주부가 관할하던 모든 행정사건과 형사재정신청사건을 가져가버렸다. 욕심 같아서는 사건의 노른자라고 할 수 있는 형사사건 전체를 회수해버리고 싶었을 것이다. 그러나 전북지역에서 반발의 움직임이 나타나기 시작하자 수위를 낮춰 일단 상대적으로 숫자가 많지 않은 사건들을 챙겨갔고, 계속해서 사태의 추이를 엿보고 있다.

 그렇다면 명칭변경이 의미하는 것은 무엇인가? 간단히 말하면 전주부의 전속관할권이 사라졌다는 것이다. 예규 개정 전에는 전주지법 관내에서 선고된 재판에 대해 고등법원에 항소 또는 항고하는 사건에 대해서는 모두 전주부가 관할권을 행사했지만, 개정 후에는 그러한 전속관할권이 없기 때문에 어떤 사건이건 광주고법이 재판할 수 있게 되었다. 이로써 전북도민은 전북의 도청소재지인 전주에서 고등법원의 재판을 받는 법적 권리를 박탈당했고, 광주고법이 그때그때 편의상 베풀어주는, 그것도 매우 가변적이고 한시적인 '사실상' 혜택을 받는 자의 지위로 전락해버렸다.

지난 1995년부터 10년 넘는 세월의 투쟁을 통해서 얻어낸 '내 지역에서 고등법원의 재판을 받을 권리'가 불과 2년의 세월도 견디지 못하고, 그것도 새로운 대법원장 체제하에서, 사전예고나 홍보도 없이 상실되었다는 것에 대한 문제제기가 없을 수 없다.

　권리의 역사는 축소의 역사가 아니라 확대의 역사다. 그러나 대법원은 권리의 역사에 역주행을 해버렸다. 권리를 제한하거나 박탈하는 경우에는 권리를 가지고 있는 자의 의견을 듣는 절차를 거쳐야 한다. 그러나 대법원은 절차적 적법절차를 무시하면서, 전북도민이 전주에서 고등법원의 재판을 받을 권리를 박탈했다.

　지방자치시대에 전북도 엄연히 하나의 독립된 광역단위이다. 결코 광주·전남의 예속단위 또는 종속단위가 아니다. 그럼에도 불구하고 광주·전남은 전북을 자신의 예속물 정도로 여기는 작태를 보여왔다. 호남 몫은 모두 자신의 몫으로 생각하고 챙겨온 것이 바로 광주·전남이다. 광주·전남에게 고법 전주부의 설치는 고등법원이 관할하는 전북지역 사건을 통해서 형성되는 법조시장의 박탈, 즉 그들 '고유의' 몫의 박탈로 받아들여졌다. 대법원의 예규 개정은 의도했건 의도하지 않았건 그러한 병적인 지역패권의식을 법적으로 뒷받침해 준 셈이다.

　이런 와중에 광주고법은 유치한 기교를 부리기까지 했다. 행정사건에 대한 순회재판이 그것이다. 지난 5월 16일 오전 10시에 광주고법은 전주원외재판부에서 행정사건 6건에 대한 순회재판을 열었다. 전주원외재판부의 재판부담을 덜어주기 위한 것이라는 명분을 내세웠다. 언뜻 듣기에 그럴싸하다. 그러나 순회재판의 치명적 약점은 사건과 판사가 분리된다는 것, 법정 외 변론이 어려워진다는 것 등 한두 가지가 아니다. 순회재판의 숨은 의도는 고법 전주부를 폐지하는 길로 넘어가는 징검다리로 활용하겠다는 것이다.

6월 중순에 우리는 도민 비상대책위원회를 발족시킨다. 이미 발기인 대회를 열었고, 많은 지역인사들이 결기를 다지고 있다. 우리의 싸움은 대법원이 고법 전주부에 관한 법적 이성을 회복할 때까지 계속된다.

16. 전주고등재판부와 전북정치권

- 2008년 10월 1일, 전북일보

오래전 필자가 독일에 머물던 때의 일이다. 아침 출근시간대에 아내와 아이를 유아원에 데려다주고 학교로 가는 길에 신호등 앞에서 대기하고 있는데, 느닷없이 차 뒤에서 쾅 하고 부딪히는 소리가 났다. 뒤를 돌아보니 필자의 차를 어느 독일인 차가 들이받은 것이다.

차에서 내려 운전석 쪽으로 온 그 사람에게 100% 책임을 인정하느냐고 물은 뒤 평소 휴대하고 다니던 메모장을 주면서 사실관계와 책임을 정확히 적을 것을 요구하자 그는 순순히 적어주었다. 저녁에 집으로 가서 옆집에 살고 있던 독일인 경제학 교수 바이버(Weiber)에게 이 경우 어떻게 하느냐고 물었더니, 그는 "우리 독일 사람들은 무조건 변호사에게 간다"라고 말했다. 순간 우리 한국 사람들이 흔히 하던 말이 떠올랐다. "법원은 가지 않을수록 좋다."

그렇다. 법원은 우리의 생활현장 가까이에 있으면서 언제든지 우리가 이용할 수 있고 이용해야 할 조직인가 아니면 우리의 삶의 마당 멀리에서 우리를 감시하고 지배하는 권력인가라는 시각의 차이가 우리의 의식에 미치는 영향은 매우 크다. 그러나 우리의 시각이 어떠하든 한 가지 분명한 것은 시간이 흐를수록 우리의 일상이 법원에 의존하는 정도는 계속 높아질 것이라는 것이다.

고등법원 전주부가 설치된 이후 그것을 이용해본 사람이라면 우리가 거주하고 있는 지역에 고등재판부가 있고 없고의 차이가 얼마나 큰 것인가를 뼈저리게 느끼게 되었을 것이다. 노약자나 장애인 등 사회적 약자층이 느끼는 편

리함은 더 말할 나위도 없을 것이다.

그러나 스스로 인권보장의 보루임을 구두선 외듯 하던 대법원이 고등법원 전주부 허물기에 나섰다. 고등법원 전주부의 명칭 변경과 전속관할권 폐지가 바로 그것이다. 우리 지역에서는 지난 6월 27일 범도민 비상대책위원회가 결성식을 갖고 도민 서명운동에 나섰다. 그 결과 서명운동 시작 3개월도 되지 않아 무려 30만 명 이상의 도민이 기꺼이 서명용지에 자신의 소중한 이름을 올려주었다.

그러던 차에 최근 〈연합뉴스〉의 보도내용을 접하고서 아연한 느낌을 지울 수 없었다. 기사의 골자인즉, 대법원이 수원지법과 인천지법의 상급법원인 경인고법을 설치하기로 하고 옛 서울대 농생대 부지 15만 3천㎡를 무상으로 관리전환해줄 것을 개획재정부에 요청해놓고 결정을 기다리고 있다는 사실을 수원지법을 통해서 확인했다는 것이다. 이에 앞서 7월에는 한나라당 정미경 의원(수원권선)과 원유철 의원(평택갑)이 경기고법을 설치하는 내용의 '각급법원의 설치와 관할구역에 관한 법률 개정법률안'을 국회에 대표발의했다.

고등법원 설치문제를 둘러싸고 전북주민들은 대법원과 국회를 향해 줄기차게 권리주장을 해왔던 데 반해, 전북 출신 국회의원들은 거의 나 몰라라 해왔다. 지금 이 순간에도 전북 출신 국회의원들 중 자진해서 법률안 발의에 대표로 나서겠다는 사람이 없다. 전북주민들에 비하여 경기주민들은 고등법원 설치 요구를 거의 하지 않았던 것이나 마찬가지이다. 그러나 경기 출신 국회의원들은 달랐다. 그들은 지역주민들의 소송수행의 불편을 해소하기 위해 자진해서 발 벗고 나서고 있다. 거기에 대법원이 손을 맞잡아주고 있는 것이다.

전주·전북 지역의 소송사건도 자기지역의 소송사건으로 간주하는 광주·전남 출신 국회의원들, 주민들의 소송편익을 높이기 위해 알아서 법률안 발의에 나서는 경기 출신 국회의원들을 보면서, 전북 출신 국회의원들에게 해주고 싶은 말이 있다. "의원은 국민의 대표이지만 동시에 지역주민의 대표이기도 하다(헌법재판소판례집 13권 2집, 520쪽)."

V. 교육과 미래 /

1. 선거권 연령은 낮춰져야 한다

- 1999년 11월 6일, CBS 칼럼

현대의 대의민주주의에서 선거의 중요성은 아무리 강조해도 지나침이 없다. 주권자인 국민이 정치에 직접 참여하는 것이 현실적으로 거의 불가능한 상황에서, 국민은 자신들을 대신하여 국가의사를 결정하고 이를 집행해줄 사람들을 선거로 뽑기 때문이다. 대통령과 국회의원, 그리고 지방자치단체장과 지방의원을 어떤 인물들로 선출하느냐에 따라 정치의 방향은 크게 달라진다. 정치에 대한 무관심 내지는 혐오감이 깊어지고, 국민의 생활이 철저하게 개인주의적으로 변하면서, 선거에 대한 관심이 자꾸 줄어들고 있는데, 이는 민주주의의 건전한 발전에 큰 걸림돌로 작용하고 있다.

선거권과 관련해서는 여러 가지 문제점이 있지만, 그중 해묵은 문제점이 선거권 연령이다. 우리의 경우 1960년 이래 지금까지 선거권 연령을 선거일 현재 만 20세로 규정해왔다. 차이가 있다면, 선거권 연령을 어느 때는 헌법으로 규정하다가 또 어느 때는 법률로 규정한다는 점이다. 적지 않은 수의 사람들이 선거권 연령을 20세로 하는 것을 당연한 것처럼 여기고 있다. 그러나 이 문제는 그리 간단하지 않다.

현행법상 국민이 8급 및 9급 공무원과 기능직 7급 이상에 임용될 수 있는 연령은 18세이다. 그러니까 우리나라의 입법자는 18세를 공직수행 가능연령으로 보고 있는 것이다. 또한 국제어린이인권협약 역시 미성년자의 연령을 만 18세 미만으로 규정하고 있다.

18세가 되면 공직을 수행할 수 있다고 보면서, 20세가 되어야 선거권을 행사할 수 있다고 보는 것은 논리적 일관성을 잃고 있는 입법태도이다. 어느 면에서 보더라도 선거권을 행사하는 것보다는 공직을 수행하는 일이 훨씬 더 어렵고 전문성을 요하며 중요하기 때문이다. 이렇게 앞뒤가 맞지 않는 법률조항이 공존하는 상황이 너무 오래도록, 그리고 별 탈 없이 지속되어왔다.

　그러면 그동안 국회와 정부가 선거권 연령을 만 20세로 고착시켜온 근본적 이유가 무엇인가를 생각해보아야 한다. 그것은 한마디로 말해서 정권의 계속적 장악을 위한 것이었다. 예를 들어 선거권 연령을 19세로 한 살 낮출 경우, 거의 대부분의 대학 1학년 학생들이 선거권을 행사하게 된다. 그러나 역대 집권세력들은 19세의 대학생들 또는 노동자들은 결코 정부·여당에 유리한 세력이 아니라고 보아, 이들의 정치참여를 법적으로 배제했던 것이다. 현재를 기준으로 할 때 19세의 국민은 80여만 명이다. 만약 국제적으로 일반적인 추세인 18세로 선거권 연령을 낮출 경우 그 숫자는 더욱 늘어나는데, 그것은 집권세력에게는 정권을 내놓으라는 것이나 마찬가지의 요구로 받아들여졌다. 우리 국민은 수십 년 동안 부당하게도 1년 또는 2년의 선거권 행사를 침해당해온 것이라고 볼 수 있다.

　뜻 있는 사람들은 50년 만에 정권이 교체되고 나자 이제는 이 문제가 제대로 해결될 것이라고 기대했다. 그러한 기대를 수용하여 집권 여당인 국민회의는 선거권 연령을 19세로 낮추는 안을 가지고 또 다른 집권여당인 자민련과 협상을 벌였다. 그러나 자민련의 완강한 반대로 이 계획은 백지화되고 말았다. 자민련이 선거권 연령 인하에 반대하는 이유는 자명하다. 선거권자가 젊어질수록 자민련에 불리해진다는 정치적 계산을 하고 있기 때문이다. 이 점에 관해서는 한나라당도 이해를 같이하고 있다.

　이제 이 문제의 해결을 정치인들의 손에 맡겨두어서는 안 된다. 권리의 주체가 직접 자신의 권리를 찾아나서는 운동을 벌여야 할 때이다. 시민사회단체가 선거권 연령 인하운동을 치열하게 벌여야 할 때이다.

　이와 함께 국회의원들도 다시 한 번 이 문제를 진지하게 생각해보아야 한다. 선거권 연령이 20세여야 한다는 그들의 판단은 결코 법적인 판단이 아니다. 그것은 몰염치한 정치적 판단에 불과하다. 국회의원들은 말하기를 18세와 19세인 국민은 정치적으로 미성숙하다고 한다. 그러나 그들은 다른 거의 모든 나라들은 18세 또는 19세를 정치적 성년자로 보는데, 왜 우리나라의 18세와 19세 국민만이 정치적으로 미성숙하다는 것인지 명쾌하게 답변하지 못한다. 정치인들은 늘 말하기를 우리 국민은 세계에서 교육열이 가장 높고, 교육수준이 상위권이라고 주장하고 있지 않지 않은가!

　선거권 연령은 속히 낮춰져야 한다. 선거권 연령을 20세로 정한 선거법 규정을 정당화할 어떠한 사유도 존재하지 않는다.

　우리나라 선거권 연령은 2005년 6월 선거법 개정에 따라 만 19세로 하향 조정되어 지금에 이르고 있다. 참고로 미국, 독일, 프랑스, 일본의 선거권 연령은 만 18세이다. ―편집자 주

2. 초등학교 3학년 어린이들의 인권

- 2002년 10월, 평화와 인권

인권이란 인간으로서 가지는 기본적 권리이고, 국가의 실정법질서가 그것을 명백히 인정하고 있느냐를 묻지 않고 인정되는 권리라는 뜻에서 초실정법적 권리이다. 인간으로서의 존엄과 가치, 행복추구권, 신체의 자유, 언론·출판·집회·결사의 자유 등은 모두 인권에 속하는 권리들이다.

최근 교육인적자원부는 전국의 초등학교 3학년 어린이들을 대상으로 학력평가를 위한 모의고사를 실시하겠다고 발표하고 나서, 그 실행을 위한 작업들을 착착 진행시켜 나아가고 있다. 이를 둘러싸고 교원단체들과 학부모단체들 사이에서는 찬반양론이 뜨겁게 달아오르고 있고, 이를 대비한 각종 과외공부가 붐을 이루고 사설학원은 사설학원대로 큰 대목이라도 만난 듯 강좌개설과 수강생 모집에 열을 올리고 있다.

그러던 와중에 필자는 얼마 전 우연히 텔레비전 뉴스를 시청하다가 이상주 교육인적자원부 장관이 인터뷰에서 하는 말을 들었다. "학생들이 공부를 하면 그 효과를 측정해보는 것은 당연한 것 아니냐?"라는 것이 이 문제에 관한 장관의 기본생각이었다. 그건 장관이 아니라 누구라도 말할 수 있고 지닐 수 있는 단순한 사고였다. 장관의 시각에서 볼 때 초등학교 3학년 어린이들을 대상으로 하는 전국학력평가에 반대하는 사람들은 참으로 이해할 수 없는 사람들인 셈이고, 그런 사람들은 한마디로 학습의 기본도 모르는 사람들인 것이다.

두루 아는 바이지만, 한국의 학교교육과 입시제도는 인간의 전인격을 도야해주는 곳, 학습자의 학습효과와 학문능력을 평가하는 제도와는 매우 거리가 멀다. 우리의 아이들은 동이 트기도 전에 무거운 가방을 들거나 등에 메고 집을 나서서 깊은 밤이 되어 피곤한 몸을 이끌고 집에 돌아오는 것이 일상화되어 있다. 선진국 교육현장의 분위기에 조금이라도 젖어본 아이들의 입에서는 '한국의 학교는 지옥'이라는 말이 쉽게 나온다. 학교 정규수업시간 이후에도 계속해서 학생들을 학교에 묶어두는 것이 교사들에게도 과히 나쁘지는 않을 것이다. 왜냐하면 거기에서 약간의 수입이 생길 터이니까. 이 때문에 여러 교원단체들 중 그 어떤 단체도 정규수업 후 학교 내 학습을 폐지하라는 말을 지속적으로 외치지 않는다.

어린이들을 대상으로 세계 어느 나라에서도 유례를 찾아볼 수 없는 막가파식 교육을 시켰으면 그럴싸한 결과라도 나와야 한다. 그러나 상황은 정반대다. 초·중등교육의 강도는 날이 가면 갈수록 높아지는데, 대학에 들어오는 학생들의 학력수준은 오히려 떨어지고 있다고 보는 것이 뜻 있는 교수들의 우려이다. 도대체 그 많은 세월 동안 어린이들이 무엇을 읽었는지, 어린이들에게 무엇을 가르쳤는지 알다가도 모를 일이다. 사고능력의 단순성은 날이 갈수록 심해진다. 그렇다고 해서 공동체의식에 긍정적인 변화가 있는 것도 아니다.

초등학교 3학년 어린이들을 대상으로 학력평가를 실시하겠다는데, 이에 대한 어린이들의 반응은 어떨까? 교육인적자원부 관료들, 교원단체들, 학부모단체들은 그들의 소리에 한 번 귀 기울여봐야 하지 않겠는가? 아이들은 어른들이 시키는 대로 하면 되는 존재들은 아니지 않은가? 어린이들을 조기에 치열한 경쟁교육으로 몰아넣을 때, 무엇보다 어린이들이 이를 통해서 얻는 것은 무엇인가? 그들의 인성계발에는 어떠한 이로움이 있으며, 그들의 실력향상에는 어떠한 효과가 발생하는가?

초등학교 3학년 어린이들도 우리 헌법이 말하는 '인간'이다. 그들은 인간으로서 존엄한 존재들이다. 그들은 국가권력에 의해서 물적 재화처럼 다루어져서는 안 되고, 국가권력이나 어른들의 이기적인 목적을 위한 수단이 되어서도 안 된다. 그들에게도 자신들의 문제에 관하여 토론하고 말할 권리가 있고, 그들의 주장을 관철하기 위해서 집회를 할 자유가 있다. 학력평가에 관하여 그들의 의견을 물어보면 무조건 반대할 것이라고 생각하는 교육관료나 교사 또는 학부모가 있다면, 그것은 그들의 인성을 너무 가볍게 보고 있는 데에서 비롯된다.

우리에게 중요한 것은 지금 이곳에서 초등학교 3학년 어린이들이 무슨 생각을 하고 있는가를 알아보는 것이다. 그들의 눈에는 기성세대가, 국가가, 교사가, 학부모가 어떻게 비쳐지고 있는지, 학교교육과 관련하여 그들이 원하는 것은 무엇인지 우리는 관심을 가져야 한다. 우리나라 현대교육의 역사 수십 년 동안 국가와 학교는 어린이들에게 말할 기회를 주지 않았고, 그 결과 한국의 대학생들은 강의실에서 전혀 입을 벌릴 줄 모르고 강의시간 내내 침묵만 하고 있다. 한국의 학교교육은 어린이들의 개성 죽이기 교육, 창조력 죽이기 교육이다. '학생들이 공부를 하면 그 효과를 측정해 보는 것이 당연한 것'이 아니다. 거기에는 반드시 왜, 언제, 어떻게라는 기본적인 물음이 있어야 하고, 그러한 물음은 어린이들과 공유하는 물음이어야 한다.

3. 교육행정정보시스템과 인권

- 2003년 2월 26일, 인권주평

교육인적자원부는 전국단위 교육행정정보시스템(National Education Information System, NEIS)을 계획하고 이를 실행에 옮기고 있다. NEIS는 교육행정의 전자정부화를 목적으로 하고, 학교현장의 교무·학사·인사·회계·물품·시설 등 교육행정 전반에 관한 정보를 연계하여 처리하는 것을 내용으로 하며, 정보화의 발전추세를 반영하는 유연하고 지속적인 교육정보화를 추진하는 것을 그 전략으로 삼고 있다.

방대한 정보누출, 간과되기 쉬워

종래 일선학교가 중심이 되어 학사와 교무행정에 관한 정보만을 그 내용으로 하던 것이, 이제는 교육행정 전반에 관한 정보를 그 내용으로 하고 있다. 일선학교에서 수집된 정보들은 모두 시·도 교육청이 관리하고, 이들 정보에 대한 접근이 허용된 사람들은 정보를 가공하여 새로운 정보로 생성·활용할 수 있게 되어 있다. 교육인적자원부 역시 시·도 교육청 서버에서 관리되는 일선학교의 모든 정보를 관리할 뿐만 아니라 이를 가공하여 새로운 정보로 생성·활용할 수 있다. 한마디로 일선학교에서 수집되는 모든 정보는 입력되는 순간 교육인적자원부가 통합하여 관리할 수 있는 정보로 전환되는 것이다.

NEIS에 의해서 수집되는 정보의 양은 매우 방대하다. '교육행정 전반에 관한 정보'라는 표현이 이를 한마디로 압축하고 있다. 그러나 이러한 표현은 우리의 눈과 귀에 매우 익은 표현이기 때문에, 그 위험성이 간과되기 쉬운 용어이기도 하다. 사람들의 눈은 대체로 하나의 표현 밑에 숨어서 꿈틀거리는 물체들에까지는 미치지 않기 때문이다.

NEIS의 대상업무는 대영역, 중영역, 세부내용으로 분류되어 있다. 대영역은 기획, 교원인사, 일반직인사, 급여, 교육장학, 보건체육, 재정, 시설, 법인(사립학교의 경우), 기타행정으로 되어 있다(중영역과 세부내용의 소개는 지면관계상 생략한다).

몇 개의 중요한 사안들에 들어가보기로 하자. ①출결관리와 관련하여, 교과담임은 수업이 끝날 때마다 학생에 대한 출결자료를 입력해야 한다. 수업에 불참한 학생의 불참사유는 수업이 종료한 후 담임이 반별로 마감한다. ②성적과 관련하여, 채점이 교과담임에 의하여 온라인상에서 이루어진다. ③물품 및 교구관리와 관련하여, 학교의 모든 물품을 일일이 입력하고 그 사용내역을 상세하게 기록해야 한다. 언제 누가 어느 물품을 어느 정도로 사용했는지가 정확하게 입력되어야 하는 것이다. ④보건과 관련하여, 보건교사는 학생의 개인별 건강기록을 입력해야 한다. 학생의 건강상태, 신체검사, 질병과 치료경과 등에 관한 정보를 해당 학생이 초등학교에 입학하는 순간부터 고등학교를 졸업하는 순간까지 수집하여 입력하여야 한다. 이 정보는 과거의 정보를 삭제하고 최신의 정보를 입력하는 것이 아니라, 모든 정보를 누적하여 입력하는 점이 특징이다. ⑤생활기록부와 관련하여, 학생 자신의 이메일 주소까지 포함하여 15개 이상의 정보가 입력된다. 놀라운 것은 학부모의 신상정보까지도 입력하게 되어 있다는 것이다. 성명, 주민등록번호는 기본이고, 학부모의 휴대폰 번호, 직업, 학력 등이 포함되어 있다. 학력만 하더라도 무려 30여 개 항목으로 세분화시켜놓고 있다.

학생의 정보자기결정권 침해 소지

NEIS가 국민(특히 학생)의 인권에 미치는 영향은 무엇인지를 살펴볼 필요가 있다. 제기될 수 있는 많은 쟁점들 가운데서 특히 중요한 것은 NEIS는 학생의 정보자기결정권(Recht auf informationelle Selbstbestimmung)을 제대로 보장하고 있는 가라는 것이다.

정보자기결정권이란 국민은 언제 어떠한 한계 내에서 자신에 관한 정보를 공개할 것인지를 원칙적으로 스스로 결정하는 권리를 말한다. 정보자기결정 권이 효과적으로 보호되기 위해서는 국민은 자신에 관하여 누가 무엇을 언제 어떠한 기회에 알고 있는지를 명확하게 알 수 있어야 한다. 이것을 곤란하게 하거나 불가능하게 하는 법질서는 정보자기결정권을 파괴하는 법질서이다.

이 때문에 가령 독일연방헌법재판소는 "인격의 자유로운 발현은 현대의 정 보처리의 여건 하에서 그 인적 정보의 무제한의 수집·저장·이용··전달에 대 한 개인의 보호를 전제로 한다. 따라서 이러한 보호는 기본법 제1조 제1항(인간 의 존엄)과 결합하여 제2조 제1항(인격의 자유로운 발현권)의 기본권에 의해서 포괄된 다. 그 기본권(정보자기결정권을 말함)은 그러한 한에서 자신의 인적 정보의 제공과 이용에 관하여 원칙적으로 스스로 결정하는 개인의 권리를 보장한다"라고 말 하고 있다.

또한 이 판례는 "사소한(중요하지 않은) 정보는 없다"는 명제를 밝히고 있기도 하다. 이것은 이름, 생년월일, 주소 등 아무리 단순해 보이는 것도 정보로서의 가치를 갖고 있으며, 그것들이 수집·저장되면서 개인에게 예측하지 못한 손해 를 끼칠 수 있는 위험성을 내포하고 있다는 것을 뜻한다.

4. 보행자 권리와 보행환경

– 2003년 6월 13일, 안양지역 시민연대

보행권이 우리 헌법상 어떠한 의미를 갖는가에 관하여 헌법학자들 사이에 본격적인 논의가 아직까지는 없다. 더 정확히 말한다면 이 권리에 관한 법학자들 사이의 논의가 아예 없거나 거의 없다고 할 수 있다. 보행권을 행정법적 각도에서 본다면 도로라는 공공용물의 자유이용권이라고 해석할 수 있다. 보행권을 도로라는 공공용물의 자유이용권이라고 보는 경우, 그것은 인간의 자연적 자유에 속한다. 그러나 그것이 곧 헌법적 차원의 기본권으로서의 성격을 갖는다고 말할 수는 없다. 이것이 공공용물의 자유이용권의 한계이다.

보행권을 헌법적 권리로 보지 않는 경우, 그에 따라 법률이나 행정입법에 의한 제한의 여지가 넓어진다. 이런 점에서 중요한 것이 보행권의 헌법적 근거를 찾을 수 있는가 하는 문제이다. 만일 찾을 수 있다면, 보행권은 단순히 행정법상의 권리에 머무르는 것이 아니라, 헌법상의 기본권으로 격상되게 된다.

우선 보행권의 개념을 정의한다면 그것은 인간이 안전하고 쾌적한 보행공간 속에서 보행할 수 있는 권리라고 말할 수 있다. 다음으로 보행권의 개념정의를 이와 같이 내리는 경우, 보행권과 관련되는 것으로 원용될 수 있는 헌법 조항으로는 인간의 존엄과 가치·행복추구권(제10조 제1문), 국가의 기본적 인권의 불가침성의 확인·보장의무(제10조 제2문), 법 앞의 평등(제11조), 거주·이전의 자유(제14조), 인간다운 생활을 할 권리(제34조 제1항), 열거되지 아니한 자유와 권리의 보장(제37조 제1항), 환경권 특히 쾌적한 환경에서 생활할 권리(제35조 제1항)를 들 수 있다.

보행권은 인간성과 주체성을 가지는 존재로서의 인간이 그러한 가치를 인정받기 위한 최소한의 조건이라는 점에서 인간의 존엄과 가치와 관련된다. 보행권은 정신적 존재로서의 인간이 끝없이 더 나은 행복을 추구해가는 데 필요한 권리라는 점에서 행복추구권과 관련된다. 국가는 보행자가 보행의 장해를 받지 않고 안전하게 보행할 수 있는 보행여건을 조성해줘야 한다는 점에서 국가의 기본적 인권의 불가침성의 확인·보장의무와 관련된다.

보행권은 보행약자(노약자, 어린이, 장애인, 유모차 운전자 등)가 보행강자보다 불리한 처우를 받아서는 안 된다는 점에서 법 앞의 평등과 관련된다. 보행권의 확보 없이 인간은 자유로운 장소이동을 할 수 없다는 점에서, 보행권은 거주·이전의 자유와 관련된다. 보행권은 인간의 인간다운 생존의 기초가 된다는 점에서 인간다운 생활을 할 권리와 관련된다.

보행권은 헌법에 명문의 규정이 없다고 해서 부정되어서는 안 된다는 점에서 열거되지 아니한 자유와 권리와 관련된다. 보행권의 확보를 위하여는 보행을 위한 자연적·법적·제도적 환경이 중요하다는 점에서, 보행권은 환경권 특히 쾌적한 환경에서 생활할 권리와 관련을 가진다. 결국 보행권을 인정하기 위한 헌법적 근거는 다양하다고 볼 수 있다. 보행권은 행정법적 의미의 도로의 자유이용권에 머무르는 것이 아니라 헌법적 의미의 기본권이다.

그렇다면 보행권은 독자적인 성격의 기본권인가, 아니면 다른 기본권에 포섭되어 인정되는 기본권인가? 보행권의 헌법적 근거가 다양하다고 해서 보행권이 독자적 기본권이 아니라고 말할 수는 없다. 보행권은 독자적 성격의 기본권이다. 마치 우리 헌법에 명문으로 사상의 자유, 평화적 생존권, 초상권 등이 규정되어 있지 않다 하더라도, 그러한 기본권들은 각각 독자적 성격의 기본권으로서의 성격을 가지는 것으로 보는 것과 같다.

　보행권과 관련되는 헌법규정들과 관련하여 우선적으로 중요한 것이 "국가는 개인이 가지는 기본적 인권의 불가침성을 확인하고 이를 보장할 의무를 진다"라는 조항(제10조 제2문)이다. 보행권과 관련하여 이 조항은 두 가지의 의미를 갖는다. 첫째로, 국가는 개인의 보행권을 침해해서는 안 된다는 소극적인 의미이다. 예를 들어 불필요하게 출입금지지역을 많이 설치하는 것은 소극적 의미의 보행권을 침해하는 것이다. 둘째로, 국가는 개인의 보행권이 침해되지 않도록 필요한 법령을 제정하고, 시설을 갖추며, 국민일반의 의식이 보행에 우호적인 방향으로 나아가도록 교육과 제재를 병행해야 한다.

　보행권과 관련된 법령, 시설, 의식 등은 이러한 헌법적 요청을 충족시켜야 한다. 만약 보행권에 관한 법령이 국민의 보행권을 침해하는 조항들을 담고 있을 경우, 그러한 조항들은 헌법재판소의 위헌판단을 받아야 한다. 보행권의 보장에 불가피한 법령조항이 결여되어 있을 경우, 그러한 입법부작위는 국민의 보행권 확보를 위하여 신속하게 제거되어야 한다.

　보행권과 관련된 법령의 기본태도는 어떤 것이어야 하는가? 보행약자 내지는 보행자에게 우호적이어야 하는가, 아니면 보행강자에게 우호적이어야 하는가? 입법의 태도는 크게 세 가지로 나누어 볼 수 있다. 보행강자에게 우호적인 것, 보행약자에게 우호적인 것, 양자의 이익을 조화롭게 배려하는 것이 그것이다. 관점에 따라 선택의 여지는 있겠지만, 우리가 배제하여야 할 것은 보행권 관련 법령이 보행강자에게 우호적이어서는 안 된다는 것이다.

　보행강자에게 우호적이거나 유리한 입법은 곧 국가의 보행권 보호의무를 방기하는 것이나 다름없다. 그것은 국가가 국민 간의 차별을 조장하는 행위로서 위헌성을 면할 수 없다. 그렇다면 남는 것은 입법이 보행약자에게 유리하게 되어 있는가, 아니면 보행약자와 보행강자의 이익을 조화롭게 배려해야 하는가이다. 이 점은 입법정책의 문제로 남는다. 다만 여기에도 하나의 전제가 있다. 그동안의 입법이 양자의 이익을 균형 있게 조화시키는 방향을 잡아왔다면, 보행권에 관한 입법은 양자의 이익을 조화롭게 배려하는 것으로 충분하다고 볼 수도 있다.

그러나 이와는 달리 그동안의 입법이 보행강자의 이익을 보행약자의 이익에 우선시키는 방향을 잡아왔다면, 그러한 불균형이 제거되기까지 입법자는 보행약자의 이익을 보행강자의 이익에 우선시켜야 한다는 것이다. 이것은 그동안 법 앞의 평등을 추구해 온 각국의 입법이 밟아왔던 과정이기도 하다.

5. CCTV 설치에 대한 법적 검토

- 2003년 9·10월호, 민변

CCTV 설치·이용과 기본권

CCTV(closed circuit television, 폐쇄회로텔레비전)의 설치가 날로 늘어나고 있다. 관공서 건물, 은행, 공장, 사무실, 공공도로 등에서 CCTV를 통해서 해당 공간을 통행하거나 거기에 머무르는 사람들의 이미지를 촬영하는 일이 상시적으로 행해지고 있다. 그중에는 그 공간을 거쳐가는 사람들이 충분히 인식할 수 있는 상태에서 CCTV를 운용하는 경우가 있는가 하면, 은밀하게 타인의 이미지를 포착하는 작업도 수없이 행해지고 있다. 인간에 대한 전자감시기술은 날로 새롭게 발전하고 있다. 최근에는 웹카메라(worldwide web camera)를 특정 공간에 설치하여 이를 컴퓨터와 연결시켜서 카메라에 찍힌 영상을 인터넷을 통해 실시간(real time)으로 보여주는 정보제공서비스까지 등장하고 있다.

여기에서 필자는 CCTV를 통한 사람의 이미지 촬영이 법적 문제를 제기하는 것인지, 제기한다면 그것은 무엇이고, 이 문제에 어떻게 접근해야 하는지에 관하여 진지하게 고민해야 할 단계에 와 있다고 생각한다.

CCTV를 통해서 특정인의 이미지가 촬영되는 순간, 그것은 초상권과 충돌을 일으키게 된다. 초상권이란 사람이 자신의 초상에 대하여 갖는 인격적·재산적 이익을 가리킨다. 즉, 초상권은 사람이 자신의 얼굴, 기타 사회통념상 특정인이라고 식별할 수 있는 신체적 특징에 관하여 자신의 동의 없이 함부로 촬영·공표되지 아니할 권리, 이를 광고 등에 영리적으로 이용당하지 않을 권리이다. 설사 촬영에 동의한 경우라 하더라도 초상권의 주체가 예상한 것과 다른 방법으로 사진을 공표하는 것도 초상권을 침해하는 경우에 속한다.*

초상권은 우리 헌법의 해석상 제10조 제1문 전단이 규정하는 인간으로서의 존엄과 가치에서 나오는 인격권과 관련되는 권리라고 볼 수 있다. 그러나 초상권이 단순히 인격권과 관련되는 권리에 불과한 것은 아니다. 왜냐하면 초상권은 인격권적 요소와 함께 재산권적 요소도 갖고 있기 때문이다. 그렇다면 초상권은 헌법 제23조가 규정하는 재산권과도 관련되는 기본권이라고 볼 수 있다.

CCTV를 통해서 특정인의 이미지를 촬영함으로써 발생하는 현상은 특정인의 특정순간의 정태적 삶만이 포촉되는 것은 아니다. 그것은 이미지를 촬영당하는 특정인의 전체적인 삶의 흐름의 한 장면을 잡아내는 것이기 때문에, 이를 통해서 그 사람의 동태적 삶이 현출되게 된다. 이는, CCTV를 통하여 특정인의 이미지를 촬영하는 순간, 촬영당한 특정인의 삶의 한 흐름이 포촉된다는 것을 뜻한다. 그러한 삶의 한 순간은 타인에게 드러내 보여도 전혀 개의치 않을 것도 있겠지만, 타인에게 결코 드러내고 싶지 않은 것도 있을 수 있다. 한 개인의 삶의 순간순간은 그 개인이 이미 지니고 있거나 새롭게 창출해가는 수많은 개인정보의 일부를 이루게 된다. 이러한 개인정보를 헌법의 기본권의 시각에서 비추어 보면, 프라이버시권(right of privacy)이라는 기본권으로 구성해볼 수 있다. 미국의 학설과 판례는 프라이버시권을 소극적인 의미와 적극적인 의미를 갖는 권리로 이해하고 있다. 프라이버시권은 소극적으로는 '혼자 있

• 서울민사지법, 1988. 7. 25. 선고, 88가합31161 판결.

게 놓아두는 권리(a right to be let alone)'이고, 적극적으로는 '자신에 관한 정보의 흐름을 통제하는 개인의 권리(a individual's right to control the circulation of information relating to himself)'로 이해한다. 후자는 달리 정보자기통제권이라고 불리기도 한다.

독일에서는 연방헌법재판소가 기본법 제2조 제1항(인격의 자유로운 발현권)과 결합하여 제1조 제1항(인간의 존엄)에서 정보자기결정권(Recht auf informationelle Selbstbestimmung)이 도출된다고 해석하고 있다. 독일연방헌법재판소가 말하는 정보자기결정권이란 "언제 어떠한 한계들 내에서 개인적 생활사태들을 공개할 것인지를 원칙적으로 스스로 결정하는 권리"*를 의미한다. 여기에서 국가권력이 개인정보를 취득하기 위해서는 원칙적으로 정보주체의 동의를 요한다는 명제가 나온다. 개인정보와 관련해서는 "사소한 정보는 없다(Es gibt keine belanglose Daten)"고 보아야 하기 때문에,** 정보자기결정권은 압도적인 공공의 이익을 위해서만 정당화된다고 보는 것이 독일연방헌법재판소의 일관된 태도이다.

우리의 경우 프라이버시권을 곧 독일식으로 정보자기결정권으로 이해해야 할 것인가, 아니면 정보자기결정권은 사생활의 비밀과 자유와 함께 인간으로서의 존엄과 가치에도 연결되는 기본권으로 보아야 할 것인가에 관하여 아직 일치된 견해는 없다. 다만 우리나라에서도 이미 정보사회가 고도로 진행되고 있다는 점, 나아가 교육행정정보시스템(NEIS)의 예에서 볼 수 있듯이 이는 전

• 독일연방헌법재판소 판례집 제65권 제1쪽(42쪽)
•• 말 그대로 자신의 이름 외에는 모든 것이 보호받아야 할 개인정보 또는 프라이버시이다.

자감시사회(electronic surveillance society)가 도래하는 상황에서 침해위험성이 높아가는 기본권이라는 점을 고려하여, 명칭 자체로부터 그 내용의 윤곽을 드러낼 수 있는 정보자기결정권이라는 이름의 기본권으로 이 문제를 파악하는 것이 적절할 것이라고 생각된다.

이런 관점에서 볼 때, 국가권력이 CCTV를 이용하여 일정한 공간에 머무르거나 통행하는 사람들의 이미지를 촬영하는 행위는 정보자기결정권의 침해를 야기한다. CCTV를 통하여 자신의 초상이 입력되는 사람들은 자신의 동의 없이 국가권력에 의해 자신의 개인정보를 취득당하기 때문이다(이와 관련하여 의미를 갖는 것이 1980년 OECD의 '프라이버시의 보호와 개인 데이터의 국제적 유통에 관한 가이드라인(Guidelines on the Protection of Privacy and Transborder Flows of Personal Data: Privacy Guidelines)'이 규정하고 있는 수집제한의 원칙(Collection Limitation Principle)이다.*

여기에서의 개인정보는 초상 그 자체에 관한 개인정보뿐만 아니라, 특정 시간에 어디에서 어떤 모습으로 누구와 함께 무엇을 하고 있었는가를 내용으로 하는 개인정보이다. 이러한 개인정보는 법적으로 보호받아야 할 정보이고, 헌법적 차원에서는 기본권으로 보호받아야 하는 정보이다.

영국에서의 CCTV 설치·이용과 그 통제

흔히 영국을 가리켜 CCTV를 통한 개인생활의 감시가 가장 심하게 행해지는 국가라고 평가하고 있다. 이 때문에 영국은 CCTV를 통한 기본권 침해문제

---

* 이 원칙에 따르면, 개인정보의 수집에는 제한이 있어야 하고, 그러한 정보는 합법적이고 정당한 방법으로 얻어져야 하며, 적절한 경우에는 정보주체가 인지하고 동의해야 한다.

를 어떻게 다루고 있는지를 알아보는 것은 우리의 문제를 바라보고 해석하는 데 많은 도움을 얻을 수 있을 것이다.

영국에서는 CCTV를 통해서 개인의 이미지가 촬영되는 경우, 이는 프라이버시권 침해의 문제를 야기한다는 점에 대한 동의가 이루어져 있다. 그리하여 국가권력이 CCTV를 통해 개인의 이미지를 포착할 수 있는 경우들로서, 민주사회에서의 국가안보의 이익, 공공의 안전이나 국가의 경제적 복지에 필요한 경우, 무질서나 범죄의 예방을 위한 경우, 건강과 도덕을 보호하기 위한 경우, 또는 타인의 권리나 자유를 보호하기 위한 경우들을 들고 있다.[*]

놀라운 것은 '법에 의한 통치(rule of law)' 원칙의 전통을 자랑하는 영국에서조차 2000년 2월 말까지, 공공장소에서의 CCTV 감시의 체계적 통제를 위한 실정법적 기초는 전혀 없었다. 그러나 이제는 1998년 '데이터 보호법(Data Protection Act 1998)'이 CCTV 운용을 포괄하게 되었다. 왜냐하면 CCTV 카메라는 개인 데이터(personal data)를 수집하기 때문이다. '데이터 보호법'은 CCTV에 의한 개인정보 수집을 법의 관할범위에 포함시켜 둘 때 비로소, 공공이 주로 자유롭게 그리고 무제한적으로 액세스(access)하는 지역에 대한 감시를 정당화할 수 있다고 보았다.

CCTV를 통한 개인 이미지 포착이 허용되는 경우들은, 이를 얼핏 보면 매우 광범위하고 포괄적인 것 같기도 하지만, 최근 들어 상당히 엄격한 법적 규제가 가해지고 있다. CCTV와 관련하여 '데이터 보호법'이 규율하는 것은 다음과 같은 것들이다.

- 영국에서의 CCTV 설치·운용에 관한 쟁점·원칙·법적 기초 등에 관한 자료는, 'crimereduction.gov.uk'를 통해서 얻을 수 있다. 이 글도 여기에서의 자료를 참조한 것임을 밝혀둔다.

첫째, 시스템 운용의 고지(notification)이다. 데이터를 처리하는 모든 CCTV 체제들은 정보감독관(Information Commissioner)에게 고지해야 한다. 1998년 10월 24일 이후 2000년 3월 1일 이전에 설치된 시스템들은 2001년 10월까지 고지해야 하고, 2000년 10월 24일 이전에 설치된 시스템들은 2001년 10월까지 고지해야 한다.

둘째, CCTV를 설치했다는 신호표시(signing)를 해야 한다. 공공이 자신들이 감시장치에 의해서 커버되고 있는 지역에 들어가고 있다는 것을 인지하도록, 신호표시를 해두어야 한다는 것이다. 즉, 사람이, 자신들의 이미지가 CCTV에 의해서 포착되고 있는 지역에 들어갈 때, 이 지역에 들어갈 것인지 여부를 선택하도록, 그들은 자신들이 이 지역에 들어가기 전에 미리 이에 대한 경고를 받아야 한다는 것을 의미한다. 신호표시가 되어 있지 않은 장치는 은밀한(covert) 장치이고, 그것은 '데이터 보호법 section 29'와 합치하는 경우에만 신호표시로부터 면제된다. '데이터보호법 section 29'는 CCTV 장치에 대해서 예외적이고 제한적인 경우에만 신호표시를 하지 않는 것을 허용한다.

또한 1998년 '인권법(Human Rights Act 1998)' 제8조에 새로이 확립된 개인의 프라이버시권과 관련하여, CCTV에 의한 개인 이미지 포착을 위한 확고한 원칙들이 세워져 있다. 비례성(proportionality)의 원칙, 합법성(legality)의 원칙, 책임성(accountability)의 원칙, 필요성/강제성(necessity/compulsion)의 원칙, 보충성(subsidiarity)의 원칙이 그것이다. 그것을 약칭하여 'PLANS'라 한다.

· 비례성의 원칙: 공동체의 안전에 대한 위협이나 위험의 수준이 사용되는 카

메라의 수에 비례하여 중요한가, 또는 카메라 체제를 가질 요건조차도 전적으로 중요한가? 그 체제의 이용이 위험과 공격의 심각성과 균형이 잡혀 있는가? 모니터하기 위해서 채택된 방법들은 'Code of Pratice and Procedures' 내에 들어 있는가? 체제가 운용되는 동안 취해진 조치들은 비례적이어야 하고, 공정해야 하며, 사회의 필요와 개인의 권리 사이의 균형을 달성할 수 있어야 한다. 목표를 달성할 수 있는 이용 가능한 다른 선택지들을 고려해야 하고, 최소한의 침해적인 것을 선택해야 한다.

· 합법성의 원칙: CCTV 운용자는 인권, 데이터 보호, 1984년 'PACE Act, Criminal Procedures and Inverstigations Act'에 관한 문서들을 포함하여, 'Codes of Practice and Procedures'를 완전히 인지하고 있어야 하고, 이에 서명해야 한다. (CCTV 운용과 관련하여) 취해지는 모든 조치들은 입법이나 판례에 의해서 지지되어야 한다.

· 책임성의 원칙: 모니터링은 적절한 이유에 따라 행해지고 있고, 공공연히 이용할 수 있는 'Codes of Practice and Procedures'에 의해서 지배되고 있다는 것이 명백해야 한다. 모든 조치들은 명백히 심사에 개방되어 있어야 하고, 완전히 기록이 유지되고 편철되어야 한다. 모든 대안적 선택지들이 또한 고려되어야 하고, 그대로 기록에 남겨져야 한다.

· 필요성/강제성의 원칙: CCTV에 의한 공공장소 감시가 전적으로 필요한가, 아니면 공동체 안전을 증대시키고 범죄를 예방하고 수사하는 다른 방법들이 있는가? 이러한 감시지역에서 행해지는 다른 범죄의 개연성은 있는가? 행해지는 모

든 감시는 민주사회에서 필요한가? CCTV 운용자는 권리에 대한 어떠한 침해도 정당화할 수 있어야 하고, 그와 같은 것들을 기록에 남겨야 한다.

·보충성의 원칙: CCTV 체제 운용의 수단은 프라이버시와 개인의 권리에 대한 최소한의 개입을 야기해야 하고, 소송이 제기된 법원의 심사를 받아야 한다. 이러한 모든 이슈들은 공공장소에 CCTV를 설치하기 전에 완전히 고려되어야 한다.

이상에서 알 수 있는 것은, 영국이 다른 국가들과 비교하여 상당히 광범위하게 CCTV에 의해서 개인의 일상생활을 감시하고 있는 국가로 인식되어왔지만, 이제는 CCTV를 통한 개인 이미지 촬영이 초래할 수 있는 폐해를 제거하기 위한 법적 규율과 제도적 장치를 철저하게 마련해놓고 있다는 것이다.

우리나라에서 CCTV 설치에 대한 법적 검토

이제 우리나라에서 문제되고 있는 CCTV를 통한 개인 이미지 촬영 문제에 접근해보기로 한다. 위에서 이미 언급한 것처럼, CCTV를 통해서 개인 이미지를 촬영하는 국가작용은 개인의 기본권(초상권, 재산권, 정보자기결정권 또는 프라이버시권)을 침해하는 행위이다. CCTV를 통한 개인 이미지 포착으로부터 제기되는 문제는 개인의 기본권을 제한하는 것에 그치는 것이 아니다. 그것은 민주주의 공동체를 전자감시사회로 더욱 접근시키는 결과를 초래한다. 전자감시사회의 구축은 그 속에서 살고 있는 구성원들의 존엄한 존재로서의 삶, 행복을 추구하는 주체로서의 삶을 제어하는 기능을 한다.

CCTV를 통한 개인 이미지 촬영이 제기하는 문제는 어느 것 하나 가벼운 것이 없다. CCTV가 범죄를 예방하고 수사하는 데 기여하는지, 어느 정도 기여하는지에 관하여 아직 우리나라에서 과학적이고 실증적인 분석이 나와 있지는 않다. 어쨌든 CCTV를 통한 개인 이미지의 강제적 포착이 개인의 기본권들을 침해한다는 점에 대해서는 이론이 있을 수 없기 때문에, 거기에는 다음과 같은 전제조건들이 충족되어야 한다.

첫째, 국가권력이 CCTV를 설치하여 개인 이미지를 촬영하고자 할 때에는 이를 위한 법률적 근거를 갖추어야 한다. 이는 국가권력은 법률에 의하거나 법률에 근거할 때에만 비로소 국민의 기본권을 제한할 수 있다는 법치국가원칙에 따라 당연한 것이다(따라서 행정규칙이나 지방자치단체의 조례에 CCTV 설치·운용에 관한 근거규정을 두는 경우 이는 법치국가원칙을 침해하는 것으로서 허용되지 않는다.). 범죄예방과 수사의 효율성이라는 행정목적 자체가 CCTV 설치를 정당화시켜주는 것이 아니라, 그러한 행정목적을 법률적으로 확인시켜주는 조항들이 CCTV 설치를 정당화시켜준다.

둘째, 국가권력이 CCTV 설치를 통해서 개인 이미지를 강제적으로 취득하기 위해서는 근거법률을 통하여 그 목적을 명확히 해야 한다. 즉, 개인 이미지의 수집목적, 그 전파 가능성과 이용 가능성을 명확히 해야 한다.*

셋째, CCTV 설치를 통한 개인 이미지 촬영은 비례의 원칙을 엄격하게 지켜

• 위 OECD 가이드라인이 규정하는 '목적특정화의 원칙(Purpose Specification Principle)'도 이러한 뜻을 밝히고 있는 것으로 이해해야 한다. 이 원칙에 따르면, 개인정보가 수집되는 목적은 수집 시에 특정되어야 하고, 이어지는 사용은 수집목적에 제한되어야 하며, 다른 목적은 수집목적과 양립할 수 있는 것이어야 하고, 목적변경 시에 특정되어야 한다.

야 한다. 비례의 원칙이란 도달하고자 하는 목적의 달성을 위한 처분이 적합하고 필요해야 한다는 것을 의미한다. 그것은 헌법재판소 판례에 의해서 확립된 내용에 따라 목적의 정당성, 방법의 적정성, 피해의 최소성, 법익의 균형성을 갖추어야 한다. CCTV 설치의 필요성이 존재한다는 합의(consensus)가 존재하는 경우에도 지나치게 많은 수의 CCTV를 설치하는 경우, 이는 비례의 원칙에 반하여 위헌의 결과를 초래하게 된다.

넷째, CCTV 설치를 통한 개인 이미지 촬영에는 보충성의 원칙이 적용되어야 한다. 예를 들어 범죄의 예방과 수사의 효율성을 위하여 CCTV 설치가 필요하다면, 그에 앞서 범죄의 예방과 수사의 효율성을 위한 원칙적이고 일반적인 모든 조치들이 검토되고 강구되어야 한다. 범죄발생률을 낮추기 위한 국가적 노력, 범죄수사의 과학화, 범죄의 예방과 수사를 위한 인적·제도적 토대의 확충 등이 있어야 한다. 이러한 노력들로써도 범죄의 예방과 수사라는 목적을 효율적으로 달성할 수 없는 최후의 단계에서, 필요한 공간에 CCTV가 동원되어야 한다. CCTV 설치를 통한 범죄의 예방과 수사는 어디까지나 최후의 수단으로 행해지는 것이어야 한다.

다섯째, CCTV를 설치하는 경우, 설치·관리의 주체는 원칙적으로 공공이 인식할 수 있도록 CCTV가 설치되어 있다는 사실을 공지해주어야 한다. 국가기밀문서를 보관하는 지역, 군사보안지역, 범죄가 이미 발생하여 그 범죄의 수사를 위해 일시적으로 관찰할 필요가 있는 지역 등에는 그에 대한 예외가 허용될 수 있을 것이다.

여섯째, CCTV가 법률의 규정을 준수하면서 설치·이용되고 있는지, 이를 통하여 얻어낸 개인 이미지들이 법률이 규정하는 정당한 목적을 위해서만 이용되고 있는지 등을 감시하기 위해서는 엄격한 통제장치를 두어야 한다. (위에서 지적한) 영국에서 시행하고 있는 정보감독관 제도가 바로 이에 해당한다. 이를 위해서는 CCTV 설치·이용의 감시를 위한 국가기관이 필요할 것이다. 그 기구의 조직·권한 등을 법률로써 명확히 규정해야 할 것이고, 그 독립성이 필요한지 여부에 관해서도 면밀한 검토가 이루어져야 할 것이다.

CCTV 설치·이용은 법치국가적 한계를 지켜야

CCTV 설치를 통해서 개인 이미지를 촬영하고자 하는 국가적 목적 자체를 부정하기는 어렵다. 그러나 그러한 목적이 CCTV의 설치에서부터 이용에 이르기까지 모든 국가적 행위를 정당화시켜주는 것은 아니다. CCTV 설치·이용의 목적을 구체적으로 정밀하게 진단하고, 그 목적을 달성할 수 있는 다른 대안적 수단들이 검토되어야 하며, CCTV를 통한 개인 이미지 포촉으로 인하여 발생할 수 있는 기본권 침해사태를 예방할 수 있는 장치들이 충분히 검토되어야 한다.

이를 위해서 필수적인 것이 법치국가적 한계를 지키는 것이다. 법치국가적 한계를 지킨다는 것은 단순히 법률적 근거를 마련하면 된다는 것이 아니다. 그 법률은 CCTV를 통한 개인정보의 취득과 관련되어 있는 모든 기본권적 문제점들을 검토하고 제거한 법률이어야 한다. 이러한 법률이 갖추어져 있을 때 비로소, CCTV를 통한 개인 이미지 촬영이 시작되어야 하며 시작될 수 있다.

6. 교육부의 정보인권 파괴활동

- 2003년 10월 17일, 참소리

감사원장 후보자에 대한 국회 인사청문회장에서 때 아닌 '양가 아저씨' 파문이 일어났다. 후보자의 초·중·고등학교 생활기록부를 손에 넣은 국회의원들 중 한 사람이 후보자의 성적표에 '양'과 '가'가 많은 것을 빗대어 후보자를 '양가 아저씨'라고 부른 것이 사태의 발단이었다.

여기에서 하나의 의문이 발생한다. 설사 가족이 와서 요구해도 떼어주지 않는 생활기록부를 국회의원들은 어떻게 입수했을까라는 것이다. 이러한 의문은 〈오마이뉴스〉 2003년 10월 2일자 기사에서 밝혀졌다. 인사청문회를 앞둔 9월 19일 감사원장 후보자와 그 배우자가 다녔던 초·중·고등학교에 한 장의 업무연락이 날아갔다. 그것은 교육인적자원부 장관 발신, 광주광역시교육청 교육감 경유의 공문이었고, 그 제목은 '감사원장 인사청문회 자료 요청 건'이었다.

해당 학교의 어느 교감은 이렇게 하소연했다고 한다. "원래 생활기록부는 가족이 와도 떼어주지 않게 되어 있는데 이번엔 어쩔 수 없었다. … 교육청 산하다 보니 직속상관인 교육부와 교육청이 보내라고 하는데 보내주지 않을 도리가 없었다"라는 것이다. 교육부 장관, 광주광역시 교육감, 해당 학교들의 교장들의 일련의 행위들은 현행법상 명백한 범죄행위에 해당한다.

우선 공공기관의정보공개에관한법률은 이름, 주민등록번호 등에 의하여 특정인을 식별할 수 있는 정보는 공개금지정보로 규정하고 있고(법률 제7조 제1항 6호),

다음으로 공공기관의개인정보보호에관한법률은 개인정보를 누설 또는 권한 없이 처리하거나 타인의 이용에 제공하는 등 부당한 목적으로 사용한 자를 3년 이하의 징역 또는 1천만 원 이하의 벌금에 처하도록 규정하고 있기 때문이다(법률 제23조 제2항). 이와 함께 교육부 장관은 헌법 제65조와 제111조에 따라 탄핵을 받아야 할 행위를 저지른 것이다. 교육부가 불법적으로 취득한 정보를 역시 불법적으로 넘겨받은 해당 국회의원들도 위법한 행위를 저지른 것은 마찬가지이다.

필자는 그동안 여러 차례에 걸쳐서 우리나라가 국제사회에서 대표적으로 정보인권 후진국이라는 점, 그리고 이 때문에 개인정보를 실효적으로 보장할 수 있는 (현행 공공기관의개인정보보호에관한법률을 대체할) 새로운 법률을 제정해야 한다는 점을 강조해왔다. 그러나 필자의 이러한 주장은 행정의 효율성이라는 이데올로기 앞에 몽상가의 독백 취급을 받아왔다. 그 와중에서도 특히 교육부의 개인정보 탐욕증은 이 나라의 법치국가적 질서의 토대까지도 허물어뜨리는 지경에 이르렀다.

NEIS(교육행정정보시스템)는 교육부가 학생 개인정보의 전체적 조망과 실시간 (real time) 관찰에 얼마나 목말라하고 있는가를 보여주는 대표적인 사례이다. 수기로 기록·관리되는 생활기록부조차 상관의 명령이라는 이름으로 불법적으로 넘겨받아 불법적으로 이용·전달하는 교육부일진대, NEIS의 완성을 통하여 전국의 모든 학생들(결국에는 졸업생들까지도)의 개인정보를 관리하게 될 때, 어떠한 참상이 벌어질 것인가는 명약관화한 일이다.

그러다가 최근에 다시 NEIS와 관련한 황당한 사건이 발생하였다. 2003년

10월 7일 서울지역 대학 입학처장들이 모여 교육부에 2004학년도 대학입시 전형에 필요한 고3 생활기록부를 NEIS로 통일해서 제출해줄 것을 요구하는 선언문을 채택한 것이다. 그들은 이 선언문에서 "대학입학 전형의 정확성과 효율성을 보장하기 위하여 학생부의 자료를 NEIS로 통일하여 주기를 교육인적자원부에 요구한다"고 밝혔다.

이들이 이러한 주장을 한 이유는 명백하다. 여러 고등학교에서 수기, CS, NEIS 등 여러 가지 형식의 생활기록부를 제출하게 되면 대학으로서는 이 자료들을 하나의 형식으로 통일하는 데 불편이 따른다는 것이다. 즉, 학교행정의 효율성을 위해서 NEIS로 통일해달라고 한 것이다. 이들의 기술편의주의적 발상의 저변에 인권의식은 아예 있을 수 없다. 이들의 이러한 요구는 교육부의 입맛에 너무도 잘 맞는 메뉴인 것은 물론이다.

학생생활기록부를 불법적으로 취득하여 이를 불법적으로 이용함으로써 한 인간(그의 배우자까지도)의 사생활의 본질적 내용을 침해하고서도 국민 앞에 반성의 말 한마디 하지 않고, NEIS를 통하여 더 거대한 사생활감시망 구축을 기획하는 교육부의 최근의 행위들은 이를 정보인권 파괴행위라고 불러도 지나치지 않다.

7. NEIS에 관한 교육부의 분열증

– 2003년 12월 7일, 오마이뉴스

지난 11월 28일 서울지방법원 민사합의 50부(재판장 이홍훈 부장판사)는 고교생 3명이 교육부 장관을 상대로 낸 NEIS(교육행정정보시스템) 관련자료 CD 제작·배포금지 가처분신청에 대하여 인용결정을 내렸다.

재판부가 인용결정의 이유로 든 것은 다음과 같다.

"초·중등교육법 제25조 규정상 교육부 장관은 생활기록부 작성기준을 정할 권한만 있을 뿐, 생활기록부 작성·관리권한은 없으며, 교육기본법 제23조를 봐도 국가와 지방자치단체가 교육의 정보화를 위한 시책을 수립할 의무만 있을 뿐 생활기록부 전산자료를 사용할 권한은 없으므로 교육부 장관에게 대입전형자료인 생활기록부를 제출받아 각 대학에 배포할 권한이 있다고 볼 수 없다.

… 개인정보보호법상 '다른 법률이 정하는 소관업무 수행을 위해' 개인정보를 이용할 수는 있지만 이 경우에도 정보주체나 제3자의 권리와 이익을 부당하게 침해할 우려가 있을 때는 개인정보파일 보유목적 외에 정보를 이용하거나 다른 기관에 제공할 수 없도록 되어 있다.

… 각 대학 입시전형에 지원학생 외의 생활기록부 자료는 필요 없으며, 각 대학은 이전 정시모집 등에서 생활기록부 사본을 제출받아 CD 없이도 업무처리가 가능하며, 현재의 크래킹 기술로 CD 암호화 보안이 무력화될 우려가 있고, 정보유출 시 피해규모가 상당할 것으로 예상된다."

290 김승환 에세이_눈보라 친 뒤에 소나무 돌아보니

이에 대하여 교육부 이문희 국제교육정보화국장은 "가처분은 이의를 제기한 학생 3명에 대해서만 내린 결정이므로 대입 전형자료로 사용되는 CD 제작은 '2004학년도 대입전형 전산자료 제공계획'에 따라 예정대로 진행할 것이고, 법원의 이번 가처분 인용결정에 대해 불복신청을 할 것이며, 이번 법원의 결정은 개별적인 사안에 대한 판단이며 법률과 같은 일반적인 강제력은 없다고 본다"고 밝혔다.

교육부 담당국장의 이러한 견해는 법적 사고가 완전히 결여된, 행정효율성 만능주의만을 지향하는 태도의 표명이자, NEIS와 관련하여 앞으로 발생하게 될 초유의 소송홍수사태(여기에서의 소송은 국·공립학교의 경우 국가배상소송, 사립학교의 경우 불법행위로 인한 손해배상소송을 가리킨다)를 전혀 감지하지 못하는 한심한 태도가 아닐 수 없었다.

필자는 이미 인터넷을 통하여 교육부의 이러한 망국적 발상을 지탄한 바 있다. 그 내용을 인용하면 아래와 같다.

"법원의 이러한 결정은 NEIS 관련자료를 CD로 제작·배포하는 교육부 장관의 행위는 위법하기 때문에 즉시 중단해야 한다는 것을 지적한 것이다. 원래 가처분신청에 대한 인용결정은 재판기간이 상대적으로 많이 걸리는 본안소송에 앞서서 원고가 본안소송에서 이기더라도 이미 사실관계 또는 법률관계가 상당한 정도로 진척되어버린다면 승소판결의 의미가 거의 없고, 그로 인한 피해가 회복하기 어렵거나 회복할 수 없을 것이라고 예상되며, 본안소송에서의 원고의 승소 가능성이 높을 때 내리는 결정이다.

이 결정은 비록 NEIS 관련자료를 CD로 제작·배포하는 것에 관한 결정이기는 하지만, 결정의 전체적 취지에서 읽을 수 있는 것은 CD의 앞단계인 NEIS에도 인권침해의 소지가 상당히 존재한다는 것을 암시하고 있다.

교육부가 즉각 이에 대한 반응을 보였는데, 그중에서 법원의 가처분결정에 대해 불복신청을 내겠다는 것은 자신의 권리이기 때문에 자신이 알아서 행사하면 되는 것이라 문제 삼을 필요는 없다. 다만, 이번 법원의 결정은 개별적인 사안에 대한 판단이며 법률과 같은 일반적인 강제력은 없다고 본다는 의견에 대해서는 그 인식의 오류를 분명히 바로잡아야 할 필요가 있다.

법원의 재판에 부여되는 법률적 효과들이 있는데, 그중의 하나가 기판력이고 이를 가리켜 재판의 실질적 확정력이라고도 한다. 이러한 기판력은 당사자에 한하여 미치고, 제3자에게는 미치지 않는 것이 원칙이다(민사소송법 제218조 제1항). 이를 기판력의 상대성의 원칙이라 한다.

원래 법원의 재판은 당사자 간의 분쟁의 상대적·개별적 해결을 위한 것이기 때문에, 그 해결의 결과도 원고(신청인)와 피고(피신청인)를 구속시키는 것이 당연하고, 또 처분권주의·변론주의의 원칙에 의하여 당사자에게만 소송수행의 기회가 부여된 채 심판하기 때문에 그러한 기회가 없었던 제3자에게 소송절차를 강요하는 것은 제3자의 절차권을 침해하기 때문이다.

그렇다면 이번 법원이 내린 가처분신청 인용결정의 기판력이 미치는 당사자는 누구인가? 즉, 신청인과 피신청인은 누구인가,라는 것이다. 신청인은 고등학교 3학년생 3명, 피신청인은 바로 교육부 장관이다. 가처분신청을 하지 않은 나머지 모든 학생들에게는 기판력이 미치지 않는다고 보아야 할 것이 아니라,

바로 피신청인인 교육부 장관은 법원의 가처분신청 인용결정을 따라야 한다는 것이다.

법원의 결정은 법원에 신청을 낸 고등학교 3학년생 3명의 NEIS 관련자료 CD 제작·배포만을 문제로 삼은 것이 아니라, 교육부 장관에게 전국의 어떤 학생이 되었건 그 NEIS 관련자료를 CD로 제작·배포하는 행위는 위법한 것이기 때문에 이를 중단하라는 명령을 내린 것이다.

이러한 법원의 명령은 행정기관도 내릴 수 있는 행정실무에서 발생하는 쟁점에 대한 단순한 유권해석이 아니라, 국민의 권리침해를 가장 구속력 있게 구제하는 사법부가 내린 결정이다. 이러한 결정이 갖는 구속력에서 자유로운 국가기관은 존재하지 않는다. 대통령이라 하더라도 그 예외가 될 수는 없다."

그런데 12월 3일 정부는 국무조정회의를 거쳐 이 문제에 관한 최종 방안을 확정 발표하였다. 그 핵심내용은 '대입용 NEIS CD는 예정대로 제작하되, 그 배포범위를 제한하여 CD를 대학에 직접 제공하는 대신, 대학이 해당학교 지원자의 생활기록부를 열람·복사할 수 있도록 허용한다'는 것이었다.

교육부의 이러한 방침 역시 심각한 문제점들을 안고 있다.

첫째, 법원의 가처분신청 인용결정이 나온 직후, 교육부가 밝힌 입장은 가처분신청을 낸 고3학생 3명의 관련자료만을 CD에서 삭제한 후 CD를 제작·배포하겠다는 기존의 입장에서, 왜 대학이 NEIS CD를 직접 제작하는 방식에서 해당학교 지원자의 생활기록부를 열람·복사하도록 하는 방식으로 변경하게 되었는지에 관한 설명은 전혀 없다. 교육부가 뒤늦게나마 최초의 반응이 잘못되었음을 인정하고서 부분적으로나마 법원의 결정을 수용하겠다는 뜻으로 보아야 하는가?

둘째, 교육부는 NEIS CD 제작은 예정대로 감행하겠다는 뜻을 밝혔다. 한 가지 다른 것이 있다면, 첫 번째 반응은 교육부 독자적으로 내린 반응인 데 반하여, 두 번째 반응은 국무조정회의를 거침으로써 만약의 경우에 발생할 책임을 미리 분산 내지는 전가시키고 있다는 차이가 있을 뿐이다. 그러나 교육부에게 다시 한 번 말하건대, 이 문제에 관하여 법원이 내린 결정취지는 NEIS 'CD제작 자체'를 하지 말라는 명령을 내리고 있다는 것이다.

셋째, 법원은 이 결정에서, 초·중등교육법 제25조 규정상 교육부 장관은 생활기록부 작성기준을 정할 권한만 있을 뿐, 생활기록부 작성·관리권한은 없으며, 교육기본법 제23조상으로도 국가와 지방자치단체가 교육의 정보화를 위한 시책을 수립할 의무만 있을 뿐 생활기록부 전산자료를 사용할 권한은 없으므로 교육부 장관에게 대입전형자료인 생활기록부를 제출받아 각 대학에 배포할 권한이 있다고 볼 수 없다고 밝혔다.

교육부는 바로 이 점과 관련하여 참으로 해괴한 접근방식을 취하고 있다. 교육부가 각 대학에 NEIS CD를 제공하는 것이 아니라, 각 대학이 지원자의 생활기록부 CD를 복사해가면 되지 않느냐라는 것이다. '적극적으로' 제공한 것이 아니라, '소극적으로' 가져가는 것을 지켜보고만 있겠다?
교육부의 이러한 분열증은, 마치 요즈음 각종 불법 정치자금 수수와 관련하여 수사선상에 올라 있는 국회의원들이 펼치는, '적극적으로 돈을 달라고 한 것이 아니라 가져다주는 것을 받았으니까 문제될 게 없다'는 철면피 논리와 본질적으로 무엇이 다르다는 말인가?

넷째, 최근 서울특별시교육청의 모 장학사가 가처분신청을 제기한 학생들을 '퇴학처리' 하도록 일선학교에 지시한 사실이 드러나고 있다. 가처분신청을 낸 고3학생 3명은 대한민국의 헌법이 보장하고 있는 자신들의 인권침해를 구제해달라는 신청을 법원에 낸 것이다.

이미 지난 1991년 12월 20일부터 대한민국에서도 효력을 발생하고 있는 'UN어린이권리협약' 제16조도 '①어떠한 어린이도 그 프라이버시, 가족, 가정 또는 통신에 대한 자의적이거나 위법한 간섭을 받아서는 아니되며, 또한 명예나 평판에 대한 위법적인 공격을 받아서는 아니된다. ②어린이는 이러한 간섭이나 공격에 대하여 법의 보호를 받을 권리를 가진다'라고 규정함으로써 정보인권을 침해당한 어린이에게 법의 보호를 받을 권리가 있다는 당위를 밝히고 있다.

교육부 소속 장학사의 이러한 교육파괴적이고 인간성파괴적인 행위에 대해서 해당 학생들은 또다시 법적 책임을 물을 수 있는 권리를 가지고 있음을 명심해야 한다. 도대체 어쩌다가 이런 정신분열적 군상들이 국가백년지대계를 책임지는 자리를 차지하고 있는지 통탄스럽기 그지없다.

다섯째, 전교조는 '교육부 내 일부 기술관료들이 정책결정권자에게 올바른 정보를 제공하는 대신 소모적인 논란거리만을 집중적으로 제기함으로써, NEIS 문제를 의도적으로 미궁에 빠뜨려왔기 때문'이라는 반응을 보였다.

필자는 전교조의 이러한 인식에도 심각한 문제가 있다고 본다. 전교조는 NEIS 사태가 교육부 내 일부 기술관료들만이 저지른 문제라고 생각하는가? 필자의 판단으로는 전혀 그렇지 않다.

기술관료들이 사태의 원인들 가운데 하나를 제공하고 있는 것은 사실이다. 그러나 국가인권위원회가 NEIS는 인권침해의 소지가 높기 때문에 핵심 3개 영역을 대상에서 제외시켜달라는 권고를 교육부 장관에게 냈지만, 교육부 장관은 이를 수용할 수 없다는 입장을 밝혔다.

그 후 당시 여당인 민주당의 위임을 받은 의원 몇 명과 전교조 간부들이 만나 이 문제에 관한 최종적 합의를 끌어냈고, 교육부 장관이 이를 수용하려는 조짐을 보이자, 보수적인 교육단체들과 교육부 공무원직장협의회가 교육부 장관에게 집단반발하는 사태가 발생하였다.

더욱 충격적이었던 것은 당시 노무현 대통령이 보인 어처구니없는 태도이다. 그는 "NEIS 문제로 정부가 전교조에 굴복하지는 않겠다"라고 말했다. 그때는 이미 국가인권위원회의 권고와 여당과 전교조 간의 타협안이 나온 뒤였다.

노무현 대통령은 누구나 잘 알고 있는 법률가이다. 과거 비록 짧은 기간이지만, 법관으로 근무한 적도 있는 사람이다. 법률가라면 누구나 아는 법원칙이 있다. '국가권력이 국민의 기본권을 제한하고자 할 때에는 반드시 국회가 제정한 법률에 의하거나 법률에 근거해야 한다는 것'이다.

국가가 학생들의 개인정보를 정보주체의 동의 없이 강제적으로 취득하고자 하는 행위는 학생들의 정보자기결정권을 제한하는 행위이고, 거기에는 반드시 법치국가원칙이 적용되어야 한다. 이 정도의 이해는 법과대학 1학년 학생도 당연히 알고 있어야 하는 정도의 기초적인 법지식이다.

  법률가인 노무현 대통령에게는 이러한 법치국가원칙도 자신의 국정목표 앞에 전혀 걸림돌이 되지 않았다. 이것이 NEIS 사태의 큰 줄기이다. NEIS 문제는 노무현 대통령을 비롯하여 고건 국무총리, 윤덕홍 교육부 장관, 그리고 교육부 관료들이 총체적으로 책임을 져야 할 문제이지, 교육부 내 기술관료들에게 결정적인 책임을 물어야 할 문제는 아니다.

  결론적으로 교육부는 지난 11월 27일 법원이 내린 가처분결정의 취지대로 NEIS 관련자료 CD 제작·배포를 즉각 중지해야 한다.

8. 전북지역 혁신인력양성 성공사례

– 2004년 12월호, 열린전북

혁신인력 양성이 국가와 지역의 지속적 발전을 가능하게 하는 필수불가결의 요소라는 데 우리 모두가 공감하고 있다. 끊임없이 새로운 아이디어를 창출하면서 인간의 삶의 질을 높이고, 국가와 지역의 경쟁력을 높여나가는 일은 공동체의 존립조건이라고 해도 지나친 말이 아니다.

그러나 도대체 '혁신인력'이 정확히 무엇을 말하느냐에 대해서는 관점에 따라 다른 답을 내놓을 수도 있다. 고도의 지적 능력을 가리켜 혁신인력이 되기 위한 기초적 조건이라고 말할 수도 있겠지만, 그러한 개념 정의는 변화하는 시대의 요구에 대한 탄력적 대응력을 떨어뜨릴 것이다. 따라서 농촌에서 농산물을 재배하고 그것을 원료로 하여 가공상품을 만들어내고, 이를 유통시키는 일도 농민의 삶의 질을 제고하고, 고용창출을 한다는 점에서는 혁신인력의 범주에 포섭시키는 데 문제가 없을 것이라고 생각한다.

이 글은 필자가 전북지역에서 그동안 전개되어온 혁신인력 성공사례라고 볼 수 있는 것들 몇 가지를 선정하여, 지난 11월 12일 부산 BEXCO에서 열린 제1회 대한민국 지역혁신박람회에서 발표한 내용을 간추린 것이다.

농촌학교의 혁신

박정희 정부 이래 역대 정부가 펼쳐온 국가불균형, 지역불균형 발전전략은 농촌을 공동화(空洞化)시켰고, 농촌학교를 급속도로 소멸시켜갔다. 교육부의 잦은 수능정책 변경에도 불구하고 자녀에 대한 부모의 교육열로 인한 인구의 수도권 집중과 강남집중은 가속화되었고, 교육의 질의 격차는 더욱 벌어졌다.

국가불균형과 지역불균형의 심화는 전북지역에 특히 큰 피해를 입혔다. 농촌학교의 붕괴가 하나의 도미노처럼 번져간 것이다.

전라북도에서는 1983년부터 시작하여 금년 2004년 현재까지 정확히 301개의 초·중·고등학교가 사라졌다. 농촌학교 붕괴의 원인을 여러 가지로 분석해볼 수 있겠지만, 중요한 것은 농민의 삶의 질의 악화와 농촌교육의 질 저하로 볼 수 있을 것이다. 이러한 원인들을 다른 시각에서 보면, 이 두 가지 원인을 모두 제거하거나 아니면 그중 한 가지라도 제거한다면, 농촌교육이 전체적으로 또는 부분적으로 되살아날 여지가 있다고 볼 수도 있다. 그 가능성을 보여주고 있는 것이 익산고등학교의 사례이다.

전북 익산고등학교는 익산 시내에서 약 20㎞ 떨어진 곳에 위치하고 있다. 전형적인 농촌의 종합고등학교이다. 익산고등학교는 몇 년 전까지만 해도 인근지역에서 인문고 진학에 실패한 학생들이 진학하는 이른바 '꼴찌 학교'였다.

익산고등학교의 도약은 재단이사장의 재정적 투자로부터 시작되었다. 익성학원 이사장 지성엽 씨(지난 1999년 지병으로 숨짐, 당시 나이 69세)는 "지역인재 양성"이라는 유지와 함께 150억 원이라는 거액의 장학금을 출연하였다.

이 학교는 이사장 지성엽 씨가 쾌척한 장학금을 토대로 영재학급을 운영하였는데, 이로 인하여 전북 도내 농촌지역에서 실력은 있지만 경제적인 문제로 공부할 길을 찾지 못했던 우수학생들이 몰려들기 시작했다.

이 학교는 이 장학금을 기반으로 30여 명 규모의 영재학급을 설치하여 인재육성에 나서기 시작했다. 영재반 학생들에게는 3년간 공납금과 기숙사비 전액을 무료로 하고, 겨울방학 때마다 미국과 호주에 1개월씩 어학연수를 실시했다. 1대1 지도와 교과 관련 특기적성교육도 실시했다.

이 학교는 단계적 교육과정, 수준별 교육과정, 선택형 교육과정 등 7차 교육 과정의 특징 중 많은 부분을 적용하고자 했다. 특히 눈에 띄는 것은 7차 교육 과정의 핵심이라고도 볼 수 있는 수준별 수업을 통해 사교육의 영향권에서 벗 어났다는 점이다. 익산고등학교의 교육프로그램은 바로 7차 교육과정의 기본 정신을 잘 살려내고 있는 셈이다.

각 학교는 대학입시를 위한 내신산정 등의 편의성 때문에 전체 학생에게 동 일한 평가를 하고 있는데, 이런 방식으로는 수준별 수업의 장점을 최대한 살 려내기가 어렵다. 익산고등학교의 교육프로그램은 개별화 수준별 교육을 실 시하면서 큰 성과를 올리고 있다는 데 그 의의가 있다.

우리나라 중·고등학생들의 학업 성취도는 서울과 도시 간에 차이가 있고, 서울에서도 강남과 강북 사이에 차이가 있다고 보는 것이 하나의 상식처럼 굳 어져 있다. 급기야는 최근 몇 년간 서울의 몇몇 대학들은 수시모집에서 학생 과 학부모의 신뢰를 깨고 고교등급제를 실시해왔다는 사실이 밝혀져 충격을 주고 있다.

익산고등학교는 학생 정원이 532명이지만, 개교 후 지난 30여 년간 수도권 대학에 입학한 학생이 손에 꼽힐 정도였다. 이러한 학교에서 2003년 수능시험 에서 고인성(인문계) 군이 392점으로 전북 도내 최고 성적을 거두었고, 또 한 명 의 학생이 전북 도내 예체능계 수석을 차지하였다.

익산고등학교 영재반 운영의 성공은 그 긍정적 파급력이 일반학생들에게도 미치기 시작했다. 물론 수능시험에서의 괄목할 만한 성과가 곧 우리의 교육이 지향해야 할 전인교육의 성공을 의미하는 것이라고 단정할 수는 없지만, 익산고등학교의 성공은 피폐일로를 걷고 있는 농촌교육의 활성화와 공교육 내실화의 새로운 가능성을 보여 주었다는 평가를 받을 자격을 갖추고 있다고 보아야 한다.

수능시험이 끝나고 나서도 고액의 논술 개인과외와 학원과외가 이어지는 사태로 인하여 공교육이 무기력에서 벗어나지 못하고 있는 상황에서 익산고등학교의 성공사례는 우리에게 시사하는 바가 매우 크다고 할 수 있다.

지역에 이어 전국 브랜드로, 다시 세계적 브랜드로

1967년 국내 최초로 지정환 신부에 의해 유럽 전통의 치즈맛을 살려 우리 고유의 입맛에 맞게 다시 개발한 국산치즈 '정환치즈'가 세상에 첫 선을 보이게 되었다. 국내 최초의 국산치즈는 '정환치즈'로 불리게 되었으며, 임실에서 생산되었다. '정환치즈' 38년의 전통과 명예를 바탕으로 하여 탄생한 것이 지정환임실치즈피자(이하 '지정환피자')이다.

지정환피자를 탄생시킨 지정환 신부(본명: 디디에 세르스테반스)는 1931년 벨기에 브뤼셀에서 출생하였고, 1952년 벨기에 루벤대 철학과를 졸업한 후, 벨기에 예수회 신학대 신부 사목을 거쳐, 1958년 12월에 한국에 부임하였다. 전동부안 본당사목(1960~1963)을 거쳐, 임실 본당사목 및 농촌사목 지도신부(1964~1981)를 역임하였다.

1958년 한국에 들어온 지정환 신부는 낙후된 전북지역의 가난한 농민들과 고락을 함께해온 농촌계몽운동의 선구자이다. 1964년 임실에 부임한 지정환 신부는 농민들이 겨울철에 소일거리가 없어 매일 같이 화투놀이를 하는 것을 보고 산양을 길러 치즈를 생산할 것을 제안하였고, 그로부터 3년 후 국내에서 처음으로 치즈를 생산할 수 있게 한 장본인이다.

치즈공장은 임실낙농업협동조합(임실치즈생산조합)으로 발전했고, 한동안 농가 소득 증대에 큰 기여를 하였다. 그러나 우루과이 라운드 협상으로 쏟아져 들어오는 외국산 치즈와 IMF 구제금융의 여파로 재고가 산더미같이 쌓여갔고, 지정환 신부와 함께 최초로 국산치즈를 만들었던 임실의 축산농가들은 판로가 막히게 되었다.

이러한 어려운 상황에서 지정환 신부의 뜻을 기리고 우리 농민들의 공생의 기반을 구축하고자 국산치즈 소비촉진운동의 일환으로 지정환피자가 탄생되었다. 지정환 신부로부터 초상권의 독점사용권을 양도받은 지정환피자는 한국의 농민들을 위해 헌신한 지정환 신부의 이미지를 내걸고 사업을 영위해나가고 있다.

지정환피자는 국내축산농가의 신선한 재료를 사용하여 한국형 먹거리를 지향하고 있다. 따라서 값싼 수입치즈나 분유로 만든 모조치즈를 사용하지 않고, 100% 국산치즈만을 사용하며, 인스턴트 소스나 물을 사용하지 않고, 신선육을 구입하여 직접 볶아 사용한다. 지정환피자는 서구 음식인 피자에 한국적인 맛을 접목시켜 맛의 차별화에 성공함으로써, 다른 브랜드에서는 찾을 수 없는 국산치즈와 향토 브랜드라는 독보적인 위치를 구축했다.

임실치즈피자가 지정환피자라는 독자적 브랜드를 만들어낸 것은 1999년의 일이다. 기존의 외국산 메이저 브랜드들은 고기, 밀가루, 치즈 등 원재료의 대부분이 수입품이고, 수입산 원재료는 그 가격이 국산 원재료에 비하여 반밖에 되지 않지만, 피자 가격은 지정환임실피자보다 더 비싸다. 그 이유는 외국산 메이저 브랜드들에는 브랜드 가격이 포함되어 있고, 막대한 마케팅 비용을 사용하고 있기 때문이다.

　현재 지정환피자의 가맹점은 전국적으로 44개로 늘어났지만, 폐점률은 0%
이다. 호남·충청지역과 일부 경남지역에 국한됐던 지정환피자는 2004년 2월
경기도 과천시와 시흥시에 가맹점을 출점하면서 전국적인 브랜드로 발돋움하
고 있다.

　2003년초 산업자원부와 한국프랜차이즈협회가 벌인 조사에 따르면, 국내
프랜차이즈 업체의 연간 매출액은 40조 원이 넘고, 고용인력만 57만여 명이
다. 여기에 최근 퇴직자들의 소자본창업이 잇따르면서 2004년 국내 프랜차이
즈 시장규모가 급성장하고 있다. 지정환임실치즈피자는 2004년에 서울사무
소를 개설하고, 본격적인 체인사업에 뛰어들었다. 또한 2005년 중국시장 진출
을 위한 준비작업을 진행하고 있다. 이러한 성과가 평가를 받아 지정환임실치
즈피자의 CEO인 김미혜 씨가 2004년 6월 대한상공회의소, 한국프랜차이즈협
회, 한국경제신문이 공동으로 제정한 '한국프랜차이즈 대상'의 유망브랜드 부
문 대상을 차지하였다. CEO 김미혜 씨가 유망브랜드 부문 대상을 차지한 것
은 프랜차이즈 시스템의 안정성, 재무구조의 건전성, 경영성과, 가맹점의 만족
도, 사회공헌도 등을 종합평가한 결과 높은 점수를 받았기 때문이다.

　현재 지정환피자는 자체 공장을 가지고 전국 9개 도에 44개의 매장을 운영
하고 있다. 전체 매장에서 소모하는 국산치즈 사용량은 연간 약 15만kg(우유로
환산하면 150만kg 소모)으로 국내 유가공업체와 축산농가의 수익 증대에 기여하고
있고, 자체 공장 고용인원 11명과 본사 직원 9명 및 각 매장별 5~10명 등 매월
300여 명의 고용효과를 올리고 있으며, 이러한 일자리 창출은 앞으로도 계속

늘어날 전망이다. 또한 국산 농산물 100% 이용률을 지속시켜 나가기 위해서 농민들과의 계약재배도 할 예정이며, 이를 통하여 농민들의 고용창출과 수익 증대에도 크게 기여할 것으로 기대된다.

지정환피자는 외국 브랜드의 패스트푸드로만 인식되고 있는 피자를 웰빙 관념이 급속도로 확산되어가는 오늘날의 시대에 맞추어 국내산 농산물을 이용한 신토불이 건강피자로 계속 개발해나갈 계획을 세워두고 있다. 이러한 사업계획은 국내 유가공업체와 축산농가의 활성화와 소득증대에 이바지할 것이고, 토종 치즈피자를 세계적 브랜드로 도약시켜나가는 데 결정적 동력이 될 것이다. 현재 인도네시아와 중국 등에서 지정환피자와의 거래교섭 제안이 접수되고 있다.

대안농업으로서의 고품질 사과 개발

장수군은 전북지역 남부 내륙의 중심지이지만, 지역여건은 중산간지대의 낙후지역이다. 미개발지역이기 때문에, 미개발지역의 청정이미지를 가지고 있기는 하지만, 특색 있는 관광자원을 갖고 있지는 못한 지역이다. 인구는 2만9천명에 불과하고, 65세 이상의 노령인구가 전체 인구의 22%를 점유할 정도로 인구감소와 노령화가 심각한 상태에 처해 있다. 533평방킬로미터의 전체 면적 중 임야가 76%를 차지하고 있고, 연평균 10.3℃의 고랭지적 특성을 가지고 있으며, 미곡 위주의 열악한 산업구조를 가지고 있다.

장수군은 고랭지의 일교차가 큰 여건을 활용하여 생산자조직, 전문위원회, 일본 기술자문단, 행정기관 등으로 민·관·산·학·연 클러스터를 형성하여 장수 사과의 생산성 향상을 위한 기술을 도입하기 위하여 노력하고 있다.

이를 위하여 우선 생산인프라를 구축하기 위한 생산기반을 확충하고, 종합 유통시설과 신기술개발 등에 총 163억 원의 지원을 실시하였다. 이와 함께 장수 사과의 인지도를 높이기 위하여 사과 캐릭터를 개발하여 상표등록을 마쳤으며, 사과꽃향기 축제와 전국 초등학교 사과 그리기 대회를 개최하고 있다.

일본 아오모리(青森)현 사과협회와 매년 정기적으로 기술교류를 실시하고, 한·일 국제사과 심포지움을 개최하였으며, 전정기술 연구포장을 조성하여 공동운영하고 있다. 특히 행정기관에서 직접 4만5천 평의 시험포를 조성하여 70여 종의 사과묘목을 시험재배한 끝에 신품종개발에 성공하였다. 또한 IT시대에 발맞춰 장수군이 직영하고 있는 시험포에서는 사이버 팜(cyber farm)을 운영하고 있다. 인터넷을 통해 전국 각지의 도시민을 대상으로 과원을 분양하고, 체험관광을 실시하여 연간 2억 원의 수익을 올리고 있고, 타 지방자치단체의 벤치마킹 등 연간 2만 명 이상의 방문객을 기록하고 있다.

장수 사과가 이렇게 특별한 사과품종으로 각광을 받는 이유로는 다음 두 가지를 들 수 있다. 첫째, 장수의 기후와 토양조건에 적합한 장수만이 가지는 품종을 독자적으로 개발한 것이다. 장수의 영문자 이니셜을 딴 JS 1호 등 장수 고유의 사과를 개발하여 사다리 없는 과원을 450여 농가에 보급하여 재배하도록 하고 있다. 둘째, 도시민들과 함께 하는 농촌을 만들기 위하여 현대적 체험농업의 기반을 구축하고 있다.

지난 1995년도만 하더라도 사과농가의 소득이 일반농가에 비하여 낮았다. 그러나 2003년도에는 일반농가보다 1천만 원이 높은 3,200여만 원의 소득을 올렸다.

사과재배 면적도 지난 1995년도에는 177ha였던 데 비해, 2003년도에는 637ha로 4배로 확대되었다. 300평을 기준으로 한 단위면적당 소득은 미곡에 비해 5·6배가 높은 330여만 원의 소득을 올리고 있다.

장수 사과가 그 브랜드가치를 높이면서 세계적인 브랜드로 성장해나가기 위해서는 장수 사과에 대한 미래의 수요증가에 대비해 과원면적을 확대해나가야 한다. 또한 사과산업을 전략화하고, 생산자 및 기업·대학·연구소·행정기관이 연계한 사과산업의 혁신네트워크를 확고히 구축해나가야 한다. 이와 함께 꾸준한 기술개발과 유통망 확대가 요구된다. 요컨대 생산·가공·유통의 통합관리 체계의 구축이 요구된다. 기술개발과 관련해서는 장수 사과를 원료로 하는 사과가공 식품의 연구·개발 투자도 요구된다.

농산물과 주류의 결합

고창군은 전라북도 서남단에 위치한 전형적인 농업지역이고, 재정자립도는 13% 미만의 영세한 지역이다. 그러나 고창군에는 유네스코가 지정한 세계문화유산인 고인돌 유적이 있고, 호남의 내금강이라 불리는 선운산 등이 자리잡고 있어, 과거와 현대가 조화롭게 숨을 쉬는 청정지역이다. 여기에는 국내 타지역이 따라갈 수 없는 부존자원이 있고, 이를 활용한 다양한 지역개발을 추진할 수 있는 무한한 혁신 잠재력을 가지고 있다.

고창군의 대표적인 특화작목은 복분자로서, 농업인구 중 13%인 2,154농가에서 484ha를 재배하고 있고, 복분자 가공업체는 전국 17개 업체 중 시장점유율 30%를 차지하는 5개 업체(선운산특산주, 명산품복분자, 고인돌복분자, 고창서해안복분자, 선운산동백복분자)가 고창군에서 생산활동을 하고 있다. 이들 5개 업체는 영농조합 형태로 운영되고 있어, 그 영업수익은 그대로 농가소득 증대로 이어지고 있다.

복분자는 동의보감에서 자양강장의 효능이 높은 약재로 민간에서 꾸준히 재배해 온 것으로 알려져 있다. 그중에서도 고창지역에서 재배되는 복분자는 서해 칠산 바다의 해풍을 맞고 자란 것으로서, 다른 지역의 복분자와는 달리 당도가 높고 품질이 우수할 뿐만 아니라 약리작용 효과가 매우 큰 것으로 증명되었다.

복분자는 2000년 서울에서 개최된 아셈회의 시 공식 건배주로 채택됨으로써 그 브랜드가치를 높였고, 이를 계기로 세계 명품화 전략을 추진하게 되었다. 이를 구체적으로 정리하면 다음과 같다.

생산기반 조성을 위하여 75ha의 면적에 67억 원을 투자하여 고품질 복분자를 재배할 수 있도록 하였고, 복분자 시험장을 지난 2000년부터 운영하고 있으며, 고창군 복분자주 향토산업육성조례를 제정하여 제조업체를 육성하였다.

연구활동 강화를 위하여는 대학과 연구소 등과 아웃소싱을 통하여 복분자 성분 연구를 통한 와인 및 기능성 식품을 개발하고, 생산자 단체에도 자체 연구활동을 강화하기 위해 복분자 영농조합과 명품화 연구회를 구성·운영하고 있다.

이와 함께 매일유업㈜과 ㈜종근당 등 민간투자를 유도하여 고품질 기능성 식품 생산을 추진하고 있다. 이로써 지역 내 모든 역량을 결집하여 복분자주가 세계적인 명품이 될 수 있도록 유기적인 지원체계를 구축하였다.

복분자주뿐만 아니라 복분자를 기능성식품에 접목시키기 위하여 서울대학교, 경희대학교, 전북대학교, 산업진흥원 등과 R&D클러스터를 구축하여 복분자 성분 및 효능에 대한 분석을 통하여 세계적인 명품 복분자주와 다양한 기능성식품을 개발하도록 추진하였다. 복분자의 연구결과로는 복분자 엑기스 추출방법과 항헬리코박터 조성물, 뇌질환 예방 및 치료용 조성물 등 총 7개 분야에서 산업재산권을 등록하였다.

복분자주의 브랜드가치를 높이기 위하여 고창군의 축제인 모양성제와 청보리밭 축제, 수산물축제 등과 연계한 체험관광 시스템을 개발하였다. 또한 건강보조식품과 쥬스, 한과 등의 다양한 가공제품 판매를 통해 안정적인 소득을 창출할 수 있도록 인터넷 전자상거래망 구축 등 다양한 마케팅전략을 수립·추진하였다.

이러한 노력 끝에 2004년 1월 15일 복분자주 지리적 표시제 등록을 받게 되었다.

복분자는 이제 고창과 동일시될 정도로 지역혁신의 촉매제로 작용하고 있다. 2003년을 기준으로 하여 복분자를 통한 농가수익은 200억 원이고, 복분자주 제조공장과 가공업체 소득이 933억 원이다. 이와 함께 금전으로 환산할 수 없는 수익 등이 창출되고 있다.

복분자를 이용하여 발효주, 증류주, 리큐르주, 쥬스 등을 개발하여 국내외 다수 기업과 계약을 체결하였고, 복분자를 활용한 다양한 제품을 생산할 수 있는 기반을 마련하였다. 복분자는 지역인력의 양성과 고용에도 점차 가시적인 기여를 하고 있다. 5개 업체에서의 고용인원을 보면 1999년에는 20명이던 것이, 2004년 11월 현재 86명으로 늘어났다. 비록 현 시점에서의 고용인력이 많지는 않을지라도 시장의 수요에 맞춰 점차 복분자 주류가공업체의 규모가 확대되고, 이뿐만 아니라 복분자를 이용한 각종 건강식품이 개발될 경우 고용인력의 규모는 매우 커질 것으로 전망된다.

복분자주는 이제 미국 등 세계의 주류 시장에 진출함으로써 세계적인 브랜드로 성장하는 기반을 구축하였고, 재배·생산·가공·유통·관광을 동시에 충족시킬 수 있는 복분자 관광빌리지 조성사업을 추진하게 되었다.

이상으로 전북지역 혁신인력양성 성공사례에 대해 살펴보았다. 현재의 시점에서 보면 위와 같은 사례들이 그 규모 면에서 대단한 것이 아닐 수도 있다. 그러나 공교육이 사교육에 밀리면서 교육의 위기가 왔고, 지금 이 시점까지 그 위기를 극복하면서 농촌교육을 되살릴 수 있는 뚜렷한 정책을 교육부에서 내놓지 못하는 현실을 고려한다면, 익산고등학교의 인재양성 성공사례에서 우리는 공교육과 농촌교육이 동시에 살아날 수 있는 하나의 가능성을 발견할 수 있다.

또한 우루과이라운드 이후 한국농업이 뚜렷한 활로를 찾지 못하고 있는 상황에서, 장수 사과와 고창 복분자의 성공사례는 21세기 한국농업의 대안제시 가능성을 보여 주었다는 점에서 우리가 주목해야 할 사례들이다. 이와 함께 지정환임실치즈피자는 자라나는 세대들의 입맛이 서구화의 길로 치닫고 있는 상황 속에서 서구에서 개발된 음식을 국산농산물을 원재료로 하여 우리의 음식으로 변환시키는 데 성공함으로써 다시 서구에 역수출하는 단계에까지 이른 것이다. 이는 특정한 분야에 대한 투철한 기업가 정신이 일구어 낼 수 있는 사례라는 점에서 매우 중요성을 띠고 있다.

하지만 이상의 성공사례들이 대형화·영속화하기 위해서는 산·학·연·관의 지속적이고 체계적인 협력이 필수적이라는 점에서 우리에게 하나의 과제를 남겨 주고 있다.

9. 로스쿨과 전북발전

— 2007년 10월 7일, 전북일보

로스쿨 설치·운영에 관한 법률이 이달 28일부터 효력을 발생하게 되고, 같은 날 시행령도 효력을 발생하게 된다. 10월초엔 교육인적자원부에서 인가기준을 공고하고, 아마도 10월 하순이면 로스쿨 설치를 희망하는 각 대학으로부터 인가신청서를 받게 될 것이다.

대법원 산하에 사법제도개혁위원회가 설치되어 로스쿨을 논의하고, 대통령 소속 사법제도개혁추진위원회가 같은 사안을 논의할 때만 해도, 로스쿨은 10개 이내로 설치될 것이라는 설이 유력했다. 그러나 로스쿨 수를 극소화하는 것은, 사법서비스를 대폭적으로 개선하고 법조인의 국제경쟁력을 강화하라는 국민의 요청에 정면으로 배치되는 것이라는 목소리가 커지면서, 로스쿨 수와 입학정원을 가능한 한 최대화하는 흐름이 형성되고 있다. 이러한 진단의 정확성은, 그동안 로스쿨 설치에는 한 발 물러서 있는 듯했던 대학들이 대거 뛰어드는 현상을 통하여 증명할 수 있다.

로스쿨이 설치되는 지역과 그렇지 못한 지역이 갖는 유불리는 쉽게 계산해 낼 수 없을 정도로 막대하다. 그것은 단순히 법조인력을 만들어내는 지역과 그렇지 못한 지역의 차이 정도가 아니다. 교육을 통한 사회적 지위와 부의 확보가 전 국민적 관심사이고, 그것이 지가상승과 인구집중 등 국가적 현안의 근원이 되고 있는 우리나라의 실정에서, 고급인력 양성시스템을 갖추고 있느냐 여부는 지역발전의 사활과 관련되어 있는 문제이다. 쉽게 말해서 의과대학이나 의학전문대학원이 없는 지역에 우수한 인재들이 모여들 이유가 없듯이,

로스쿨의 경우도 마찬가지라는 것이다. 지역마다, 대학마다 로스쿨 유치가 한창일 때 뒷짐을 지고 있던 경기도가 뒤늦게 팔을 걷고 나서는 이유도 이 때문이다.

그러나 전북지역에 로스쿨이 설치되는 것으로 전북지역이 안고 있는 과제가 해결되는 것은 아니다. 로스쿨은 전북지역의 발전에 직접 기여해야 한다. 지역의 지방자치단체, 공공기관, 기업체, 언론매체, 금융기관, 비정부기구, 주민들이 필요로 하는 법률수요를 최적의 상태로 해결해줄 수 있어야 한다. 전북지역과 함께 숨 쉬는 법조인을 만들어내는 것이 전북지역 로스쿨이 일차적으로 해야 할 일이다. 법조인과 지역주민 사이의 물리적·정서적·경제적 거리는 사라져야 하고, 지역주민이 필요로 하는 곳에 실시간으로 법조인이 있어야 한다. 로스쿨에서의 교육이 현실적응력이 있는, 강도 높은 교육이어야 하는 이유이다.

로스쿨 설치를 위한 준비는 우선은 대학의 몫이다. 대학인들의 머릿속에는 오로지 교육의 논리만이 있어야 한다. 만약 로스쿨 설치를 계획하는 대학인들의 머릿속에 정치의 논리가 들어가 있다면 그것은 스스로 지성인이기를 포기한 것이나 다름없다. 다음으로 우리가 관심을 가져야 할 것은, 로스쿨 설치를 위하여 도를 비롯한 지방자치단체 등 지역의 유관기관들이 적극적으로 관심을 갖고 협력을 해야 한다는 것이다. 각 지역에서 지방자치단체들이 로스쿨 설치에 대한 지원을 하고 있거나 계획하고 있는 것은, 로스쿨의 설치가 지역의 명운을 가르기 때문이다.

위에서 언급한 경기도는 현재 경기도 내 유력대학 2개를 놓고 어느 대학으로 지원을 집중할 것인지 저울질하고 있다고 한다. 도지사는 정치적인 자리이지만, 로스쿨 문제만큼은 철저하게 교육의 논리로 접근하고 있는 것을 타산지석의 교훈으로 삼아야 한다.

10. 교사 시국선언과 의사표현의 자유

- 2009년 7월 6일, 경향신문

인간은 사유하고 말을 하며 사는 존재다. 인간에게서 그것을 빼버린다면 인간의 삶이라고 말할 수 없을 것이다. 헌법은 인간의 이러한 존재양식에 주목하여 사상의 자유, 양심의 자유, 의사표현의 자유를 인간의 기초적 자유권들로 보장하고 있다.

이러한 자유권들은 누구에게나 인정되고 누구든지 행사할 수 있다. 학생, 교사, 공무원, 군인 또는 외국인 나아가서는 용역깡패들까지도 우리 헌법이 규정하는 이러한 자유권들을 자신의 기본권이라고 주장할 수 있다. 유엔의 '시민적·정치적 권리에 관한 규약' 19조 2항에 '누구나 표현 자유의 권리를 가져야 한다'고 규정하고, 심지어 '아동권리협약' 13조에도 '어린이는 표현의 자유를 가져야 한다'고 규정하고 있음을 주목하라. 표현의 자유는 보편적이고 기초적인 인권이다. 그 표현에는 원칙적으로 아무런 한정적 문구도 없다. 예를 들어 '정치적' 표현이라는 이유로 어린이를 표현 자유의 대상에서 배제시킬 수 없다는 것이다.

전국 1700여 명의 교사들이 민주주의 회복과 공교육 정상화를 외치며 시국선언을 했다. 그러자 정권은 교사들의 시국선언은 국가공무원법의 복종의무, 품위유지의무, 집단행위금지, 그리고 교원노조법의 정치활동금지의무에 위반한다는 이유로 전교조 중집위원 44명 전원을 해임할 방침을 공표하고 검찰에 고발했다. 또한 시·도 교육감들에게 전교조 시·도지부 전임자들을 상대로 정직처분과 형사고발을 하도록 지시했다.

이명박 정권의 이러한 행위는 얼마나 무지막지한 법질서 파괴행위인가. 국가공무원법에서 공무원의 집단행위를 금지하는 취지는, 공무원이 공무 외의 일로 집단행위를 하게 되면 공무의 정상적 운영을 저해할 우려가 크기 때문에, 집단행위를 금지해 공무전념성을 확보하자는 것이다. 그러나 공무원법의 상위법인 헌법 21조의 해석상 공무원인 교사도 당연히 의사표현 자유의 주체이다. 교사는 교육의 정상적 운영을 저해하지 않는 범위 내에서 자유롭게 의사표현을 할 수 있고, 그러한 의사표현은 개인적으로도 집단적으로도 할 수 있다. 의사표현의 범위도 경제, 사회, 문화는 물론이고 정치에 관한 것도 포괄한다.

　물론 교사의 일정한 의사표현이 법에 명백히 위반하는 경우 징계할 수 있다. 그러나 그러한 징계권도 시·도 교육청 또는 각 사립학교 교원징계위원회의 권한이다. 징계 여부와 징계 종류는 교원징계위원회가 결정할 것이고, 다툼이 있는 경우 최종적으로는 법원이 판단할 일이다. 그런데도 교과부 장관은 시·도 교육감들에게 징계 대상자와 징계 종류까지 특정하여 지시하고 있다. 현 정권과 교과부가 유독 교육의 자율성을 강조하는데, 그 말장난의 도가 극에 달했음을 알 수 있다.
　교사의 시국선언은 헌법과 국제인권규범이 확인하고 보장하는 인간의 권리이다. 그것을 부정할 수 있는 어떠한 헌법적 이익도 정치적 명분도 있을 수 없다. 이명박 정권은 교사의 인권을 짓밟고 국격을 실추시키는 작태를 당장 멈춰야 한다.